우진 현대 판타지 장편소설

WISHBOOKS MODERN FANTASY STORY

다시 태어난 베토벤

다시 태어난 베토벤 13

우진 현대 판타지 장편소설

초판 1쇄 찍은 날 | 2020년 7월 21일
초판 1쇄 펴낸 날 | 2020년 7월 28일

지은이 | 우진
펴낸이 | 예경원

기획 | 위시북스
편집책임 | 이은송
편집 | 위시북스

펴낸곳 | 예원북스
등록번호 | 제396-2012-000132호
등록일자 | 2012. 7. 25
KFN | 제1-538호

주소 | 경기도 고양시 일산동구 호수로 646-24 위너스21 II빌딩 206A호 (우)10401
전화 | 031-819-9431 팩스 | 031-817-9432
E-mail | yewonbooks@naver.com

ISBN 979-11-365-2633-5 04810
979-11-6424-234-4 (set)

※ 이 도서의 국립중앙도서관 출판시도서목록(CIP)은 서지정보유통지원시스템 홈페이지(http://seoji.go.kr)와 국가자료공동목록시스템(http://www.nl.go.kr/kolisnet)에서 이용하실 수 있습니다.

우진 현대 판타지 장편소설

WISHBOOKS MODERN FANTASY STORY

다시 태어난 베토벤

13

Wish Books

다시 태어난 베토벤

CONTENTS

· 73악장 ·

신년 음악회

2023년 12월 31일.

클래식 음악을 사랑하는 사람들이 베를린 필하모닉 콘서트홀을 찾았다.

28일부터 시작된 베를린 필하모닉의 송년 음악회에 이어, 곧장 신년 음악회를 연 것이었다.

베를린 필하모닉은 첫날부터 그 전의 기록을 경신하며 오랜 팬들의 가슴을 설레게 했다.

“진짜 기대된다. 스트리밍으로 들을 때랑은 차원이 다르겠지? 배도빈 첫 아르페지오가 완전 미쳤던데.”

“닥쳐. 나 진짜 와서 들으려고 스트리밍도 안 봤어. 얘기했단 봐.”

"그런 태도라면 말하고 싶어질 것 같습니다, 선생님."

"제가 잘못했습니다, 선생님."

친구와.

"아빠, 빨리. 빨리이."

"그래. 그래. 사람들 많으니까 아빠 손 잡고 가자?"

"그럼 안아줘."

"아빠, 나도. 나도."

가족과.

"나 이런 데 처음 오는데."

"나도. 아, 저기로 가는 건가 봐."

"응. 히~ 손이 왜 이렇게 차?"

"따뜻하게 해줘."

"으이구. 근데 원래 클래식 들었었어? 좋아한다고 말한 적 없잖아."

"그냥 뭐. 네가 좋아하니까 경험해 보려 했지. 나 잘했지?"

"오구오구. 그래. 합격."

연인 등 관객들은 한해의 마지막을 가장 소중한 사람과 보내고자 했다.

베를린 필하모닉도 그런 팬들의 마음을 잘 알고 있었기에 송년 음악회를 치르느라 지친 몸으로도 최선을 다했다.

오늘 그들이 연주할 곡은 배도빈이 피아노를 맡은 차이코프스키 피아노 협주곡 2번 G장조와 베를린 필하모닉이 자랑하는 베토벤 교향곡 9번 '합창'.

첫 번째 프로그램에서는 푸르트벵글러가 지휘봉을 잡고, 두 번째 곡에서는 배도빈이 포디움에 오를 예정이었다.

더욱이 합창의 경우에는 베를린 필하모닉의 전 단원이 함께하는 대규모 편성이었기에 팬들로서는 두근대는 가슴을 진정할 수 없었다.

배도빈의 가족과 지인들도 마찬가지로 신이 나 있었다.

"형 언제 나와요? 응?"

엉덩이를 들썩이는 둘째 아들을 보며 유진희가 웃었다.

"10분 정도 기다려야 해. 도진이는 형 무대에서 피아노 연주하는 거 처음 보네?"

"응! 달래 누나도!"

"달래? 달래도 나와?"

배영준이 의아하게 묻자 배도진이 고개를 힘차게 끄덕였다.

"응. 나온다고 했어요."

그 말을 듣고 있던 최지훈이 놀라 고개를 돌리니 퀭한 얼굴의 차채은이 죽어가고 있었다.

진달래가 베를린 필하모닉 콘서트홀에서 노래를 부른다고 하니 무슨 일인지 물어보려 했던 최지훈은 놀라서 차채은을 살폈다.

"어디 아파?"

"엉? 어어엉."

눈을 끔뻑끔뻑 하던 차채은은 어느새 잠들기 시작했다.

정말 잠깐 사이에 벌어진 일이라 최지훈이 걱정하며 차채은을 흔들어 깨웠다.

"흡."

"정말 어디 안 좋은 거 아니야?"

"으으응. 아냐."

"이제 곧 시작이야."

"응……."

"어제 잠 못 잤어?"

"끄으으응!"

차채은이 기지개를 켰다.

"어제 달래 언니가 불안하다고 노래 좀 들어 달라고 해서. 아하아암. 한숨도 못 잤어."

늘어지게 하품을 한 차채은은 입맛을 다시며 멍하니 무대를 보았다.

아픈 게 아니라고 하니 다행이었다.

"진짜 나오는 거야?"

"응. 솔로는 아니구. 합창단으로 나오는 건데 어쨌거나 이런 무대는 처음이니까."

"아아. 그래도 대단하다. 시작한 지 얼마 안 되었잖아."

"창법 못 바꿔서 고생이었나 봐. 원래 노래는 곧잘 했는데 예전 버릇 고치는 게 어려웠던 것 같아. ……안 되겠다. 나 세수하고 올래."

"5분밖에 안 남았어."

"응."

차채은이 정신을 차리고 자리로 돌아오자 무대 위로 단원들이 자리하기 시작했다.

여느 때와 같이 오보에의 A음에 맞춰 음을 조율해 나갔고 관객들도 덩달아 그에 맞춰 마음의 준비를 할 수 있었다.

취재차 방문한 관중석의 이필호와 정세윤 기자도 마찬가지였다.

"이렇게 보고 있으니까 대단하긴 대단한 것 같아요."

"그치. 저기 오른 마흔 명 중에 솔로로 성공 못 할 사람은 아무도 없으니까."

"그런데도 베를린에 남아 있는 거 보면 푸르트벵글러와 배도빈한테 메리트를 느낀다는 거겠죠?"

"그렇지. 오케스트라만이 할 수 있는 음악도 있고, 또 안정적인 수입원도 이유겠지만 아무래도. 그건 배도빈도 마찬가지 아닐까 싶은데. 나처럼 프리였을 때의 배도빈을 더 좋아하는 사람만 아쉽지."

"편집장님이랑 같은 생각하는 사람 많더라고요. 첫 번째 날에 온 사람들이 전부 배도빈한테 곡 하나 받겠다고 온 거잖아요."

"아무래도 그럴 수밖에. 배도빈이 만든 곡이라고 하면 지금까지 실패는커녕 대박 아닌 적이 없었으니까."

"오케스트라 대전으로 지휘자로서도 최고가 되었고요. 아, 며칠 전에 가우왕이 한 인터뷰 봤는데 배도빈이 피아노계로 돌아오길 바라더라고요. 그 가우왕이요."

"자극이 필요하겠지. 사실 지금 가우왕의 적수가 없잖아. 글렌 골드나 크리스틴 지메르만, 막심 에바로트가 버티고 있긴 해도 티켓 파워만으로는 가우왕이 최고지. 또 사실 지금의 그가 전 세대의 글렌이나 크리스틴보다 못하다고 보는 것도 어불성설이고."

"니나 케베리히는 어때요?"

"훌륭하지. 북미에서만은 가우왕에 유일하게 맞설 수 있는 피아니스트니까."

"조건이 붙긴 하네요."

"아무래도. 그녀의 레퍼토리는 베토벤에 쏠려 있고 그 유니크한 연주가 먹히는 시장도 북미에 한정되어 있으니 말이야."

"유럽이 아직까진 보수적이긴 한 것 같아요."

"응. 그래서 가우왕의 말에도 공감할 수 있는 게 배도빈 이외에 피아노에서 그를 자극할 만한 사람은 없는 것 같아."

"최지훈은요?"

"아."

생각을 거듭하던 이필호 편집장이 턱을 쓸며 입을 열었다.

"오케스트라 대전에서 가능성을 보여줬지. 모르긴 몰라도 몇 년 뒤면 니나 케베리히만큼이나 대단한 피아니스트가 되지 않을까 싶은데."

"가우왕과는 비교하지 않으시네요."

"그렇게 생각하고 싶지만 현실적으로 어려우니까. 지금 최지훈의 제1목표는 최성신을 넘어서는 거 아닐까. 그 대단하던 최성신마저 결국 최정상급에는 이르지 못했으니."

이필호의 말에 무언가 대꾸하려던 정세윤의 말이 환호성에 묻히고 말았다.

준비를 마친 무대 위로 폭군 빌헬름 푸르트벵글러와 배도빈이 나섰기 때문이었다.

나중에 이야기하자는 시선을 나눈 두 사람은 자세를 고쳐 잡았다.

단 한 번의 연주로 전 세계를 휘어잡은 배도빈, 베를린 필하모닉의 차이코프스키 피아노 협주곡 2번.

너무나도 유명한 1번에 가려져 있으나 촘촘하게 구성된 각 악장은 마치 인생사와 같았다.

격렬한 1악장을 지나.

우수에 젖은 멜로디로 위로하고 과거를 회상하는 2악장.

경쾌하게 희망을 노래하는 3악장까지 표트르 차이코프스키가 남긴 걸작 중의 걸작이 배도빈에 의해 새롭게 연주되었다.

그 곡을 직접 듣는다고 생각하니.

관객들은 안달이 나 더는 못 참을 것 같았다.

그 마음을 달래기 위해 빌헬름 푸르트벵글러가 두 팔을 벌렸다.

한껏 당겨진 긴장감이 흐르고.

빌헬름 푸르트벵글러의 신호로.

노도의 1악장이 시작되었다.

치솟았던 희망의 멜로디가 가파르게 추락한다.

시력을 잃으며 얻었던 초인적인 청력으로 보다 섬세한 연주를 할 수 있게 된 배도빈의 타건이 관객들의 가슴에 스며들었다.

차이를 느낄 순 없었지만.

뭔가 다르다.

더 좋다는 막연한 기분을 느끼며 관객들은 인식조차 못 한 채 배도빈이 만들어내는 심상 속으로 향했다.

폭군 빌헬름 푸르트벵글러의 노련하고 과감한 해석이 더해진 차이코프스키 피아노 협주곡 2번이 울리는 가운데.

마치 모든 소리와 음계가 그 자리에 본래 있던 것처럼 노래하니.

객석에 앉은 이들은 숨조차 제대로 쉴 수 없었다.

세상에 남은 유일한 소리.

극상의 연주로 인한 착각이 아니었다.

콘서트홀은 배도빈과 베를린 필하모닉의 연주와 감동만이 남아 있었다.

그때.

"흐헤헷. 학. 헤헥."

의자를 내려치는 소리와 함께 객석에서 웃음소리가 났다.

팽팽하게 이어지던 고조감이 순식간에 끊겼고 폭군 빌헬름 푸르트벵글러는 지휘봉을 내렸다.

최고의 연주를 하던 베를린 필하모닉이 연주를 중단한 채 그대로 다음 지시를 기다렸으나.

"헤헤헤. 헤헤."

웃음소리에 더해 박수까지 들렸다.

갑작스러운 사태에 어리둥절하던 객석 내부도 조금씩 불쾌감을 드러내기 시작했다.

"뭐야?"

"갑자기 왜 저래?"

그러한 불만들이 웅성거리며 연주와 감상을 방해한 남자에게로 향했지만 묘한 웃음소리를 내는 남자는 개의치 않고 손뼉을 치는 두 손을 더욱 빨리 움직였다.

훼방꾼은 아직 어린 청소년이었다.

활짝 웃은 채 턱을 살짝 오른쪽으로 틀고 있었다.

시선은 콘서트홀의 구석에 닿았고 두 손으로 기쁜 듯이 손뼉을 쳤다.

그리고 그 양옆에서 필사적으로 소년을 말리는 두 여성을 함께 볼 수 있었다.

손뼉을 못 치도록 팔을 붙잡는 그 모습에 당황한 기색이 역력했다.

"쉿. 쉿."

나이가 있는 여성은 검지를 입술에 가져갔고 젊은 여성은 주변에 고개를 숙이며 사과했다.

"죄송합니다. 죄송합니다."

그러나 남자의 기행은 멈추지 않았고 결국 직원들이 오기 전에 두 여성은 스스로 남자를 데리고 콘서트홀을 벗어났다.

그러는 도중에도 고개를 깊이 숙였다.

잠시 뒤.

베를린 필하모닉 콘서트홀에 안내 방송이 나왔다.

-고객 여러분께 안내 말씀드립니다. 안내 말씀드립니다. 조금 전 소동으로 인해 10분간 휴식 뒤 공연을 다시 시작하도록 하겠습니다. 10분간 휴식 뒤, 6시 30분부터 다시 시작될 예정입니다.

공연을 처음부터 다시 시작한다는 안내와 사과 방송.

무엇보다 빌헬름 푸르트벵글러가 포디움에서 고개를 숙였기에 불편한 기색을 보이던 객석도 다소 진정되었다.

"대체 무슨 일이래?"

"어디 좀 불편한 사람 같던데."

"아무리 그래도 오늘 공연 보려고 1년이나 기다린 다른 사람들한테 민폐잖아."

"처음부터 다시 연주한다고 하니 다행이긴 한데……. 그래도 좀 아쉽네."

"기본 예절은 좀 지켜줬으면 좋겠다."

그러한 말들이 나오자 현장 반응을 살피던 이필호와 정세윤은 잠시 펜을 꺼내 상황을 기록했다.

"베를린 필하모닉도 난감하겠네."

"그러니까요. 다른 사람들은 감상을 방해받으니 불쌍하고. 또 그 사람들도 얼마나 듣고 싶었으면 왔겠어요."

"본인들이 먼저 나가줘서 다행이지. 아쉽긴 해도 공연을 방해하는 건 안 될 일이고."

이필호와 정세윤의 말대로 관객들은 오늘 음악회에 오기 위해 정말 많은 것을 준비했었다.

표를 구하는 일부터 무엇을 입을지, 누구와 함께할지 고민하고 배도빈과 베를린 필하모닉의 연주를 복기하며 기대를 키웠기에 이러한 사태를 쉽게 넘길 수 없었다.

그것은 소란을 피운 사람이 장애를 겪고 있는 것과는 별개의 문제였다.

그들 역시 본인들처럼 얼마나 오늘을 기대했을지 생각하면 안타까웠지만 그렇다고 자신들의 권리를 침해받고 싶진 않았다.

그것은 너무도 자연스럽고 당연한 일이었으며.

베를린 필하모닉으로서는 그들이 다시 온전히 곡을 감상할 수 있도록 최대한 서둘러 마음을 다잡고 연주를 들려주는 수밖에 없었다.

6시 30분이 되고.

분위기가 정리되자 처음부터 다시 연주를 시작한 베를린 필하모닉은 두 번째 곡 합창까지 너무도 완벽한 연주를 들려주었고.

덕분에 공연 도중의 일은 작은 해프닝으로 잊혔다.

♪

지휘를 마치고 방으로 올라왔다.

모든 단원과 합창단까지 함께한 9번 교향곡은 전에 없이 웅장하여 바라던 대로 훌륭히 연주되었다.

베를린 필하모닉이라면 푸르트벵글러의 지휘 아래에서 몇 번이고 연주했던 곡이니 그 숙련도도 흡족한 수준.

A팀 정도는 아니었지만 짧은 기간 안에 실력을 끌어올린 B팀이 기특하다.

'재촉하면 되긴 되네.'

무대에 서는 것이 오랜만이기도 하고 또 앞을 보지 못하면서 얻은 청력을 최대한 활용해 보고 싶었기에 예전처럼 몰아붙인 듯한 점이 내심 마음에 걸렸는데.

역시 나와 푸르트벵글러가 뽑은 단원들답게 잘 해냈다.

아마 좀 더 잘할 수 있을 거다.

'마지막 날 공연은 좀 더 신경 써야겠어.'

내일, 1월 1일에는 좀 더 잘할 수 있을 것으로 생각하며 잠시 뒤 반성회를 가지기 위해 아쉬웠던 점을 정리하고 있는데.

공연 도중의 소란이 떠올랐다.

'그러고 보니.'

차이코프스키 피아노 협주곡을 연주하던 도중 웃었던 사람이 어찌 되었을지 모르겠다.

조명 때문에 제대로 보진 못했지만 아이 목소리.

그를 데리고 사과하며 황급히 나가던 사람들은 그 가족이었던 것 같다.

공연이 끝나고 들은 이야기로는 아무래도 장애가 있는 아이와 가족이었던 듯하다.

'다른 팬을 위해서라도 어쩔 수 없었어.'

고개를 젓고는 다시 악보를 들여다보는데, 아무래도 마음에 걸려 멀핀을 호출했다.

'그 사람들도 오래 기다렸을 테니까.'

티켓 값 150유로가 적은 금액이 아니기도 하고 구하는 일 자체도 쉽지 않다.

그들도 큰마음을 먹고 왔을 터.

연주를 듣고 싶은 마음과 기다림 그리고 가족을 생각하는 것까지.

'얼마나 듣고 싶었으면 왔겠어.'

역시 무시할 수 없다.

뭔가 그들을 위해 해줄 수 있는 일이 없을까 싶어 멀핀에게 물어보려 하는데.

똑똑-

마침 호출했던 멀핀이 도착한 모양이다.

"들어와요."

"네, 보스. 부르셨어요?"

문을 열고 들어온 멀핀은 조금 지쳐 보였다.

아무래도 음악회를 준비하고 운영하는 과정에서 여러모로 신경 쓸 일이 많았던 모양.

단원들도 직원들도 신년 음악회 이후에는 휴가를 줘야겠다.

그래야 또 열심히 일할 수 있을 테니까.

우선은 신경 쓰이는 일을 물었다.

"첫 번째 곡 연주하던 도중에 나갔던 사람들이 신경 쓰여서요. 혹시 아는 거 있어요?"

"아……. 죄송합니다. 대응이 미흡했던 점 시정토록 하겠습니다."

"아뇨. 탓하는 게 아니에요. 누구도 예상 못 했던 일이니까. 단지."

이자벨 멀핀의 핸드폰이 울렸다.

"받아요."

멀핀이 고개를 숙이곤 전화를 받았다.

"보스와 미팅 중이니 기다려. ……아, 끊지 말아봐."

부하 직원으로부터 뭔가 보고를 받은 그녀가 대화 소리가 들어가지 않도록 전화기를 덮었다.

"방금 말씀하신 일행이 사무국에 찾아왔다고 하는데. 어떻게 할까요?"

마침 잘 됐다.

"이리로 모셔와 주세요."

"네."

멀핀이 나가고 몇 분 뒤 중년 여성과 젊은 여성 그리고 15살에서 16살 근처로 보이는 남자아이가 멀핀과 함께 들어왔다.

일어나 그들을 맞이했다.

"반갑습니다. 배도빈입니다."

"죄송합니다. 정말 죄송합니다."

두 사람이 다짜고짜 머리를 숙여 조금 당황했다.

"아니에요. 괜찮으니 너무 걱정 마세요. 멀핀, 마실 걸."

"네."

멀핀이 밖에 있는 비서에게 마실 것을 주문했고.

나와 멀핀이 함께, 맞은편에는 웨인 일가가 불편한 기색으로 마주 보고 앉았다.

차가 나올 때까지 통성명을 했는데 남매의 부모가 그레이 웨인, 누나가 죠엘 웨인 그리고 해맑게 웃고 있는 동생이 산타 웨인이란다.

"중요한 공연을 망쳐 죄송합니다."

"히히힛."

어떤 상황인지 모르는 듯 그저 웃는 산타 웨인과 시선을 나누곤 소년의 어머니에게 물었다.

"공연 끝날 때까지 기다리셨던 거예요?"

"……네."

"날도 추운데 어디 계셨어요?"

"로비에……."

옷차림이 얇지는 않아 보였지만 웨인 가족이 얼마나 걱정하고 있는지는 그 표정과 행동만으로도 알 수 있었다.

"티켓 구하기 힘드셨을 텐데 아깝게 되었네요."

"아뇨. 괜히 폐를 끼쳐서."

"헥. 히히힉."

"잠깐만 얌전히 있자, 산타."

산타 웨인은 묘하게 들떠 있는 것처럼 보였다.

"산타 군이 우리 공연을 좋아하나 봐요."

"아, 네. 찰스 브라움 협주곡 초연 영상을 본 뒤로는 계속……. 정말 좋아하거든요, 마에스트로랑 베를린 필하모닉."

"이름으로 불러도 괜찮아요."

"……좋은 경험을 해주고 싶어서 딸이 어렵게 티켓을 구했는데 제 욕심이었던 것 같아요. 정말 죄송합니다."

"엄마……."

말을 이어가던 그레이 웨인이 눈물을 보였고 딸 죠엘 웨인이 엄마를 위로했다.

그녀가 감정이 북받친 어머니를 대신해 말을 이었다.

"보시다시피 제 동생은 평범하진 않아요. 오늘 일 어떻게 보상해 드릴 수 없지만 정말 죄송합니다. 꼭 사과드리고 싶었어요. 이렇게 직접 뵐 수 있을 거라곤 생각 못 했는데…… 감사합니다. 앞으로는 이런 일 없도록."

"아뇨."

가족을 지극히 사랑하는 죠엘 웨인.

그리고 엄마가 울기 시작하니 입을 웅얼거리며 슬퍼하는 산타 웨인을 번갈아 보았다.

죠엘 웨인은 대학생 정도일까.

어려 보이는데도 어머니를 달래면서도 동생의 잘못을 조리 있고 진심으로 사과할 줄 아는 배짱 두둑한 사람이다.

"우어엉."

산타 웨인은…… 그저 밝은 아이인 것 같다.

'자폐증 같은 건가.'

잘은 모르겠다.

섣불리 물어 그들에게 상처를 주고 싶지 않다.

"사과 받으려고 모신 게 아니에요. 어렵게 오셨으니 권리를 챙겨드리고 싶었어요."

일어나 피아노 앞으로 향했다.

"여기서는 신경 쓰지 않아도 되니까 편하게 들으세요. 멀핀, 세 분에게 케이크를 가져다주세요. 차도 다시 내드리고요. 단원들에게는 오늘 반성회 없다고 전해주세요."

"네."

"아, 아뇨. 괘, 괜찮아요. 이렇게까지 하시면 너무 부담스러워서."

"힛! 히히헤헷!"

당황한 죠엘 웨인은 고개를 저었고 산타 웨인은 벌써부터 신났는지 해맑게 웃는다.

말은 이해하는 듯하다.

"정당한 방법으로 방문한 팬을 그냥 돌려보낼 순 없어요. 편하게 앉아서 들어주세요. 산타가 뭘 해도 그냥 두시고요."

무엇이 좋을까.

짧게 고민하다 쇼팽의 에튀드를 연주하기 시작했다.

Op. 10의 네 번째 곡 C샾 단조.

최지훈이 툭 하면 연주해서 함께 지내다 보니 자연스레 기억해 버린 곡인데.

장난스럽게 톡톡 튀는 선율과 자유분방함이 특징이다.

밀집음형을 연습하기에도 좋고.

내 예상대로.

"하학! 헤히히힛!"

산타 웨인도 좋아한다.

짧은 곡이라 금방 끝나자 방금까지 웃던 산타 웨인이 금방 울상이 되어 안절부절못했다.

저렇게까지 솔직하게 반응해 주니 즐거워져 바로 같은 작품의 다섯 번째 곡.

흑건을 연주했다.

아르페지오와 스케일에서 이는 소리가 요정이 잎 사이를 뛰어다니는 듯 맑고 청명한 악상을 이룬다.

다른 에튀드와 달리.

쇼팽의 에튀드가 지금까지 많이 연주되는 건 아마도 그의 멋진 음악성이 잘 녹아 있기 때문.

연주하다 보면 즐겁다.

"히헿. 헤헤헤헤!"

탁탁탁탁-

완전히 신이 났는지 산타 웨인이 테이블을 두들기기 시작했다.

제멋대로라 내 연주를 방해하지만 녀석이 음악을 즐기는 방법이 그렇다면 지금이라도 충분히 놀 수 있게 해주고 싶다.

다음은 6번과 7번을 넘어서 8번 F장조.

타건의 정확성이 무엇보다 중요한 곡이다.

손을 풀 때 자주 연주했던 곡.

왼손의 몽환적인 분위기와 그 위에서 노는 활기찬 새들을 표현하기 위해서는 양손 모두 재빨라야 하지만 아무 생각 없이 속도를 냈다간 쉽게 손가락이 꼬이는 꽤 번거로운 곡이다.

그렇지만 다른 쇼팽의 곡처럼 이 짧은 시간 안에 표현되는 판타지가 마음에 드는 듯.

"하힉힉히! 흐헤헤!"

산타 웨인이 마음껏 웃는다.

20분 정도 연주하곤 건반에서 손을 떼자 산타의 부모 그레이 웨인은 얼굴을 감추고 조용히 흐느끼고 있었고.

누나 죠엘 웨인은 산타의 가방에서 사인지와 펜을 꺼내 동생에게 건네주었다.

본래 음악회가 끝난 뒤 사인을 받으려고 했던 모양이다.

산타가 고개를 힘껏 꺾어대며 내 방 구석구석을 살폈다. 그러면서도 제대로 걸어와 사인지와 펜을 앞으로 내밀었다.

"흐. 헤."

말을 하진 않지만 왼쪽 어깨를 앞으로 두어 번 밀면서 사인을 재촉한다.

그것을 받아 들고는 죠엘 웨인을 보았다.

"연주 뒤에는 반성회를 해서 사인하는 자리를 따로 갖진 않아요."

"아."

"혹시나 다음에 오실 때 기다리실까 봐 알려드리는 거예요."

사인을 해주곤 산타 웨인에게 넘기자 녀석이 그것을 꼭 끌어안았다.

"다음에 또 와야 해."

"네! 히헤헤헥."

산타 웨인이 내 말에 처음으로 대답했다.

대화가 가능하다는 걸 알게 되어서 그런지 더 마음이 갔다.

"산타가 오고 싶어 하면 언제든지 오세요."

"하지만……."

"산타, 박수랑 웃는 거 참으면 오케스트라도 들을 수 있는데. 어때?"

"헤! 조, 좋아!"

"좋아. 다음 개인 콘서트 때 한번 연습해 보자. 성공하면 오케스트라도 들을 수 있어."

"히히기익!"

손을 내밀었는데 산타가 망설이더니 마주 잡았다.

힘이 생각보다 세서 당황했지만 악수를 나눈 산타는 여전히 울고 있는 엄마에게 온몸으로 기쁨을 표현했다.

누나 죠엘 웨인이 고개를 깊이 숙였다.

"정말 감사합니다."

"저야말로 고마워요. 베를린 필하모닉을 좋아해 주는 거니까요."

책상 위의 명함을 하나 꺼냈다.

대체 언제 쓸까 싶었는데 남에게 주기는 몇 달 만에 처음이다.

"사무실 전화번호가 적혀 있으니 산타가 바랄 땐 언제든 연락해요. 오전에는 대부분 사무실에 있으니까."

"네……."

"꼭 연락하세요."

대답이 시원치 않아 다시 한번 강조하니 죠엘 웨인이 두 번이나 더 고개를 숙였다.

마찬가지로 계속해 감사를 표하는 그레이 웨인과 그 일가를 배웅하곤 충족된 마음으로 짐을 정리할 수 있었다.

♪

31일 일정을 마치고 카밀라 앤더슨과 이자벨 멀핀은 사무실 직원들끼리의 조촐한 파티를 가질 예정으로 교외로 향하고 있었다.

"아하아함. 엄청 졸립다."

보조석에 앉은 카밀라 앤더슨이 오늘 마시기 위해 사 둔 와인을 살펴보았다.

"이거 도수가 좀 있는 편이네. 드라이한 건 별로 안 좋아하는데. 직원들이 좋아할까?"

카밀라는 멀핀이 반응하지 않자 몇 번 더 그녀를 불렀다.

"멀핀?"

"아, 네. 국장님."

"많이 피곤해? 오늘은 그냥 돌아갈래?"

"아, 아뇨. 죄송해요. 생각할 게 좀 있어서요."

"고생했잖아. 오늘은 일 생각 그만하자."

"흐. 일은 아니고. ……실은 보스 생각하고 있었어요."

"너 설마……."

처음에는 카밀라가 무슨 말을 하는지 이해하지 못했던 이자

벨 멀핀이 발끈해 소리쳤다.

"국장님!"

"아하하하. 농담이야. 농담."

카밀라의 짓궂은 말에 심통이 난 멀핀이 피식 웃으며 퇴근 전 있었던 일을 털어놓았다.

"보스 있잖아요. 가끔 보면 정말 대단한 거 같아요."

"도빈이야 3살 때부터 대단했지."

"음악이야 두말할 것 있나요? 아까 공연 도중에 소란 피웠던 사람과 가족들이 사과하러 왔었거든요."

"아, 그래. 어땠어?"

"알고 보니 자폐증이 있던 아이였어요. 보스랑 베를린 필하모닉을 좋아해서 무리해서 왔던 것 같아요."

"저런."

"저희로선 다른 팬들을 위해 내보낼 수밖에 없긴 했는데 그 사람들 마음도 오죽했겠어요. 그런데 보스가 그 아이를 위해 몇 곡 연주해 주더라고요."

"도빈이가?"

카밀라 앤더슨은 악단 내에서도, 푸르트벵글러와의 만담급 기자회견에서도 고약한 성질로 유명한 배도빈을 떠올리며 되물었다.

"네. 사실 저는 좀 무섭기도 하고 그랬는데. 꼭 다시 오라고 하면서 서슴없이 악수도 하시더라고요. 뭐랄까. 편견이 없다고 해야 하나."

"음음."

"뭔가 인격적으로도 다시 보게 되었어요."

♪

웨인 가족과 멀핀이 돌아가고.

슬슬 퇴근할 생각으로 밖으로 나서자 로비 앞에 진달래가 쪼그려 앉아 궁상을 피우고 있었다.

"왜 그러고 있어?"

녀석이 날 보더니 불쑥 일어났다.

"자!"

진달래가 종이가방을 내밀었다.

뭔가 싶어 열어 보니 신발 상자다.

"뭐야? 내 생일 2월인데."

"네 덕분이니까."

뭔 말인가 싶어 인상을 쓰며 고개를 갸웃하니 녀석이 아아악 하고 소리를 쳤다.

순간 정신병자랑 어울리더니 미친 건가 싶었다.

"오늘 노래할 수 있었던 거 네 덕분이니까! 고맙다고!"

얼굴을 잔뜩 붉히면서 성큼성큼 걸어가는 녀석을 보니 헛웃음이 나와 버렸다.

"하핫."

"웃지 마!"

"그래. 잘 신을게."

시간도 늦었겠다, 기사를 불러 진달래와 같이 서둘러 귀가했다.

녀석이 산타 웨인에 대한 이야기를 꺼냈다.

"근데 아까 같은 상황은 어떻게 처리되는 거야?"

사무실에서 있었던 이야기를 해주니 만족스럽다는 듯 고개를 끄덕인다.

"네 오지랖은 알아줘야 한다니까. 완전 기특한데!"

기특하다니.

50살 정도 차이 나는 녀석에게 그런 말을 들으니 기분이 묘하다.

진달래가 생각지 못했던 이야기를 꺼냈다.

"근데 좀 이상하긴 해. 왜 다들 얌전하게 있을까. 신나면 박수도 치고 소리도 칠 수 있는 거잖아."

"다른 사람의 감상을 방해하잖아."

"흐음……. 그냥 가수들 라이브 공연이랑은 뭐가 다른데?"

녀석의 무지함을 지적하려다가.

순간 나도 조금은 달리 생각하게 되었다.

'그럴 수 있는 공연을 만들면 되잖아.'

굳이 산타 웨인만을 위한 일은 아니다.

클래식 음악을 새롭게 접한 사람 중에는 진달래 같은 생각을 하는 사람도 분명 있을 것이다.

케르바 슈타인과 찰스, 소소가 시도했던 공연 같은 느낌이라면 사실 점잖게 듣고만 있는 게 더 이상하다.

메인 연주회로는 힘들겠지만 그런 팬을 위한 작은 공연이 무리는 아닐 터.

산타 웨인는 물론 다른 팬들도 마음껏 즐길 수 있는 분위기가 될 것이다.

'웃고 떠드는 현악 4중주.'

괜찮은 생각인 것 같다.

74악장

2024년 봄

배도빈이 복귀하면서 활력을 되찾은 베를린 필하모닉은 여러 방면에서 개혁을 추진해 나갔다.

가장 먼저 바뀐 것은 일정과 편제.

3일에 한 번씩 치르는 정기 연주회를 주 2회로 변경하였고 그에 따라 정기 연주회를 전담하던 A팀의 부담이 완화되었다.

B팀의 경우에는 A팀이 전담하던 주 1회 공연을 대신 맡으면서 외부 일정을 줄였고.

실연 빈도에는 큰 차이가 없지만 이동하는 시간이 줄고 여행으로 인한 피로를 덜 수 있는 점에서 편의를 볼 수 있었다.

그러나 A팀과 B팀에서 차출되어 음악회를 성공적으로 이끈 연주자에 한해서는 도리어 전보다 역할이 늘었는데.

바로 배도빈과 베를린 필하모닉이 그간 준비했던 크루즈, 즉 해상 오케스트라를 이끌 주역으로 지목된 탓.

배도빈 악단주와 베를린 필하모닉 사무국은 현실적인 면에서 연중 내내 크루즈를 운용하기엔 벅차다고 판단하여 1년에 두 번, 각 3주씩 운영하기로 했다.

또한 WH해운과 협업을 맺음으로써 크루즈를 운영하지 않는 기간의 손실과 크루즈 유지비용에 대한 부담을 최소화할 수 있었다.

그렇게 아낀 예산은 고스란히 단원, 직원들의 복지로 돌아갔다.

신년 음악회 이후.

배도빈은 베를린 필하모닉 구성원을 대상으로 새 계약을 진행했고, 그들은 전례 없는 수준의 대우를 받을 수 있었다.

베를린 필하모닉은 모든 단원이 계약서에 서명하며 다시 한 번 제국의 견고함을 과시했다.

그렇게 새로운 사업을 시작하기 전, 내실을 다지는 데 성공한 그들은 이러한 배경을 발판 삼아 해상 오케스트라 프로젝트를 가동.

신년 음악회에서 크게 활약한 이들을 C팀으로 편성하였다.

베를린 필하모닉이 자랑하는 마흔 명의 명연주자들로 구성된 C팀은 그 이름만으로도 팬들의 환호를 받았고.

타 악단은 그를 의식할 수밖에 없었다.

그러나 시범 운행이 한 달 앞으로 다가오면서 단원들의 머리카락이 남아나질 않는 사태에 이르렀는데.

C팀뿐만이 아니라 '웃고 떠드는 현악4중주단'에도 포함된 찰스 브라움과 왕소소, 나윤희, 나카무라 료코 그리고 다니엘 홀랜드는 정말 도망이라도 치고 싶은 심정이었다.

제1바이올린의 찰스 브라움, 제2바이올린의 나윤희, 비올라의 나카무라 료코, 첼로의 왕소소, 콘트라베이스의 다니엘 홀랜드는 A팀 또는 B팀 소속으로 활동하면서도 동시에 C팀에 포함되었고.

'웃고 떠드는 현악4중주단'까지 준비하다 보니 도를 지나친 일정에 하루 24시간이 부족할 지경이었다.

피로에 허덕이던 그들의 체력도 마침내 방전.

마침내 갈등이 시작되었다.

"더 이상 못 참아!"

오늘.

각오를 다지고 나선 바이올린의 황제, 베를린 필하모닉의 악장, 파이어버드의 소유자, 베를린 대학 음대 교수이자 그레이트브리튼 왕국 왕위 계승 서열 113위의 애매하게 고귀한 혈통의 찰스 브라움이 폭발하고 말았다.

"배도빈!"

악단주의 집무실로 돌격한 찰스 브라움이 있는 힘껏 소리쳤다.

"찰스."

그러거나 말거나 배도빈은 찰스 브라움을 반갑게 맞이하며 악보를 집어 건넸다.

"안 그래도 부르려 했는데 마침 잘 왔어요. 이거 요즘 유행하는 팝 음악이래요. 마무리 작업 좀 해줘요."

"그만!"

신경질적으로 다가간 찰스 브라움이 책상을 내려쳤다.

"6주간 단 하루도 못 쉬었어. 단 하루도! 내 곱디고운 피부가 푸석푸석해졌다고!"

피로로 피부가 상한 나르시스트의 분노에 배도빈이 잠시 눈을 깜빡이더니 태연히 답했다.

"찰스가 제일 잘하는데 어떡해요."

배도빈의 말에 분노와 광기로 가득했던 찰스 브라움의 눈빛이 흔들렸다.

그러나 그러한 말로 넘어가기엔 찰스 브라움 악장이 맡은 일이 너무나 많았다.

그 역시 과도한 업무를 처리하고 있던 배도빈은 '웃고 떠드는 현악4중주'가 연주할 곡의 가이드만 잡아줄 뿐, 업무 대부분을 찰스 브라움에게 맡기고 있었고.

찰스 브라움은 없는 시간을 쪼개 편곡까지 해야 할 입장이었다.

"어설픈 말로 넘어가려 하지 마. 나 매우 심각해."

"아뇨. 정말이에요. 곡을 다루는 일인데 어떻게 아무한테나 맡겨요. 게다가 웃고 떠드는 현악4중주단은 단순한 이벤트가 아니에요. 왜 필요한지는 찰스도 잘 알잖아요."

"그건 그렇지만."

"그렇다고 다른 주요 공연에서 최고의 바이올리니스트를 제외하는 것도 말이 안 되고요."

"그렇…… 지."

"4월까지만 힘내요. 그 이후엔 꼭 휴가 챙겨줄 테니까."

"그, 그래?"

"약속."

웃으며 손가락을 내미는 배도빈과 약속의 의식을 치른 찰스 브라움은 만족스러운 얼굴로 복도로 나섰다.

'찰스가 제일 잘하는데 어떡해요.'

배도빈의 말을 떠올리니 자꾸만 입꼬리가 올라갔다. 게다가 2달 뒤에 휴가까지 약속 받았으니 그로서는 만족스러운 협상이었다.

그러나 때마침 배도빈에게 항의하려던 왕소소에게는 그 얼굴이 그렇게 한심해 보일 수 없었다.

"찌질이."

찰스 브라움이 눈썹을 좁히며 불쾌함을 내비쳤다.

"뜬금없이 무례하군."

"항의하려고 들어갔던 거 아니었어?"

"하. 크게 오해하고 있군. 지휘자와 악장은 신뢰로 이어진 관계. 단순히 서로의 의견을 나누었을 뿐이야. 너도 악장 신분에 맞게 행동해야 할걸."

그럴듯한 말을 내뱉지만.

왕소소는 찰스 브라움이 배도빈의 간악한 사탕발림에 넘어갔다고 확신했다.

그녀도 2주 전에 극상의 디저트를 매일 제공하겠다는 회유에 넘어갔던 탓이다.

그러나 정신을 차리고 보니 드라마조차 볼 수 없는 타이트한 일정이 그녀를 괴롭혔고.

두 번 속지는 않을 거라 다짐하며 담판을 짓고자 했기에 찰스 브라움의 멍청함이 옮기 전에 자리를 피했다.

"방해야."

왕소소가 찰스 브라움을 지나치곤 노크도 없이 배도빈의 집무실에 들어섰다.

"도빈. 할 말 있어."

"아, 그러지 않아도 이야기할 게 있었는데 잘 왔어요. 요즘 소소한테 부담되는 일이 많아서 걱정되었거든요."

"……어?"

예상치 못한 말에 왕소소가 드물게 당황했다.

"모레 B팀 일정 파울 리히터가 대신해 줄 거예요. 하루지만 푹 쉬도록 해요."

"……."

"그리고 이거. 하피즈 무스타파라고 이스탄불의 디저트 가게에서 사 온 거예요."

잔뜩 화를 내려던 왕소소는 어느새 배도빈이 내민 디저트에 영혼을 빼앗겨 버렸다.

투명한 플라스틱 용기 안에는 초콜릿 푸딩이 슬라이스 된 피스타치오를 이불 삼아 교태를 부려댔고.

"이건 패스트리. 사과잼이 들어가 있대요."

풍요로운 색상의 빵은 댄디한 바디 라인을 뽐내고 있었다.

게다가.

"이건 아이스크림이니까 빨리 먹어요."

배도빈이 냉장고에서 꺼낸 짙은 갈색 물체.

마왕이 준비한 마지막 디저트에 왕소소는 흐르는 침을 삼킬 생각마저 못 하고 넋을 놓아버리고 말았다.

한눈에 보기에도 농밀한 표면과 요염한 자태, 그 고혹적인 곡선을 타고 내리는 서늘한 기운까지.

소소의 심장을 폭격하기에 충분했다.

"초콜릿 아이스크림 위에 화이트 초콜릿을 갈아서 뿌린 거래요."

소소는 더 이상 배도빈이 무슨 말을 하든 귀에 들어오지 않았다.

"응."

배도빈이 챙겨준 디저트를 가지고 그의 집무실을 벗어난 왕소소는 한참 뒤에야 나카무라 료코에 의해 발견되었다.

'소소 악장이잖아. 항의하러 간다더니 왜 여기 있지?'

오물오물.

나카무라 료코는 휴게실에서 양쪽 볼을 빵빵하게 채운 채 황홀하게 웃고 있는 그녀에게 다가갔다.

료코가 다가서자 소소가 포크를 들어 함께 먹기를 권했다.

그러나 보기만 해도 살이 찔 것 같은 디저트들에 료코는 고개를 저었다.

"맛있."

"웅?"

"……아니에요."

맛있냐는 상투적인 질문을 하려던 료코는 왕소소의 표정을 본 순간 말을 삼켰다.

저렇게 행복해하는 얼굴에 대고 물어볼 질문이 아니었다.

"일정 조절한다고 하더니 잘 됐어요?"

"아."

료코의 질문에 순간 정신이 든 왕소소가 행동을 멈추었다.

그녀의 이성이 지난 몇 주간의 강행군을 떠올리면서 이번에야말로 결판내야 한다고 소리쳤지만.

입안에서 퍼지는 진한 초콜릿 향과 당분은 그러한 생각을 잠식해 버리기에 충분했다.

"……모레 휴가 준댔어."

그녀가 남긴 마지막 말에.

나카무라 료코는 고개를 저었다.

이미 틀린 사람을 짊어지는 것보다 본인이라도 살아야 한다고 생각한 그녀는 배도빈의 집무실을 찾아 문을 두드렸다.

"네."

문을 열고 안으로 들어선 나카무라 료코는 배도빈을 찾을 수 없었다.

그의 집무실은 책상 가득 쌓인 서류와 이곳저곳에 빈틈없이 놓인 악보로 가득했고.

그것들이 채우지 못하는 공간은 베토벤의 피아노 소나타와 진한 커피 향이 메우고 있었다.

'어디 있는 거야?'

치워야 할 텐데.

대체 어디서부터 치워야 좋을지 감조차 잡을 수 없었다.

료코가 당황하고 있자 악보 사이에서 배도빈이 얼굴을 불쑥 내밀었다.

료코는 배도빈이 핸드폰을 귀에 가져간 채로 소파를 가리켰기에 어쩔 수 없이 앉아 기다리려 했으나.

'어디에?'

앉을 곳을 찾을 수 없었다.

"마침 잘 됐네요. 지금 료코 왔거든요. 네. 좋은 일이죠. 그럼 나중에 연락해요."

'일본어?'

배도빈이 일어로 대화할 사람이 그리 많지 않은 걸 알기에 의아해하던 료코는 배도빈이 통화를 마치자마자 물었다.

"누구야?"

"요코 씨."

"엄마?"

배도빈이 용케도 길을 트고 나와 소파를 주섬주섬 치우고는 앉았다.

"웃고 떠드는 현악4중주 소식을 들으셨나 봐. 특집 기사를 내고 싶으시대. 딸이 자랑스러운 거겠지."

"……."

"그건 그렇고. 무슨 일?"

B팀과 C팀 일정만으로도 벅차, 실내악 편성에서 제외해 달

라고 말하려던 나카무라 료코의 뇌가 정지하고 말았다.

일본 내에서 평론가로 명성이 자자한 나카무라 요코는 딸을 향한 지극한 사랑을 과시해 왔는데.

딸이 이번 베를린 필하모닉의 새 실내악 멤버에 포함되었다는 소식에 특집 기사를 기획할 예정이었다.

'엄마라면 그러고도 남을 거야.'

배도빈에 의해 그러한 상황을 알게 된 료코로서는 신이 난 부모를 실망시킬 수 없었다.

"……아무것도 아니야."

배도빈은 들어올 때만 해도 뭔가 말하려던 료코가 입을 다물자 어깨를 으쓱이고는 커피포트에 물을 올렸다.

그러고는 원두를 세다가 마침 료코에게 주려고 준비해 두었던 것을 떠올렸다.

자신의 책상 서랍을 열어 서류 봉투를 꺼낸 배도빈이 체념한 듯 돌아가려는 료코를 불러 세웠다.

"이거 가져가."

료코가 봉투와 배도빈을 번갈아 보았다.

"다들 하나씩 준비하고 있는데 비올라만 빠졌으니까."

"어?"

"연습해 봐. 정기 연주회 연습 비중은 조절해 줄게."

배도빈의 말에 료코는 설마 하면서 서둘러 서류 봉투를

열었다.

그리고 그 안에 든 악보를 보고선 두 눈을 화등잔만 하게 떴다.

"오리지널은 아니야. 부활을 편곡했을 뿐이니까. 나중에 정규 연주회에 나설 기회가 생기면 그때 하나 만들어줄게."

나카무라 료코는 차마 대답도 못 하고 고개만 힘차게 끄덕였다.

당장에라도 악보를 확인해 보고 싶어 했기에 배도빈은 웃으며 문을 대신 열어주었고.

어린 비올리스트가 나가는 모습을 확인한 뒤에야 소파에 등을 파묻고 앉았다.

'일 줄여달라고 왔을 텐데 더 줘버렸네.'

배도빈이 혀를 차고는 원두를 갈기 시작했다.

'힘들 테지.'

빌헬름 푸르트벵글러와 니아 발그레이는 베를린 필하모닉의 변화를 반갑게 여기면서도.

일부 단원들에게 부여될 부담을 우려했고 그것은 배도빈도 공감하는 내용이었다.

특히나 정기 연주회를 하면서도 C팀과 실내악까지 준비하는 찰스 브라움, 나윤희, 왕소소, 나카무라 료코, 다니엘 홀랜드는 바쁘기로 소문난 베를린 필하모닉 안에서도 유독 그러했다.

불만이 나오기에 충분한 상황이라 배도빈도 그들을 달랠

여러 일을 준비했고.

지금까지는 다행히 잘 넘기고 있었지만 근본적인 해결책이 필요했다.

'다니엘 홀랜드는 내년에 교체해 주기로 했고. 남은 건 윤희인데.'

욕망에 충실한 다른 단원들에 비해 나윤희는 상대하기 어려웠다.

'어쩐다.'

그녀의 재능을 아끼는 배도빈으로서는 거의 모든 무대에 나윤희를 올리고 싶었고.

동시에 오케스트라 대전 때의 일이 떠올라 무리시키고 싶지 않은 마음을 함께 느끼고 있었다.

문제는 나윤희가 '웃고 떠드는 현악4중주단' 안에서도 가장 바쁘다는 점.

악장으로서의 기량을 갖추기 위해 니아 발그레이 고문으로부터 개인 과외를 받아야만 했으므로 조만간 쓰러지거나 도망치려 할 것이 뻔한 상황에서.

배도빈은 오랫동안 해왔던 고민을 그만두었다.

지금도 피 흘리는 그 모습이 떠올라, 불안한 마음을 감출 수 없었다.

'쉬게 해줘야 해.'

배도빈이 자리에서 일어나 나윤희에게 전화를 걸었다.

똑똑-

채 한 번의 신호음이 가기도 전에 노크 소리가 나 배도빈은 전화기를 든 채 고개를 돌렸다.

"들어오세요."

통화음이 가는 도중 조심스럽게 열린 문 뒤로 나윤희가 얼굴을 드러냈다.

"자, 잠깐 시간 괜찮아?"

"마침 전화하던 참이었어요."

"어?"

나윤희가 주머니에서 핸드폰을 꺼내더니 입을 벌렸다.

연습 때문에 무음으로 설정해 두었던 핸드폰이 빛나고 있었다.

"연습하고 오는 길이라 몰랐어."

"잘 왔어요. 일단 앉아요."

손님을 맞이한 배도빈이 소파로 향했다.

♪

마주 앉은 두 사람이 동시에 입을 열었다.

"요즘."

"저기."

"아, 머, 먼저 말해."

당황한 나윤희가 말을 더듬었고 배도빈은 작게 웃었다.

"아마 같은 말일 것 같아요. 제 이야기는 들은 뒤에 할게요."

배도빈의 말에 나윤희가 입을 다물고는 손가락을 꼼지락거렸다.

'다 나았다고 들었는데. 아직 신경 쓰이는 건가.'

그는 나윤희의 작은 행동에도 신경이 쓰였다.

내색하진 않았지만 연주를 위해 유망한 바이올리니스트의 손을 망가뜨릴 수도 있었던 그 일이, 상실을 경험했던 그에게는 큰 충격이었다.

배도빈이 나윤희의 손가락에 신경 쓰고 있는 사이, 준비를 마친 그녀가 입을 열었다.

"실은 일정 문제 때문에."

"네."

예상했던 일이었기에 배도빈은 나윤희의 한탄을 들어줄 생각으로 귀를 열었다.

지금까지 여러 번 생각지 못한 발언을 해온 그녀가 어쩌면 자신이 놓치고 있는 부분을 알려줄 수 있지 않을까 싶었다.

"악단 운영하는 것도 부담일 텐데 A팀이랑 C팀도 맡는 게 걱정되어서……. 조금 쉬는 게 좋지 않을까? 하고."

"네?"

예상했던 이야기가 아니라 배도빈은 드물게 당황했다.

"응?"

"아니."

잠시 간격을 두고 물었다.

"누나 이야기는요?"

"나?"

무슨 말인지 모르겠다는 듯 눈을 깜빡이는 나윤희를 보며 배도빈이 피식 웃고 말았다.

"힘들어서 온 거라 생각했어요. 그러지 않아도 일정에서 뭘 빼면 좋을까 의논하려고 했었고."

"나, 난 괜찮아. 그보다 네가 더……."

"난 괜찮아요. 푸르트벵글러가 자꾸 쉬려고 해서 문제지 나머지는 원래 하려던 일이니까."

배도빈이 소파에 등을 기댔다.

괜찮다고 말하는 그의 표정과 말투에서 묻어나오는 피로감을 본 나윤희는 입을 다문 채 입술을 두어 번 씹었다.

그리고 어렵게 이야기를 꺼냈다.

"그때 이후로…… 많이 생각했어."

배도빈이 조난 당하고 반복해 생각했던 이야기였다.

나윤희는 오랜 시간 고민하고 정리했던 말을 풀어내기 시작했다.

"나 정말 네게 많이 의지하고 있었구나. 우리 모두 그랬구나 하고."

배도빈은 차분히 자신의 이야기를 이어나가는 나윤희를 묵묵히 지켜보았다.

"네가 돌아와서 실망하지 않게 다들 열심히 했어. 슬퍼서 힘들었지만 그래야만 했으니까. 근데 잘 안 되더라구."

두 사람이 온전히 눈을 마주했다.

"결국엔 그 고생을 하고 돌아온 네가 다시 너무 많은 짐을 짊어진 것 같아서……. 미안하고 걱정이야."

"그건."

"그래서."

나윤희가 배도빈의 말을 가로막았다.

"그래서…… 나도 소소도 다른 단원들도 연습이 필요한 것 같아. 네가 없더라도, 아니, 쓰러지기 전에 짐을 나눌 수 있는 연습. 우리한테도 나눠주면 좋겠어."

하고 싶은 말을 다 한 나윤희는 배도빈을 걱정스레 보았다.

이제 겨우 19살.

평범한 아이였으면 대학 수학 능력 시험을 준비하고 있을 어린 나이였다.

그러나 그가 안고 있는 일은 세상 그 어떤 음악가라 할지라도 감당키 어려울 만큼 터무니없었다.

베를린 필하모닉의 모든 사람이 강도 높은 업무에 시달리고 있다고는 하나 그중에서도 가장 많은 짐을 짊어지고 있었다.

베를린 필하모닉에서 발표되는 모든 신곡이 그가 만든 것이었고.

정기 연주회와 이벤트 연주회의 절반가량이 배도빈이 편곡한 대로 연주되었다.

피아노가 필요할 때는 직접 나섰고 단원들이 어려움을 겪을 때도 마찬가지.

무대 배치, 악단 운영까지 책임지면서 동시에 본래 베를린 필하모닉을 떠나 공부하고 싶었던 다른 문화권의 음악도 틈틈이 공부하니, 기본 생활에 필요한 시간을 최소한으로 가져가도 수면 시간이 부족할 수밖에 없었다.

더욱이 본인은 신경 쓰지 않지만.

유명해지면서 동시에 생겨난 안티들을 경험한 나윤희는 어떻게든 배도빈과 엮어보려고 발광하는 이들이 얼마나 많은지 알고 있었다.

아무리 익숙해지려 해도, 무시하려 해도 받을 수밖에 없는 상처가 얼마나 많았으면 저리도 무감각해졌을까.

안타까웠다.

'저러다 쓰러져.'

그가 조난되고.

그 빈자리를 절감한 나윤희는 배도빈이 쓰러지기 전에, 그를 잃기 전에 자신이 먼저 나서야 한다고 생각했다.

너무도 소중했기에 잃을 수 없었다.

능력이 부족해 배도빈의 역할을 대신할 수는 없었지만 가능하다면 단원 모두가 가장 많은 짐을 짊어진 그를 도와주었으면 했다.

그래서 걱정스레 살펴보는데.

배도빈이 고개를 숙이고는 이마를 짚었다.

"걱정해 줘서 고마워요."

배도빈이 작게 웃으며 말했다.

"하지만 곡을 안 쓰고 지휘를 안 하고 연주를 못 하는 것보다 힘든 건 없어요."

"그럼 적어도 음악 외적인 일이라도."

"카밀라랑 멀핀이 많이 도와주고 있어요. 대부분 보고를 받고 의사결정만 할 뿐이니까요."

"……."

배도빈의 단호함에 나윤희는 할 말을 잃었다.

고집스러운 그는 어떤 말을 듣더라도 지금까지 그래왔던 것처럼 음악만을 생각할 것 같았다.

그래서 좋지만.

그래서 싫다.

자신을 챙기지 않는 무모함이, 그 어린 생각이 주변의 걱정을 사는 것에 앞서 본인을 망치고 있다는 걸 알아주었으면 했다.

"제 이야기는 끝났으니 이제 누나 일정 좀 볼게요. 저번 주에."

"그러다 아프면 어떡해."

나윤희가 다시 한번 배도빈의 말을 끊었다.

"아프면 곡도 못 쓰고 지휘도 못 하고 연주도 못 하잖아. 그땐 어떻게 하려고."

조금씩 떨리는 목소리에 배도빈이 입을 다물었다.

단원으로부터 이렇게 사랑받는 지휘자가 있을까.

예전 삶이었다면 상상도 못 했을 일이었기에 악장의 진심 어린 걱정이 지휘자에게는 너무도 큰 기쁨이었다.

"너무 걱정 말아요. 병원도 다니고 있고 푸르트벵글러랑 산책도 하고 있으니까."

반대로.

나윤희에게는 배도빈의 태연한 모습이 참을 수 없이 안쓰러웠다.

유진희와 차채은을 통해 배도빈이 6살 무렵부터 과로로 쓰러지길 반복했던 정황을 들었고.

실제로 그를 잃을 뻔했던 경험이 자꾸만 겹쳤다.

"아파서 병원 가면 늦잖아."

"쉬면 돼요. 아픈데도 일할 만큼 바보는 아니니까 너무 걱정하지."

걱정을 덜어주려고 했던 말이 나윤희에게 비수처럼 꽂혔다.

"아, 아무렇지 않게 말하지 마! 바보 같고 미련해 보여!"

배도빈의 방은 항상 이러했다.

악보와 서류가 가득했고 어찌나 마셔대는지 그 종이에 커피 향이 밸 정도였다.

항상 피로에 젖어 눈 주변이 어두웠고 얼마나 무리했으면 최고의 환경에서 자랐건만 성장도 제대로 못 했다.

일에 집중하고 있는 배도빈은 마치 무엇에 홀리기라도 한 것처럼 보였고 그가 괜찮다고, 걱정하지 말라고 할 때마다 가슴이 아렸다.

"아직 어리잖아. 19살밖에 안 됐잖아. 다른 사람 건강은 그렇게 걱정하면서 왜 네 몸은 막 대해?"

배도빈의 얼굴이 굳었다.

맞는 말이다.

푸르트벵글러에게도 들었던 말이다.

사카모토나 발그레이나 노이어, 그 외에도 수많은 사람에게서 들었던 말일진대.

이유를 알 수 없이 불쾌하다.

울먹이는 나윤희와 눈을 마주하고 그녀가 시선을 피한 뒤에야 무엇을 못마땅해하고 있는지 자각할 수 있었다.

배도빈으로서의 삶도 벌써 18년.

아이로 취급받는 일에는 익숙하다.

푸르트벵글러와 사카모토 료이치를 비롯한 몇몇 사람은 나를 동등한 입장에서 대했지만.

고작해야 스무 살도 안 된, 아니, 유아 시절부터 활동했던 탓에 기본적으로 많은 이로부터 알게 모르게 아이 취급을 받았다.

결국에는 음악으로 인정받을 수 있다고 생각했고 더욱이 그들 눈에는 어쩔 수 없는 아이였기에 신경 쓰지 않았다.

분명 익숙한 일인데.

나윤희에게서 그런 말을 들으니 불쾌했다.

그녀가 날 진심으로 걱정하고 있다는 걸 알면서도.

방금까지만 해도 기뻤는데.

분명 그러했는데 짜증이 난다.

"너무 쉽게 생각하지 않아? 커피 안 마시면 버틸 수도 없잖아. 벌써부터 그러면."

"그만."

나도 모르게 화를 내고 말았다.

나윤희의 입술이 파르르 떨렸다. 눈은 크게 떴고 말을 되삼키고 있는 모습에 아차 싶었다.

"……이해했어요."

진심이다.

"제 이야기는 이만 하고 누나 일정 봐요. 뽑아놓은 게 있었는데."

멀핀이 뽑아준 나윤희의 스케줄러를 찾으러 일어서는데.

갑자기 눈앞이 컴컴해졌다.

넘어지지 않으려고 간신히 소파를 짚었지만 시야가 좁아지면서 찾아온 갑작스러운 어둠과 어지러움을 이겨낼 순 없었다.

"도빈아!"

소파에 의지해 반쯤 넘어진 상태에서 나윤희의 목소리가 귀를 때렸다.

다급한 목소리와 동시에 시야를 되찾았다.

나윤희의 간절한 얼굴을 보니.

사카모토가 죽어갈 때 나도 이랬을까 싶다. 잔뜩 찡그린 미간과 당장에라도 터질 것만 같은 눈물.

비틀린 입술까지.

'아.'

알 것 같다.

그녀가 앰뷸런스를 부르려 하여 손목을 잡았다.

"괜찮아요."

"안 괜찮잖아!"

나윤희와 넘어지면서 쓰러뜨린 악보들로 난장판이 되어버린 집무실을 둘러보니 돼지우리가 따로 없다.

'괜찮아 보일 리가 없지.'

웃음이 나오고 말았다.

"하하. 하하하핫."

동그랗게 뜬 눈을 깜빡이는 나윤희를 보니 피로가 몰려든다. 소파를 짚고 있던 손을 빼 악보 무더기에 몸을 뉘었다.

잉크 냄새가 물씬 풍긴다.

편안하다.

"도빈아? 도빈아!"

"……졸려요."

"어?"

"잠깐 이러고 있을게요. 잠깐이면 되니까."

"정말 괜찮은 거야?"

나윤희를 올려다보며 고개를 끄덕였다.

그녀는 어쩔 줄 몰라 하다가 엉망이 된 방을 둘러보더니 날 흔들었다.

"쉬, 쉴 거면 휴게실에 가서 침대에 눕자."

"싫어요."

바흐와 모차르트와 쇼팽과 슈베르트와 드보르자크에 둘러싸인 이곳이 가장 편안하다.

"……그, 그럼 쉬어. 이따 올게."

나윤희가 일어서려 해 눈을 감은 채 말했다.

"가지 마요."

"어?"

"쉬라면서요. 잠깐만 같이 있어요."

정말 잠깐이었지만.

들고 있던 것을 내려놓아 보니 그 편안함에 취해버리고 말았다.

♪

2월의 마지막 날.

세계 클래식 음악 협회(WCMA: World Classical music Association)에서 OOTY 오케스트라 대전의 새로운 요강을 발표했다.

첫 대회가 175개 국가에서 방송되며 범지구적 축제로 성공했던 만큼 후원사가 많이 붙은 모양.

1회와 비교할 수 없을 정도로 방대해진 규모에 나도, 그 사실을 전달받은 단원들도 놀라고 말았다.

그나마 카밀라가 세미나실에 전 직원을 모아두고 복잡한 내용을 자세히 설명해 주고 있다.

"제2회 오케스트라 대전은 2027년 1월부터 12월까지 1년간 진행될 예정입니다."

"엥?"

"그럼 정기 공연은 어쩌고?"

카밀라가 전달한 WCMA의 어처구니없는 발상에 다들 부정적인 반응을 보였다.

카밀라는 잠시 간격을 두고 설명을 계속해 나갔다.

"예선은 미시시피 비디오 프리미엄 서비스에 영상을 등재하여 유료 조회 수에 따라 상위 12개 악단만을 선발합니다."

카밀라는 한 계정이 여러 번 시청한다 해서 조회 수가 누적되진 않으며 여러 악단을 보는 것은 조회 수에 반영된다는 설명을 덧붙였다.

'파급력 싸움이야.'

접근성이 좋아진 대신 본선에 오르는 악단 수를 극단적으로 줄인 모양이다.

예선을 통과하기 위한 영상이라면 정기 연주회의 실황 영상을 올리는 것으로 충분할 테니 그리 부담스러운 일은 아니다만.

문제는 1년간 진행될 본선이다.

'무슨 생각이지.'

본선 진출 악단이 12곳뿐이라면 1회 때의 문제점이었던 대회 기간을 단축할 수도 있을 텐데, 그걸 연 단위로 운영하겠다니.

책상 앞에 앉아 있는 놈들의 머리를 이해할 수 없다.

"본선은 각 달의 첫 번째 주에 시작되고 금, 토, 일 총 3일간 하루 4개 악단이 무대에 서게 됩니다. 경합 장소는 진출 악단의 연고지로 결정된다고 하네요."

한스 이안이 손을 들었다.

"네. 말씀하세요."

"12개 도시를 매달 가야 한다고 이해했는데 제가 제대로 이해했습니까?"

한스뿐만이 아니라 단원 모두 기겁했는데.

스케일이 커져도 너무 커진 탓이다.

한 달에 3일, 이동 시간을 포함하더라도 5일 정도라면 부담이 적지만 이렇게 되면 유럽과 아메리카를 오가야 할 가능성이 다분하다.

'생각이 있으면 대륙별로 일정을 모으겠지.'

그렇게 생각해 보니 처음 받았던 느낌보다는 의외로 할 만하게 느껴진다.

장기간 체류해야 하는 것도 아니고 모르긴 해도 대부분 유럽 내에서 돌아다닐 것이 뻔해, 큰 무리는 없을 듯하다.

'성공한 사업가에는 이유가 있는 거겠지.'

할아버지가 한 말이 그대로 들어맞아 조금은 놀랐다.

할아버지는 오케스트라 대전 결승전 시청자 수가 5억 명을 기록한 사실에 주목해야 한다고 말씀하셨다.

그렇게 와닿지 않는 수치였지만.

FIFA 월드컵 결승전 시청자 수가 7억 3,000만 명 이상이고 오케스트라 대전의 기록이 바로 그 아래라고 하니, 다시 태어났을 때와는 비교조차 할 수 없을 듯하다.

'도빈아, 이렇게 많은 사람이 모이면 욕심부리는 놈이 생기게 마련이다. 하지만 결코 독식하려 들면 안 돼.'

'왜요?'

'그런 자리에서 욕심을 부렸다간 공적이 될 뿐이거든. 잘츠부르크는 다시 없을 행운을 얻었던 게지. 다음에는 어떤 방식으로든 이익이 분배될 거다.'

'그럼요?'

'허락된 범위 안에서 이득을 취해야지. 하지만 이런 일은 보통 금전적으로 손실이 생길 수밖에 없단다.'

'손해 보는 일을 한다고요?'

'그래. 단순한 지표로만 보면 손해지. 하지만 수억 명이 집중하는 콘텐츠는 그 어떤 루트보다 훌륭한 홍보 수단이다. 너도 이제 기업을 운영하게 되었으니.'

'사업 이야기 관심 없어요.'

'이 녀석아, 다 널 위한 말이야. 아무튼 이 행사가 지속되고 파급력이 유지되는 한, 최대한 이용하라는 말이다.'

'……'

'방법은 스스로 찾아. 할애비가 힌트 하나 주자면 아마 여러 도시가 오케스트라 대전을 유치하기 위해 노력할 게다. 베를린이면 더할 나위 없이 좋겠지만 다른 지역으로 가게 된다면 그 기회를 놓치지 말란 말이다.'

'생각해 볼게요.'

이런저런 말을 들려주실 때만 해도 별생각 없었는데 막상 할아버지의 말씀대로 일이 진행되니 신기할 따름.

아마 할아버지의 예측대로 스폰서가 많아진 이유와 마찬가지로, 내로라하는 음악의 도시들이 서로를 견제하고 나섰을 터.

그 과정에서 WCMA가 내린 결정이 본선 진출 악단의 콘서트홀을 이용하는 것이다.

따로 장소를 마련하지 않아도 좋고 더욱이 본선에 오른 악단은 연고지와 본인들을 홍보할 수도 있는 만큼 참가 목적이 뚜렷해지기도 했다.

곰곰이 생각해 보니.

확실히 WCMA도 여러 조건을 고려한 듯하다.

카밀라가 설명을 이어나가는 중이다.

"더불어 본선은 포인트 리그제로 진행됩니다."

카밀라가 눈짓하자 정면 스크린에 오케스트라 대전의 새로운 룰이 도식화되어 비쳤다.

"12번의 경합을 통해 각 악단은 승점을 부여받습니다. 하나의 로케이션에서 우승한 악단은 10점, 2등은 9점 이후 순차적으로 내려갑니다. 이 점수는 변경될 수도 있다고 하네요."

이번에는 마누엘 노이어가 손을 들었다.

"하위 두 오케스트라는 승점을 못 받는 겁니까?"

"네. 계속해서, 채점 방식은 기존과 동일하게 심사위원단과 투표 점수를 합산하게 됩니다. 비율도 동일. 다만 1회 때와 달리 투표는 처음부터 1인 1표로 제한되네요."

"아."

단원들 사이에서 한숨이 흘러나왔다.

"다만 포인트 점수와 같이, 시간이 많이 남은 만큼 더 나은 방식이 제안되면 변경할 수 있다고 합니다."

'경쟁이 심하겠네.'

모든 악단이 아마 홈그라운드에서의 우승은 전제 조건으로 깔고 대회에 임할 것이다.

한 사람이 하나의 오케스트라에만 투표할 수 있는 만큼 어느 누구도 12번의 경합 모두 장담할 수 없다.

"또 한 악단에서 두 개 팀이 나올 수는 없다는 규정이 추가되었습니다. 아마 우리를 견제하는 거겠죠."

상관없다.

어차피 우승은 나와 베를린 필하모닉의 것이니까.

이후 카밀라가 이것저것 부수적인 이야기를 더해주었고 3년이란 시간이 남아 있기에.

우선은 준비했던 일부터 해결해 나가기로 했다.

♪

집에 돌아오니 현대 독일어를 어느 정도 익힌 스칼라가 헛소리를 해댔다.

"뭐라고?"

"내일 떠난다고 했어."

"왜?"

"그간 너무 오래 신세 졌고 이 넓고 신비한 세상을 알려면 직접 부딪쳐야 하지 않을까 싶어서."

아직도 지구가 평평하다고 믿고 있는 녀석이 무슨 자신감으로 이러는지 모르겠다.

"너 하나 더 있는 거 조금도 부담 아니니까 신경 쓰지 마."

"아니. 호의는 충분히 받았다. 도리어 과분할 정도야. 하지만 말했다시피 난 세상을 직접 부딪치고 싶다."

"어디서 자고 돈은 어떻게 벌게?"

"어떻게든 되겠지. 테메스는 부랑의 민족. 음악만 할 수 있다면 어디서든 적응할 수 있어."

몇 번 더 말렸지만 녀석은 기어이 마음을 고쳐먹지 않았다.

아무래도 걱정되어서 내 명함과 현금을 쥐여주고는 다시 이야기하자고 했건만.

다음 날 녀석의 방을 찾으니 깔끔하게 정돈된 침대 위에 편지가 놓여 있었다.

벗에게.

그간의 호의 너무나 고맙다.

덕분에 안전하게 정말 많은 걸 배울 수 있었다.

하지만 돈은 받지 않겠어.

자립하고 나면 연락할 테니 너무 걱정하지 않았으면 한다. 명함과 활은 소중히 간직하도록 하지.

테메스 신의 가호가 있기를.

노예가 탈주해 버렸다.

녀석의 뜻이 정 그러하다면 어쩔 수 없는 일이라 생각하며 아쉬움을 달랬지만.

아무래도 걱정이다.

'밥이나 제대로 먹고 다닐지 모르겠네. ……뭐, 돌아오겠지.'

아직 날이 쌀쌀하니 춥고 배고프면 돌아올 거다.

방으로 돌아와 느긋하게 다시 눈을 붙였다.

얼마나 지났을까.

쾅!

요란한 소리에 깜짝 놀라 일어나니 최지훈과 차채은이 달려 들었다.

"오빠!"

젊은 녀석들의 활기참이 너무 눈부시다.

"웬일로 자고 있대?"

"도빈이가 낮잠을 잤어. 어디 아파? 아픈 거지?"

"진짜?"

그러지 않아도 막 일어난 참인데 유난을 떠니 정신이 없다.

"아니. 그냥."

좀 쉬고 싶어 잤을 뿐인데 방금까지만 해도 밝았던 두 녀석의 얼굴이 순식간에 심각해졌다.

"진짜 아파?"

"병원은? 병원부터 가자."

가만있으면 정말 업어서라도 데리고 갈 것 같아 기지개를 켜곤 일어났다.

하품이 절로 나온다.

"호들갑 떨지 마. 쉬는 날을 정했을 뿐이야."

분명 안심하라고 한 말인데 최지훈이 슬금슬금 뒤로 물러났다. 그러더니 차채은은 한술 더 떠 복도로 뛰쳐나가며 소리쳤다.

"아줌마! 오빠 아파요!"

발이 어찌나 빠른지 겨우 따라가 붙잡았다. 숨이 턱 밑까지 차 괴로워하는 중 최지훈이 말을 걸었다.

"정말 괜찮은 거야? 갑자기 쉬다니 이상하잖아."

"허억. 허억. ……생각을 바꿨을 뿐이야."

간신히 숨을 돌리고 녀석들을 보니 멀뚱멀뚱 가만있을 뿐이다.

"뭐야. 아침부터 왔으면."

"아!"

말을 끝내기도 전에 차채은이 벌떡 일어나 손목을 붙잡고는 연습실로 향했다.

이렇게 영문도 모르고 힘에 굴복해 끌려갈 때면 가끔 어렸을 때의 소심했던 녀석이 그리워진다.

"들어봐."

차채은이 피아노 앞에 앉았고.

고개를 돌려 최지훈을 올려다보니 싱긋싱긋 웃을 뿐이다.

심드렁하게 턱을 괴니.

차채은이 연주를 시작했다.

차채은을 위한 연습곡 7번 '시'다. 양손 스케일을 시작으로 음계를 높여나가는데.

제법이다.

7~8년 가까이 피아노를 연주하지 않았던 세월이 무색할 정도로 발랄한 연주다.

언제 연습했을까 생각해 보다가 벌써 오케스트라 대전 이후 8개월이 흘렀다는 사실을 깨닫고는 흥미롭게 지켜보았다.

'팔 쓰는 게 어색해. 손목을 밀어야지. 그래도 박자 감각은 여전하네. 미스. 또 미스. 정확히 연주하는 것부터 다시 익혀야겠어.'

차라리 어렸을 때가 훨씬 낫지만 손녀가 있었으면 이런 기분일까 싶다.

기특하다.

3분간의 짧은 연주를 마친 차채은이 고개를 팩 돌렸다.

"잘하지!"

"엉망이잖아."

"씨잉."

웃음이 나오고 말았다.

75악장
최지훈 출격

"웃지 마!"

귀여워서 웃는 건데 심통이 나버린 모양이다.

잔뜩 성을 내기에 간신히 웃음을 참고 다가갔다.

"앉아봐."

"안 해!"

"예전처럼 해보자. 내가 먼저 칠 테니까 따라 해봐."

"안 한다니까? 웃을 거면서!"

"내가 언제?"

"헐. 뻔뻔한 거 봐."

"아하하하!"

어르고 달랜 뒤 맞은편 피아노에 앉았다.

최지훈은 뭐가 그리 좋은지 계속 쿡쿡 댔고 차채은은 입을 있는 대로 내밀고 있다.

"박자 감각은 살아 있는 것 같으니까 금방 늘 거야."

그렇게 말하곤 8번 연습곡을 연주하는데.

틀렸다.

"틀렸대요! 틀렸대요!"

아주 신났다.

방금 일을 복수라도 하는 듯 어깨까지 들썩이며 놀려대니 간신히 진정했던 최지훈이 또 터지고 말았다.

"아학학학하. 아아아. 나 도빈이가 틀리는 거 처음 들어."

"……까먹었어. 악보가 어디 있더라."

연습실 안쪽, 악보를 보관해 두는 쪽방으로 들어갔다.

정리 좀 하라고 다그치시던 어머니도 필요한 건 금방 찾아내니 포기하셨는데.

다른 사람 눈에는 어지러워도 나름 있어야 할 곳에 놓아둔 거라 남의 손을 탔다간 영영 못 찾게 될 것이다.

"세상에. 돼지우리가 따로 없네. 이게 다 뭐야? 찾을 수 있긴 해?"

어머니랑 진달래, 청소부에 이어 네 번째로 듣는 말이다.

"여기."

다소 색 바랜 악보를 펼쳐 보니 잊었던 기억이 떠오른다.

한때는 내 피아노를 넘어설 거라 생각했던 찬란한 재능을 만나, 가르치는 즐거움을 느꼈지만 지금은 좋은 추억일 뿐.

'진지하게 시작한 건 아니니까.'

이 악보를 다시 꺼낸다 해서 채은이가 글을 쓰기 시작했을 무렵 접어둔 아쉬움도 꺼낼 필요는 없을 거다.

다시 피아노 앞에 앉아 8번 연습곡을 연주했다.

"해봐."

궁시렁거리면서도 결국 따라한다.

역시나 어렸을 때처럼은 되지 않는지 반복해 틀리지만 확실히 감이 좋다.

말귀를 금방 알아듣는다.

"세게 친다고 다가 아니야."

채은이의 손목을 잡고 앞으로 밀었다.

"이렇게 하는 것만으로 충분히 힘이 전달 돼. 손가락에도 무리가 덜 하고."

"응."

"이 부분은 손가락 번호를 지키지 않으면 꼬여. 이렇게."

"오."

"여긴 팔꿈치를 같이 움직여 주는 게 소리가 더 예뻐."

"이렇게?"

"아니. 원을 그리듯이. 그래."

자세를 잡아주고 틀린 곳을 몇 번 들려주는 것만으로도 금방 좋아진다.

가우왕도 니나도 지훈이도 이만한 재능을 가지진 못했다.

'생각하지 마.'

자꾸만 아쉬움이 밀려들어 안타깝다.

"아, 재밌었다. 자, 이제 오빠 차례."

차채은이 일어나 최지훈을 보며 말했다.

따라서 같이 고개를 돌리니 최지훈이 평상시처럼 방긋방긋 웃으며 피아노 앞에 앉았다.

"이러니까 너무 좋다. 예전엔 우리 이러고 놀았는데."

"난 기억 안 나."

주말 오전부터 무슨 일인가 싶었는데 오랜만에 이렇게 놀고 싶었던 것 같다.

"뭐 할까?"

"뭐든."

최지훈의 피아노는 오케스트라 대전 이후로 처음이라 그간 얼마나 늘었는지 확인도 할 겸 마음 편히 눈을 감았다.

녀석의 연주는 듣기 편하니까.

첫 번째 음이 울리고.

길고 앙상한 손가락이 장막을 헤치고 나온다.

'메피스토 왈츠.'

프란츠 리스트의 작품이다.

자주 연주되는 곡이 아니기도 하고 최지훈이 연주하는 걸 듣는 것도 처음이다.

그간 레퍼토리를 더 추가한 모양.

혹은 연습 중인 걸지도 모르겠다.

그런 생각을 하고 있자니.

'뭐야.'

너무도 선명히 시작되고 깔끔하게 마무리되는 첫 음과 끝음에 등줄기가 오싹해졌다.

시력을 잃고 얻은 내 귀를 완전하게 만족시킨 소리는 여태 없었고 여러 연주자의 앨범을 찾아 듣기를 벌써 몇 달째.

만족스러웠던 연주는 크리스틴 지메르만과 가우왕, 바이올린에서는 찰스 브라움과 스노우 한, 한창 전성기를 구가했던 니아 발그레이 그리고 나윤희 정도였다.

내가 연주하는 바이올린 소리조차 성에 안 찼으니 어지간한 연주가 귀에 들어올 리 만무하다.

그런데.

설마 내 귀를 완벽하게 만족시키는 피아니스트가 가장 가까운 곳에 있을 줄이야.

눈을 떴다.

피아노와 그 앞에서 행복하게 웃는 최지훈이 시야에 들어온다.

항상 방실방실 웃는 녀석이지만 피아노를 연주할 때는 유독 즐거워 보여 그 행복이 전해지는 듯하다.

'혹시.'

금방 알 순 없었지만 자세히 보고 있자니 전에는 신경 쓰지 않았던 것이 조금씩 눈에 들어온다.

"잠깐만."

"어?"

"방금 거기 다시 연주해 봐."

최지훈은 흔쾌히 다시 연주했다.

"한 번 더."

이번에는 고개를 갸웃하곤 다시 연주한다.

네 번째도 다섯 번째 연주도 들으며 거듭 확인한 뒤에야 이 미련한 천재의 비밀을 알 수 있었다.

"너…… 이거 얼마나 연주했어?"

"이상해? 평소대로 연습했는데."

평소대로.

생각해 보면 최지훈은 어렸을 때부터 곡을 익히는 속도가 느렸다. 단 하나의 곡을 한 달 내내 반복해 연주했던 녀석이다.

하루 14시간 이상 단 하나의 곡을 한 달 내내.

혹은 본인이 만족할 때까지.

연습실에 피아노만을 앞에 둔 채 미련하고 가장 바른 길로 걸어 나갔던 것이다.

그것이 곡의 깊이를 더하는 일과 표현력을 더해줄 순 없지만 단 하나.

일정하고 정확한 소리를 내는 일만큼은 녀석을 완벽한 수준으로 이끌었던 것 같다.

전율이 척추를 타고 올라온다.

'한 번 연주할 때마다 정확히 하려고 했던 거야. ……자기 입맛이 아니라 악보 그대로.'

녀석이 곡을 깊이 이해하여 박자를 가지고 놀거나 장식음을 추가하는 일을 할 수 있을 리 없다.

그런 재능은 없었으니까.

어린 최지훈에게 있어 피아노를 잘 연주하는 방법은 최대한 악보를 똑같이 연주하는 것과 그것을 항상 일정하게 유지하는 것뿐이었으리라.

그렇게.

무난한, 군더더기 없는, 단점이 없는 피아니스트라 불리게 되었는데.

'아니야.'

최지훈은 특출한 부분 없이 두루두루 좋았던 피아니스트가 아니었다.

단지 지금까지 이 녀석의 피아노를 알아보지 못했을 뿐이다.

나마저. 그 누구도.

이 시대가 최지훈이란 피아니스트를 몰라본 것이다.

"많이 이상해? 어디가?"

자기가 무슨 짓을 했는지도 모른 채 걱정하는 녀석을 두고 소파에 기댔다.

이건.

재능이 아니다.

이 고결함을 재능이란 쉬운 말로, 그따위 말로 치부할 순 없는 법이다.

녀석이 다섯 살 때부터 반복해 왔던 모든 경험이 발현된 맑은 소리.

우직하게 바른길로만 걸었던 녀석만이 낼 수 있는 소리다.

범재였던 아이가 피아노를 사랑했고.

사랑한 끝에 수재가 되어서도 재능과 시기에 굴하지 않고 정도를 걸어 마침내 거장의 반열에 오른 지금.

"너……."

"응?"

목이 메어 다음 말을 꺼낼 수 없었다.

"오빠……. 울어?"

말로는 차마 다할 수 없을 것 같아서 일어나 천천히 발을 옮기고.

"어? 어?"

꽉 끌어안아 축하를 대신했다.

♪

세계 최고의 피아니스트 크리스틴 지메르만은 어린 손님의 갑작스러운 방문에 불쾌하기는커녕 반색하고 나섰다.

지난 모든 역사를 통틀어 고전 음악의 정점에 도달한 음악가이자 격정의 문을 연 손님이기 때문이었다.

"반가워요."

"반가워요. 어서 들어와요."

크리스틴 지메르만은 배도빈에게 가장 아끼는 차를 내어주곤 맞은편에 앉았다.

"무슨 일로 급하게 찾아온 건가요?"

"얼마 전에 지훈이랑 만났다고 들었어요."

"그랬죠?"

지메르만이 눈매를 들어 올렸다.

배도빈은 그 날카로운 시선과 눈을 맞추고 확신하고 있는 이야기를 꺼냈다.

"당신이라면 알고 있을 거라 생각해요. 지훈이의 연주에서 무엇을 찾았는지."

질문을 받은 지메르만은 빙그레 웃더니 일어나 피아노 앞으로 향했다.

건반을 쓸어내리다가 C음을 누르니, 과연. 그 맑고 안정적인 소리가 깔끔하게 퍼졌다.

"건반을 눌러 현을 때린다. 피아노뿐만이 아니라 모든 타현악기의 기본이죠."

이번에는 1도 화음.

"박자를 가지고 놀고 작곡가의 의도를 파악하고. 어떻게 하면 감정을 더 잘 전달할까는 고민하지만 단 한 번의 터치를 완벽하게 하려는 사람은 없어요."

지메르만은 차를 한 모금 마신 뒤 천천히 소파로 돌아왔다.

"난 내가 유일한 사람이라 생각했고 얼마 전 그것이 착각이었음을 깨달았어요."

그녀는 진지한 표정을 하고 있는 배도빈을 보며 미소 지었다.

"지훈 군은 피아니스트로서 갖춰야 할 모든 준비가 되어 있어요. 지금 그에게 필요한 건 경험과 본인을 드러내는 것뿐. 정말 장래가 기대되죠."

배도빈은 지메르만의 말을 듣고 고개를 끄덕였다.

완벽주의자인 크리스틴 지메르만이 본인과 같이 뛰어난 청력을 지녔음과 그렇기 때문에 첫 번째 제자, 가우왕에게 그렇게 혹독한 타건 연습을 시켰던 것이었다.

덕분에 가우왕은 빠르고 정확하게 건반을 누를 수 있게 되었고 그 기교는 현재 스승 지메르만을 넘어서 있었다.

배도빈은 처음 가우왕을 만났을 때를 떠올렸다.

기교는 훌륭하나.

곡에 깊이가 없는 반쪽짜리 피아니스트.

그러나 배도빈과의 경연을 통해 연주에 깊이를 더해감으로써 배도빈도 인정하는 거장의 반열에 올라섰다.

지메르만은 스승으로서 가우왕이 자신의 길을 걸어갈 수 있도록 모든 기량을 갖출 수 있도록 도운 것이다.

그랬기에 당시의 가우왕은 완성되지 않았고, 배도빈의 눈에 차지 않았던 것인데.

그 가우왕이 최지훈의 롤모델이었다.

'이런 식으로 이어지나.'

어렸을 적부터 최지훈은 가장 좋아하는, 가장 존경하는 피아니스트로 가우왕을 언급하곤 했다.

그를 목표로 피아노를 연습했던 만큼 자연스럽게 지메르만과 가우왕이 이어나가는 타건의 세계를 받아들인 것.

그렇다면 크리스틴 지메르만이 어떻게 최지훈이라는 준비된 거장을 알아볼 수 있었는지 모두 이해되었다.

또.

그때의 가우왕과 지금의 최지훈을 비교해도 유사한 점이

많았다.

소리를 정확하게 낼 수 있다고 해서 무조건 좋은 연주를 할 수 있는 것은 결코 아니었다.

최지훈을 향한 '무난하다'는 평은 아직 그만의 작품 세계가 옅다는 뜻이고 그것만 채워지면 된다는 말과 같았다.

크리스틴 지메르만은 가우왕이 그러했듯이 최지훈도 경험이 쌓이면 도약할 거라 말하고 있었다.

배도빈도 같은 생각이었다.

"사이가 좋아 보이네요."

"형제예요."

"……그건 몰랐네요. 입은 무거우니 걱정하지 않아도 돼요."

'뭐라는 거야.'

배도빈은 눈을 감고 손바닥을 펴 보인 지메르만을 이상하게 여겼다.

어색한 웃음을 사이에 두고 이번에는 그녀가 질문을 던졌다.

"퀸 엘리자베스 콩쿠르에 출전한다고 들었는데. 어떤가요?"

"무슨 뜻인지 모르겠어요."

"함께 출전한다면 그가 허물을 벗고 날개를 펼칠 수 있지 않을까요?"

크리스틴 지메르만의 제의에 배도빈이 고개를 저었다.

"같은 길을 먼저 걸었던 사람이 나선다고 했어요. 지금 지훈이에겐 저보다 그 사람과의 만남이 더 좋을 거예요."

"먼저 걸었던 사람?"

"당신에게 문자를 받고 자존심이 상했나 봐요."

♪

배도빈이 전달한 소식에 잔잔했던 크리스틴 지메르만의 눈에 이채가 어렸다.

"가우왕이 출전한다고 하던가요? 출전 자격은 30세 이하까지로 제한될 텐데."

"질 루앙이 좋은 자리를 마련해 주었나 봐요."

"질 루앙?"

크리스틴 지메르만은 퀸 엘리자베스 콩쿠르 심사 위원이자 운영회장을 떠올렸다.

"폐막식 때 우승자와 번외 경합을 가질 수 있도록 약속했대요. 지훈이에게는 좋은 동기가 되겠죠."

"멋진 일이네요."

크리스틴 지메르만이 찻잔을 들었다.

"하지만 참가하지 않았다니 예상외라 아쉽네요. 그는 당신과 함께하길 바라고 있어요. 그건 당신도 마찬가지인 것 같고요. 분명 함께 출전하지 않을까 싶었는데. 이미 예선이 진행 중이니 돌이킬 수도 없겠네요."

크리스틴 지메르만의 탄식에 배도빈은 슬쩍 웃을 뿐이었다.

형제의 진면목을 발견한 순간.

그의 가슴속에 확고히 자리 잡은 깊은 뜻을 지메르만으로서는 알 수 없었다.

그저 푸르트벵글러, 마리 얀스, 사카모토 료이치와 같이 다음 세대의 더 발전한 연주를 직접 듣고 싶을 뿐이었다.

정점의 피아니스트로 불리는 그녀로서도 배도빈과 최지훈이 경쟁하며 일으킬 시너지가 어디에 이를지 알 수 없었고.

본인이 도달한 한계를 넘어선, 지금껏 없었던 피아노를 접할 수 있을 거라 기대하고 있었다.

지메르만의 목소리에 아쉬움이 묻어나왔다.

"레퍼토리가 협소해서 어려움은 겪겠지만 그 나이 또래에 최지훈 군보다 나은 피아니스트는 못 봤어요. 경쟁상대가 있으면 분명 좋은 영향을 받을 테죠. 당신 같은 피아니스트라면 더더욱."

"……."

"그에게 피아노를 함께하자고 권유한 것은 그런 생각의 연장이었어요."

현재 최지훈에게 필요한 것은 깊이.

누구도 명확히 말할 수는 없으나 연주는 단순히 표현력만 좋다고 전부가 아니다.

곡이 지닌 심상을 확장하고 파고들어 관객에게 깊은 감동을 선물해 주는 것이 핵심이고.

아직 어린 최지훈에게는 그러한 면모가 부족한 게 사실이었다.

그녀의 간절한 마음을 이해한 배도빈은 잠시 생각을 정리하고 입을 뗐다.

"어렸을 때부터."

그리고 상체를 앞으로 내밀었다.

"같은 무대에 서자고 버릇처럼 말했어요."

배도빈은 일어나 형제의 진면목을 알아봐 준 이를 응시했다.

그녀가 얼마나 아쉬워하는지 알기에 거짓은 조금도 담지 않았다.

"베를린 필하모닉의 퍼스트 피아니스트 자리에 가우왕을 보고 꿈을 키워온 아이는 필요 없어요."

최고의 자리를 정 때문에 넘겨줄 생각은 추호도 없었다.

그럼에도.

차마 완성하지 못했던 10번 교향곡, 그랜드 심포니를 연주할 피아니스트는 14년 전부터 정해져 있었다.

어머니를 잃고.

학대에 가까운 일정 속에서도 웃음을 잃지 않았던, 음악을 사랑했던 피아니스트.

배도빈은, 아니, 루트비히는 그에게 자신의 과거를 투영했다.

자신과 달리 흔들림 없이 웃으며 피아노를 사랑한 최지훈이라면 이겨낼 거라고.

마침내 해낼 거라고.

언젠가 역사에 이름을 남길 거라 여기며 응원했다.

그렇기에 사카모토 료이치, 미카엘 블레하츠, 가우왕, 니나 케베리히, 차채은 등 이미 완성되었거나 빛나는 재능을 가진 이를 숱하게 만나왔어도 최지훈에게 그랜드 심포니를 맡긴다는 생각에는 변함이 없었다.

배도빈이 말을 이어나갔다.

"규격 외의 천재에 가려진 수재로 남아서도 안 돼요."

배도빈이 언급한 규격 외의 천재가 누구를 뜻하는지 이해한 지메르만이 빙그레 웃었다.

천재 중의 천재.

역사에 이름을 새긴 무결점의 피아니스트 앞에서 그런 말을 당당히 꺼낼 수 있는 남자는 여태 없었다.

그러나 배도빈이라면 그 말조차 부족함을 인정할 수밖에 없었다.

"동등한 입장에 설 수 있을 때까지 기다릴 뿐이에요. 스스로 올라올 때까지 지켜봐야죠."

"대단한 신뢰네요."

"심지가 굳으니까."

배도빈이 단호히 말했다.

실없이 웃고 다녀도 그보다 올곧은 사람은 보지 못했다.

"착해서 다른 사람 말을 잘 들어주는 게 문제지만 스스로도 어엿한 피아니스트죠."

'무슨 일로 왔나 싶었더니.'

크리스틴 지메르만은 그제야 배도빈이 자신을 찾아온 이유를 이해할 수 있었다.

그는 경고하고 있었다.

굳이 다른 사람의 도움이 없어도 최지훈이라면 괜찮다고 말하고 있었다.

그 모습이 흥미로워 지메르만은 변덕을 부렸다.

"당신도 알다시피 저와 그는 여러 면에서 닮았어요. 보다 쉽게 이쪽으로 이끌어줄 수 있죠."

"필요 없어요."

지메르만의 도발에 배도빈의 눈빛이 달라졌다.

'형제가 이렇게 다르군요.'

지메르만은 온화하고 예의 바른 최지훈을 떠올리며 배도빈과 눈을 마주했다.

언론을 통해 비치는 그는 다소 무료해 보였다. 감정 변화를 느낄 수 없었고 어떨 때는 염세적으로 보일 때도 있었다.

그러나 지금 그녀를 직시하고 있는 눈에는 불길이 치솟고 있었다.

베를린의 마왕이라더니.

그녀는 소중한 것을 소중히 대할 줄 아는 배도빈이 싫지 않았다.

"멋지네요."

그녀의 대답에 만족한 배도빈이 떠나고.

지메르만은 올해 5월, 퀸 엘리자베스 콩쿠르에서 어떤 결과가 나올지 기대하며 차분히 남은 차를 즐겼다.

♪

오랜만에 통화한 히무라가 재밌는 이야기를 전달해 주었다.

니나 케베리히가 퀸 엘리자베스 콩쿠르에 참가 신청을 넣었다는 소식이었다.

"지금 와서 굳이요?"

-아무래도 한계가 있었나 봐. 니나도 타이틀 하나 정도는 있는 게 좋겠지.

북미에서 빼어난 활약을 펼치는 니나 케베리히는 대학 졸업 후 샛별 엔터테인먼트의 힘을 빌려 곧장 데뷔했다.

다만 어떤 콩쿠르에서도 얼굴을 보이지 않았던 탓에, 인지도가 부족했고 그것을 채워 넣을 필요가 있었다.

그간 박선영이 유명 작곡가의 곡을 받아주거나 명문 악단과의 협연을 잡아주곤 했지만.

사실 박선영의 협상 능력이 대단했기에 가능했던 일.

'생각해 보니 그러네.'

변변한 타이틀도 없이 그런 일을 해냈다는 것이 상식 밖의 일이다.

지금까지는 어떻게 잘 해냈지만 히무라의 말대로 어느 정도 한계가 있는 모양.

현재 이상의 퍼포먼스를 보이기 위해선 공인된 무엇인가가 필요하다고 판단한 것 같다.

-더 늦기 전에 우승 타이틀 하나 정도는 따는 게 좋겠다고 생각했어. 그래서 요즘엔 활동도 잠시 쉬고 있고. 니나도 이제 28살이니 거의 마지막 기회지.

한국 나이로 스물아홉.

확실히 나이 상한선인 서른을 넘기기 전에 하나쯤 따두는 게 앞으로의 활동에 도움이 될 것이다.

-이제 일주일 뒤에 예선 결과가 통보될 텐데 레퍼토리 늘리느라 고생 좀 하는 것 같아.

히무라는 니나의 우승을 상당히 기대하고 있는 듯했다.

확실히 나와 슈베르트에 치우친 레퍼토리만 확장한다면 가장 강력한 우승 후보다.

샛별 엔터테인먼트의 간판이기도 하고 동시에 소속 아티스트 중에서도 가장 많은 매출을 올려준 피아니스트이기도 하니 잘 됐으면 좋겠다.

물론 친구로서도 조상으로서도 응원한다.

'좋은 승부가 되겠지.'

"지훈이도 출전하는데 재밌겠네요."

-최 군이?

"네."

놀랐는지 히무라의 목소리가 다소 격앙되었다.

-쇼팽이랑 차이코프스키 우승했잖아. 차이코프스키에서 우승한 지 이제 2~3년밖에 안 됐는데?

"그 정도는 해내야죠."

전화기 너머에서 히무라가 당황하는 게 전해진다.

-최 군은 정말 상상도 못 했는데.

퀸 엘리자베스 콩쿠르가 대단한 대회긴 하지만 그렇다고 이미 북미에서 최상위권 피아니스트로 활동하는 니나 케베리히의 적수라 할 만한 사람은 없을 거다.

아마 히무라도 박선영도 같은 생각이었으니 당황하는 것 같다.

"두 사람 친하잖아요. 당사자들은 좋아할 것 같은데."

-으으음. 뭐, 어쩔 수 없지. 그나저나 최 군도 대단하네.

"뭐가요?"

-3대 콩쿠르를 제패하겠다는 말이잖아.

"그렇게 어려워요?"

-네 기준에서 생각하면 안 돼. 두 개 콩쿠르에서 우승하는 것만으로도 유래가 없잖아. 아, 있긴 하네. 가우왕 씨.

최지훈 전에는 블레하츠가 쇼팽 콩쿠르와 차이코프스키에서 우승했다고 들었다.

히무라도 가끔 깜빡하는 듯하다.

-애초에 한 명의 작곡가를 온전히 이해하는 것만으로도 거장으로 인정받으니까.

그건 맞는 말이다.

-너무 비현실적인 일 같은데. 게다가 퀸 엘리자베스 콩쿠르는 다른 대회보다 준비하기 어렵기도 하고.

"그래요?"

-응. 비교할 순 없지만 일단 준비해야 하는 바리에이션이 너무 넓어. 현대 곡까지 준비해야 하고. 게다가 세미파이널에서는 과제 곡을 29시간 전에 알려주는데 심지어 미발표곡이야.

"그건 알고 있어요."

작년 최지훈이 퀸 엘리자베스 콩쿠르에 출전한다고 말했을 때 이미 알아본 내용이다.

최근까지 바빴던 이유가 그 때문이기도 하고 말이다.

-뭐…… 최 군이야 당연히 알고 참가하는 거겠지만 대단하다. 이거 니나도 쉽게 생각할 순 없겠는데?

"열심히 해야 할 거예요."

-그렇지. ……잠깐. 도빈아, 설마 너도 참가하는 건 아니지? 그렇지?

"하하. 아니에요."

♪

니나 케베리히가 퀸 엘리자베스 콩쿠르에 출전한다고 알려 주니 녀석이 입을 떡 벌렸다.

건반을 치던 손가락이 그대로 굳어 조금 재밌다.

"아니, 왜?"

"왜긴. 니나도 타이틀이 필요하겠지."

"그러니까 왜 하필 지금이냐구!"

"28살이잖아. 더 늦기 전에 따야지. 더 늦으면 기회가 없어지니까."

"……나 갈래."

보나 마나 또 연습하러 갈 게 뻔해 군말 없이 배웅해 주었다.

빠끔빠끔.

배토벤 녀석도 문을 향해 고개를 내밀고 인사했다.

'니나라.'

녀석에게 니나 케베리히는 가우왕과 또 다른 느낌이다.

아마 나이 차이가 많지 않아 더욱 그러할 거다.

가우왕이야 녀석이 어렸을 때 이미 세계를 상대로 활동하고 있었다지만, 변변한 교육 과정조차 제대로 밟지 못한 니나가 데뷔 후 보여준 파급력은 비슷한 시기에 활동하기 시작한 최지훈에게 강한 인상을 주기에 충분했을 터.

열등감 따위 느낄 녀석은 아니지만 그렇다고 상대와 자신의 차이를 인지하지 못할 바보도 아니다.

또 그녀의 독특한 매력을 누구보다도 잘 아는 만큼 부담될 터.

'또 아무렇지도 않게 잘 해내겠지.'

항상 그래왔던 것처럼 아무도 보지 않는 곳에서 만족할 때까지 땀 흘려 멋진 연주를 들려줄 것이다.

'슬슬 움직여 볼까.'

그런 생각을 하며 올해 가을 공연할 피델리오를 검토하려고 일어섰는데 사카모토에게서 전화가 왔다.

반가운 마음에 곧장 전화를 받아 들었다.

"사카모토."

-껄껄. 목소리가 건강해 보이네. 잘 지내는가?

자는 시간을 늘렸을 뿐인데 티가 나는 모양이다.

"그럼요. 사카모토도 건강하죠?"

-요즘은 정말 다시 태어난 기분일세. 사는 게 즐거워.

천만다행이다.

-노먼 감독이 재밌는 제안을 해서 연락했네.

"노먼이요?"

사카모토와의 마지막 작업이 될 줄 알았던 영화, 〈Pole to Win〉의 개봉일이 다가온 모양이다.

-OST 공연을 제안하더군. 자네에게도 메일이 갔을 텐데 아직 확인 못 했는가?

시계를 만져 메일함을 여니 어제 일자로 노먼에게서 온 메일을 볼 수 있었다.

"아, 있네요."

-껄껄. 살펴보고 이야기하지.

"그래요. 확인하고 전화할게요."

사카모토와 통화를 마치고 노먼이 보낸 메일을 눌렀는데 때마침 전화가 왔다.

'누구지?'

일반 전화인데 모르는 번호다.

업무용 번호는 전부 멀핀에게 가도록 되어 있고 이 번호를 아는 사람은 단원 중에서도 몇 없어 의아해하며 받으니.

-안녕하십니까. 베를린 경찰국의 안드레아스 볼 경사입니다.

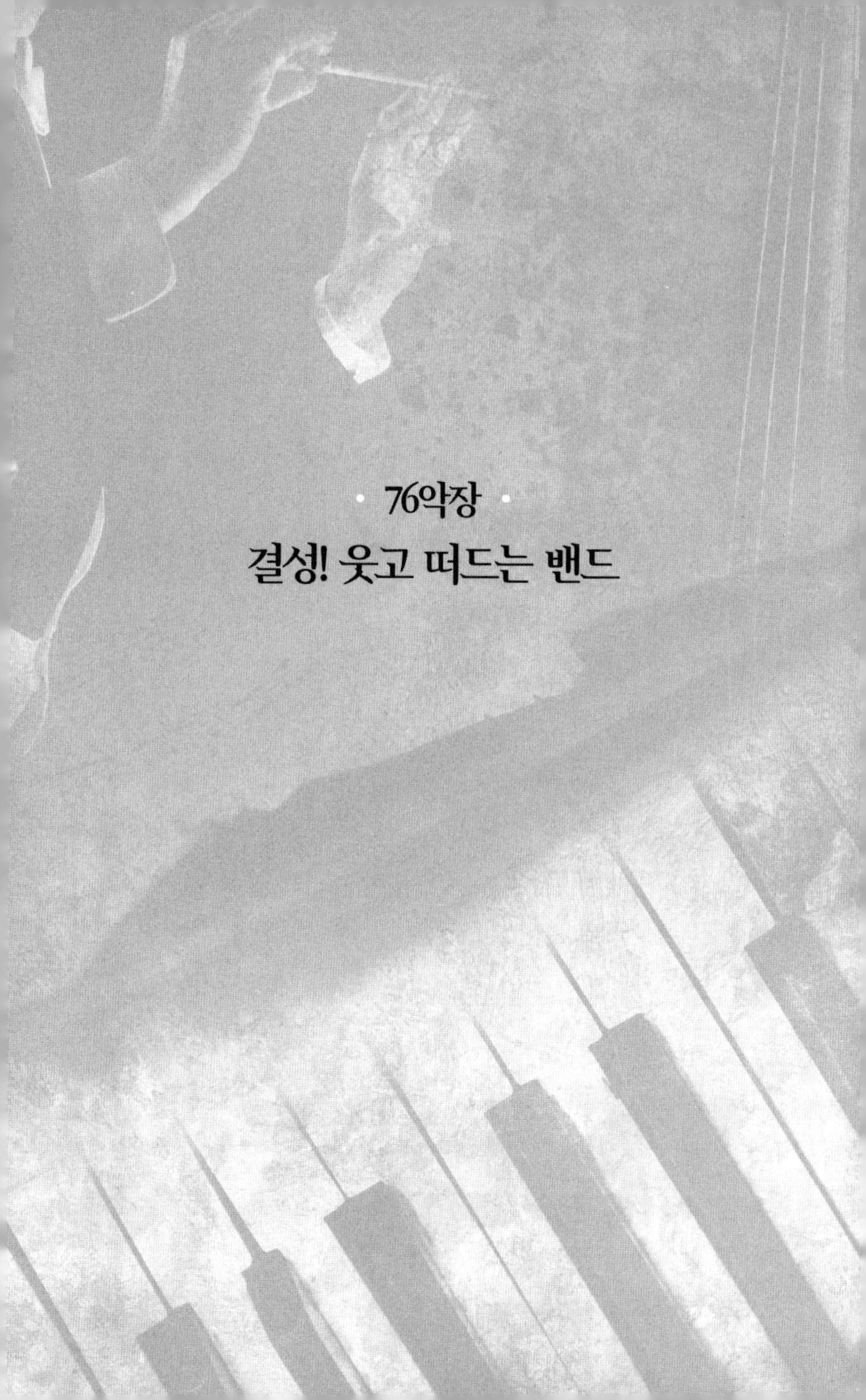

· 76악장 ·

결성! 웃고 떠드는 밴드

이른 새벽.

배도빈 저택을 벗어난 스칼라는 며칠 전부터 눈여겨보았던 숲으로 향했다.

'정말 별세상이군.'

베를린 시내를 지나치던 스칼라는 문명의 발전에 새삼 놀랐다.

비행기와 자동차에도 놀랐지만 과거와 현재를 아우르는 베를린 전경은 아름답기 그지없었다.

'저기는 배도빈의 극장이고.'

중간에 베를린 필하모닉의 콘서트홀도 발견한 스칼라는 가까운 곳에 숲이 있다는 사실에 감사하며 걸음을 재촉했다.

이내 생각해 둔 숲이 눈에 들어오기 시작했다.

'저 정도 숲이라면 분명 먹을 수 있는 과일이나 풀도 많겠지. 사냥감도 있겠고. 큰놈이 있으면 좋겠는데.'

스칼라는 며칠 안에 덩치 큰 초식 동물이라도 잡아다가 배도빈에게 나눠줄 생각이었다.

마을 사람 열 명과 함께 히말라야의 표범도 잡아봤던 뛰어난 사냥꾼 스칼라는 선물 받은 활만 있다면 야생 짐승 따위 무섭지 않았다.

'좋은 활이야.'

장력이 좋아 손가락을 다치지 않으려면 장갑이 필요할 것 같았다.

'가죽을 벗겨 만들어야겠어.'

또 작은 동물이라면 자신의 노련한 함정 기술로도 충분히 사냥할 자신이 있었다.

척박한 테메스 마을에 비해 베를린은 너무도 따뜻하고 평화로워 수월하게 적응할 것 같았다.

그런 생각을 하며 걷던 스칼라는 어느새 베를린 시민들의 상냥한 휴식처, 티어가르텐에 도착할 수 있었다.

'우선 물부터 찾아야지.'

집터는 물과 인접한 곳이 좋다.

마실 물도 쉽게 얻을 수 있을뿐더러 물 근처에는 먹을 것도 얻기 쉬웠기에 주립공원을 배회하던 스칼라는 마침 작은 수원을 찾을 수 있었다.

'역시 살기 좋은 곳이라니까.'

주변을 둘러본 스칼라는 빼곡히 자란 나무들을 만족스럽게 보았다.

'그럼 이제 집을 지어볼까.'

도끼가 없는 게 아쉬웠지만 그리 큰 집은 필요 없었기에 땅을 발목이 들어갈 높이로 파고 나뭇가지와 나무줄기를 모았다.

'여긴 질 좋은 나무가 많네.'

반나절간 나뭇가지를 엮어 지붕과 벽을 만든 스칼라는 해가 지기 시작하자 행동을 서둘렀다.

주먹만 한 돌을 모아 둥글게 두었고 그 안에 잔가지를 부숴 넣었다. 그러고는 마른 잎을 모아 바닥에 두고 나무막대를 비비기 시작했다.

잠시 뒤 마른 잎에 불이 붙고.

스칼라는 조심스레 불꽃을 옮겨 잔가지로 덮었다. 손으로 바람을 일으키니 어느새 잔가지가 타기 시작했다.

"생각보다 오래 걸렸네. 오늘은 이쯤하고 내일 아침 먹을 걸 구해볼까."

아직 화살을 만들지 못했기에 스칼라는 열매라도 찾고자 주변을 둘러보았다.

그리고 며칠 뒤.

꼬르륵.

며칠째 변변한 식사를 못 한 스칼라는 굶주림에 허덕였다.

그가 알고 있는 먹을 수 있는 풀과 열매는 티어가르텐에 없었고.

생전 처음 보는 것만 있어 그중 먹어도 괜찮아 보이는 걸 조심스레 먹으면 탈이 나기 일쑤였다.

'너무 얕봤나?'

히말라야와는 전혀 다른 생태에 스칼라는 적잖이 당황하고 있었다.

그러나 그런 생각에 앞서 당장 뭐라도 먹어야만 했다.

간신히 일어선 그는 인내심을 가지고 주변만이 아니라 탐색 범위를 더 넓혔다.

오늘마저 사냥에 실패한다면 굶어 죽을 것 같았기에 발을 옮겼는데, 가까운 곳에서 부스럭대는 소리가 났다.

소리로 판단하건대 제법 덩치가 있는 짐승.

스칼라는 황급히 몸을 낮추고 바람이 부는 방향을 살폈다. 다행히 바람을 맞서고 있어 그의 냄새가 동물에게 닿을 일은 없었다.

'신중하자.'

사냥할 때 조급해서 좋았던 적은 없었다.

스칼라가 간절했던 만큼 짐승도 살기 위해 발악했기에 얼음처럼 냉정해야만 고기를 취할 수 있었다.

소리를 죽이고 천천히 접근한 스칼라의 귀에 아직 조금 낯선 현대 독일어가 들어왔다.

"형, 여기 버섯이 있어."

"아. 정말이네. 오늘 스튜에 넣어 먹으면 되겠다. 이젠 나보다 잘 찾는데?"

"나도 다 컸다구."

저녁거리를 찾던 페터 형제는 먹을 수 있는 버섯을 발견해 기뻐하고 있었다.

반대로 짐승인 줄 알고 잔뜩 긴장했던 스칼라는 맥이 풀리고 말았다.

이제 정말 굶어 죽을 거란 생각에 들고 있던 활까지 떨어뜨렸는데, 그 소리에 페터 형제가 고개를 팩 하고 돌렸다.

상황을 이해하기까지 그리 긴 시간이 필요치는 않았다.

잠시간의 정적 후, 프란츠가 있는 힘껏 소리쳤다.

"끄아아아아악!"

"아아아아악!"

베를린시 안에서 활과 화살을 가진 채 거지꼴로 돌아다니는 남자를 본 형제는 분명 살해당할 거라고 확신했다.

도망가야 한다는 생각에 가방이고 뭐고 일어서 냅다 뛰려했지만.

풀썩.

스칼라가 쓰러졌고.

페터 형제는 거리를 둔 채 의심 가득한 눈빛으로 그를 살펴보았다.

"배고…… 파."

간절한 목소리였다.

진정 배고픔을 아는 자의 목소리라 어린 알베르트는 조심스럽게 자신의 주머니에서 초콜릿 바를 하나 꺼냈다.

간식은 한 달에 한 번만 사기로 약속해 아껴둔 것이었지만 배고픔을 아는 알베르트로서는 스칼라가 가여워 가만있을 수 없었다.

"알! 뭐 해!"

"하지만."

"낯선 사람이잖아. 저러다 해코지라도 하면 어쩌려고!"

"하지만 배고파서 움직이지도 못하잖아. 도와주자, 형."

"……."

동생보다는 조심성이 많은 프란츠도 배고픔을 알았기에 망설였다.

그러나 그렇다 해도 동생을 위험하게 할 순 없는 프란츠는 알베르트를 끌어내고 용기를 내 직접 나섰다.

"이, 이거……."

프란츠 페터가 세 걸음 간격을 두고 오늘 점심으로 먹으려던 슈크림빵을 던졌다.

그 달콤한 냄새에.

쓰러져 있던 스칼라가 벌떡 일어났다.

"엄마야!"

깜짝 놀란 프란츠는 후다닥 동생이 있는 방향으로 도망쳤고, 허겁지겁 슈크림빵을 먹는 스칼라를 주시하며 조금씩 뒷걸음질 쳤다.

♪

'일주일 사이에 대체 무슨 일이 있었던 거야?'

안드레아스 볼 경사의 연락을 받고 경찰서로 가니 거지꼴이 된 스칼라와 페터 형제를 만날 수 있었다.

"도빈 님!"

"너흰 여기 왜 있어?"

"그게……."

프란츠가 고개를 돌려 허겁지겁 빵을 먹고 있는 스칼라를 보았다.

굶고 다니진 않을까 걱정하긴 했어도 저런 꼴이 될 줄은 몰랐다.

"야."

빵에 정신 팔린 녀석이 나를 보자 반갑게 웃는다.

"오랜만이군."

"오랜만이고 자시고 무슨 짓 했어?"

녀석을 다그치려던 차 안드레아스 볼 경사가 인사를 했다.

"저, 정말이셨군요. 오시기 전까지 의심했습니다. 연락드렸던 안드레아스 볼입니다, 마에스트로."

"안녕하세요."

"자리를 옮기시죠."

악수를 나누고 따로 마련된 방으로 가 자세한 사정을 전해 들었다.

기가 차서 말이 안 나온다.

"주립공원 내 환경 훼손에 취사 행위, 불법 시설물 건조, 돌화살과 나무 창 등 불법 무기 제작, 소지죄에……."

"불법 시설물이요?"

"부비트랩처럼 공원 내 함정을 만들어두었습니다. 이 사진을 보시죠."

안드레아스 볼 경사가 보여준 사진에는 녀석이 공원 내 만들어 놓은 집과 그보다 문제가 되는 함정들이 찍혀 있었다.

'이거 미친놈 아냐?'

어이가 없어 녀석을 보자 어깨를 으쓱인다.

"뭐가 문제라는 건지 모르겠군."

"사람이 당하면 어쩌려고 이딴 걸 만들어뒀어?"

"그거라면 주변에 경고하는 푯말을 세워두었지."

안드레아스 볼 경사가 사진 몇 장을 더 보여주었다. 녀석의 말대로 '진입 금지'라고 적어둔 푯말이다.

머리가 터질 것 같다.

대신 저놈의 머리를 터뜨리고 싶은 욕구를 억누르며 집사에게 전화를 걸었다.

-네, 도련님.

"지인이 사고를 쳤는데 변호사 좀 연결해 주세요."

-네. 알겠습니다.

지끈거리는 머리를 부여잡고 프란츠에게 물었다.

"넌 왜 이 녀석하고 같이 있었어?"

"버, 버섯 따러 갔다가……."

"버섯?"

몇 번 주의 시켰거늘.

가난하게 살았던 탓에 돈 소중한 줄 아는 녀석이 또 생활비를 아낀답시고 돌아다닌 모양이다.

"네……."

한숨이 절로 나온다.

"그 시간에 공부하라고 말했잖아. 학교 갈 시간 아니야?"

잘못한 건 아는지 고개를 숙이고 울먹인다.

"프란츠는 먹을 수 있는 것을 알려준 소중한 친구야. 상냥하게 대해주었으면 한다."

"닥쳐."

나도 다시 태어나고 사회화를 거치지 않았으면 이랬을까?

아니. 적어도 이놈처럼 말도 안 되는 짓을 저지르진 않았을 거다.

하지만 현대인에게 너무나 당연시되는 일들이 폐쇄적 삶을 살았던 이 녀석에게는 이해할 수 없는 부분이기도 할 터.

최대한 설명해 주니 그제야 조금 이해한 모양이다.

조금 다른 개념이지만 어찌 되었든 지금으로서는 이걸로 만족해야 할 듯싶다.

"확실히 보호받고 있는 땅인 줄은 몰랐군. 무단으로 침범한 건 잘못이지. 함부로 머물러 죄송합니다, 안드레아스 볼 씨."

"나한테 사과해도……."

"아, 대리인이셨군. 숲의 주인께 직접 사과할 수 있게 부탁드립니다."

황당해하는 안드레아스 볼 경사의 얼굴을 차마 볼 수 없었다.

"아무튼. 애들은 보내도 되는 거죠?"

"네. 공범이 아니기도 하고. 조사는 끝났으니 돌아가도 괜찮습니다."

잔뜩 겁먹은 페터 형제에게 말했다.

"오늘은 일단 돌아가. 내일 혼내줄 테니 반성하고 있어."

"제, 제 잘못이에요. 알은 잘못 없어요. 청소 아르바이트도 버섯이나 풀 뜯으러 다니는 것도 알은 따라온 잘못밖에 없어요. 그러니 혼내시려면 저만. 저 같은 나쁜 애는 혼나야죠. 그렇죠. 에잇!"

"무슨 짓이야!"

프란츠가 자기 뺨을 때려 깜짝 놀랐다.

발버둥 치는 녀석을 간신히 진정시키니 숨이 턱 끝까지 차버렸다.

"끄으으윽. 죄송해요오."

"죄송하면 그만해. 저 녀석만으로도 머리 터질 것 같으니까."

녀석이 울먹인다.

"알이랑 돌아가 있어. 혼 안 낼 테니까."

얼마나 학대를 당했으면 이럴까 싶기도 하고.

가슴이 짠해져서 달래 돌려보냈더니 스칼라가 빙그레 웃는다.

"서로를 아끼는 모습이 보기 좋군."

순간 열이 뻗쳐 녀석의 엉덩이를 걷어 차버렸다. 앉아 있던 녀석이 넘어지려다가 자세를 고쳐 잡아 바로 섰다.

"무슨 짓이야!"

"한 번 더 걷어차기 전에 닥쳐. 대체 무슨 생각으로 나간 거야? 뭐가 부족해?"

"언제까지 폐를 끼칠 수만은 없잖아."

여태 내 혈압을 오르게 했던 놈은 장미 씹어 먹는 미친놈밖에 없었는데 이놈은 더하다.

"칼이랑 네게 도움받았으니까 이 정도는 괜찮다고 했잖아!"

"그러기엔 너무 많아. 난 혼자 살 수 있다. 어린애가 아니야!"

"누가 어린애래!"

"그렇게 취급하잖아! 난 돈이란 건 벌 수 없어도 내가 필요한 건 만들고 얻을 수 있다!"

말이 통하지 않아 한 번 더 걷어차려다가 문득 그런 생각이 들었다.

"너, 돈은 알아?"

"나도 몇 달간 허송세월 보낸 건 아니다. 돈이 무엇인지는 알아."

"하는 일 없이 얻어먹기만 하는 게 싫다는 거지?"

"그래. 난 자랑스러운…… 아무튼 칼의 손자다."

테메스란 단어를 꺼내지 않는 걸 보니 이성은 남아 있는 듯.

"그럼 내 악단에 들어와. 일자리 줄 테니까."

그러지 않아도 웃고 떠드는 현악4중주단 구성원들이 맡은 일이 많아 따로 전담해줄 사람이 필요했는데 잘되었다.

"그것도 결국 네 도움을 받는 거지 않나. 난."

"소소도 있어."

"……그 아름다운 바이올리니스트 말인가?"

"바이올리니스트이기도 하지. 같이 연주할 수 있어."

"으으음."

녀석이 고민하던 도중 아버지와 할아버지가 연결해 준 변호사가 들어왔다.

"도빈아!"

"아버지?"

"경찰서에 갔다고 해서 놀라서 왔지. 무슨 일이야? 응?"

변호사도 상황을 들어야 하기에 사진과 함께 대충의 이야기를 늘어놓았다.

"네. 상황은 이해했습니다. 지금부터는 저를 통해 이야기해 주셨으면 합니다, 안드레아스 볼 경사님."

"아, 네."

"도련님, 다만 이분은 하루 정도는 구치소에 있어야 할 듯합니다. 최대한 빨리 처리해 드리겠습니다."

"네. 부탁해요. 너 얌전히 있어. 내일 데리러 올 테니까."

"죄를 지었으면 응당 사과해야지. 신경 쓰지 마라. 내 과오는 내가 책임진다."

말이나 못 하면.

그렇게 나오려는데.

아버지께서 나오시질 않아 돌아보니 테이블 위를 유심히 살펴보고 계시다.

"아버지, 가요."

"이 집 형태는……."

아.

"스칼라 군, 이 돌 조각 직접 만든 거니? 응?"

"그, 그렇습니다만."

아버지가 눈을 크게 뜨셨다.

♪

아무래도 아버지께서 스칼라의 정체를 눈치채신 모양.

다시 생각해 보니 반평생을 테메스 문화를 연구하고 찾으셨으니 못 알아보는 게 도리어 이상하다.

"그래. 이상하다 했어. 스칼라. 스칼라……."

아버지께서 스칼라의 이름을 반복해 되뇌셨다.

뭔가 이상함을 눈치챘는지 녀석도 무척 당황한 기색이다.

"왜, 왜 그러십니까?"

"네팔 언어에 있는 이름이 아니야. 러시아어? 아니지. ……스칼라, 태어났을 때부터 외딴곳에 할아버지와 둘이서 살았다고 했지?"

"그, 그렇습니다만."

스칼라 녀석이 내게 간절한 눈빛을 보낸다.

"할아버지 성함 알려줄 수 있을까?"

"그게……."

저렇게 간절한 아버지는 처음이다.

눈을 부릅뜬 상태로 잡아먹을 듯이 물어보시는데 건방진 스칼라 녀석도 시선을 피할 정도다.

"응?"

"……칼입니다."

"성은 없으시고?"

스칼라가 어쩔 수 없이 고개를 끄덕이자 다시 혼잣말을 반복하셨다. 무엇인가를 생각하실 때의 버릇인 듯하다.

"스칼라. 칼. 스칼라. 칼. 영어는 아니야. ……라틴어인가? 네팔에 있던 사람이 어떻게……."

이번에는 양팔을 꽉 잡으셨다.

"할아버님도 너처럼 푸른 눈과 갈색 머리시니?"

스칼라가 뒷걸음질 쳤지만 아버지를 피할 순 없었다.

"응?"

"……아닙니다. 붉은 머리에 갈색 눈이십니다."

그 정도는 말해도 된다고 생각했는지 꺼리면서도 순순히 대답한다.

'위험한데.'

역시나.

아버지는 또 한 번 중얼거리시더니 책상 위를 훑으셨고 이내 녀석의 켈틱 하프를 발견하셨다.

"켈틱 하프잖아. 금속 현이 아니야. 18세기에나 있던 물건이 어떻게 이렇게 잘 보관되어……."

하프를 유심히 관찰하시던 아버지가 확신에 차 물으셨다.

"그때 물건이 아니야. 적어도 20년 안에 만들어진 거야. 그렇지?"

더 이상은 위험하다고 생각한 스칼라가 시선을 돌리며 대답을 피했지만 이미 의심하기 시작한 아버지를 피해갈 순 없었다.

"스칼라, 테메스란 이름을 들어본 적 있니?"

"딸꾹."

녀석의 눈이 튀어나오는 줄 알았다.

몹시 당황한 녀석의 눈빛이 '네 아버지 정체가 뭐냐'고 묻는 것 같다.

어찌나 놀랐는지 딸꾹질까지 해댄다.

비에 젖어 추위에 떠는 고양이를 보는 느낌이다.

"들어봤지?"

"그, 그런 적 없습니다."

"……그래? 할아버님은? 할아버님은 원래 어디서 사셨는지 못 들었어?"

스칼라는 대답하지 않았다.

돌진하던 아버지에게도 제동이 걸렸다.

녀석이 발뺌한다면 아무리 아버지라 해도 더는 알아낼 수 없으시리라.

"……켈틱 하프를 가졌고 시와 음악을 사랑하는 사람. 할아버님도 분명 음악을 좋아하시겠지?"

아닌가 보다.

꿈을 목전에 둔 학자의 집요함은 쉽게 무너지지 않았다.

스칼라는 본인을 너무도 잘 아는 아버지에게 어떤 대답도 해선 안 된다고 판단했는지 질문을 피했다.

입을 다문 채 어떤 반응도 보이지 않았지만 헛된 저항.

아버지의 눈에는 긍정으로 비친 모양이다.

"우리 집에 있어도 되는데 굳이 공원에 들어간 거니? 역시 숲이 익숙한 거지? 이런 형태의 집을 만들고 살려면 좋은 목재가 필요할 테니까. 테메스인들은 숲과 함께 노래하니까."

거짓말에 익숙하지 않은 녀석이 당황하기까지 하자 아주 수상해졌다.

시선은 갈피를 못 잡고 이리저리 무의미한 도주를 반복할 뿐이고 그나마 닫고 있던 입마저 무의미한 저항을 할 뿐이다.

"그, 글쎄요."

"켈트, 아니, 테메스에 대해 아는 대로 말해줘. 작은 거라도 좋아. 할아버지와 어디서 살았는지. 그것도 힘들다면 어떤 식으로 생활했는지."

정말 간절했다.

스칼라를 붙잡고 애원하는 목소리와 눈빛에 지난 반평생의 염원이 담겨 마음이 불편해졌다.

안타깝다.

망망대해에서 꿈을 좇는 심정을 아는 만큼 정말 돕고 싶다.

그러나 약속은 약속.

이대로 있다가는 녀석의 정체가 밝혀질 것 같아 나섰다.

"켈트인들은 금발에 키가 크다고 하지 않으셨어요? 스칼라도 스칼라의 할아버지도 다른 색이잖아요."

스칼라만을 보고 있던 아버지께서 돌아보셨다.

"기원전 기록까지는 그렇지만 침략을 받고 유랑하던 민족이었어. 여러 인종이 섞여 민족 내에서도 여러 형태를 보이는 게 가장 큰 특징이야. 존속 사이에도 차이를 보이는 게 그 증거지."

"……."

아무래도 거짓은 통하지 않을 것 같다.

"두 분 이야기는 나중에 하시고 우선은."

"아, 네. 부탁드립니다."

우선 안드레아스 볼 경사 덕분에 이야기가 더 진행되지는 않았지만 시간문제다.

'어쩐다.'

고민을 거듭하다 방법은 하나뿐이라는 생각에 도달했다.

문제가 복잡할수록 단순하게 접근해야 하는 법.

다음 날.

WH 변호사의 힘으로 과태료 정도를 내고 풀려난 스칼라를 앉혀놓았다.

녀석이 먼저 말을 꺼냈다.

"네 아버지 대체 뭐 하시는 분이야? 어떻게 우리에 대해 그렇게 잘 알고 계시는데?"

"놀란 건 알고 있으니 진정해."

"그러고 보니 너도 처음부터 이상했어. 우리말을 자연스레 쓰는 것부터 음식이나 악기도 알아보고."

"거기까지."

더 말하게 놔뒀다간 '처음부터 우리를 찾으려고 했던 거지!' 라는 식의 망상으로 이어질 것 같아 입을 막았다.

상황이 복잡하고 머리가 그리 좋은 녀석은 아니니 최대한 간단하게 선택지를 주는 게 좋다.

"아버지는 역사학자야. 테메스 문명을 찾으려고 10년을 공부하셨고 몇 년을 직접 뛰어다니셨어."

"역시……. 아니, 그보다 왜? 설마."

"네가 생각하는 그런 거 아니야."

"그럼 아무 상관도 없는 우리를 왜 찾으시는지 납득할 수 없잖아."

"좋아서 하는 건데 이유가 어디 있어. 너는 왜 20년 동안 하프를 연주했는데?"

사랑하기에도 바쁜데 이유 따위 생각했을 리가 없다.

"잘 들어. 너와 네 마을을 숨기고 싶다면 지금이라도 돌아가. 뒷일은 내가 책임지고 막을게."

스칼라가 입을 굳게 닫았다.

생각할 시간이 필요한 듯해 잠시 기다려주니 이내 입을 열었다.

"여기에 남고 싶다."

이게 녀석의 진심일 거다.

현대 문명은 스칼라에게 조금도 매력적이지 않은 것 같지만 적어도 베를린 필하모닉의 연주회를 접했으니 쉽게 포기할 수 있을 리 없다.

테메스인이기도 하지만 음악가이기도 하니까.

"하지만 마을이 알려지는 것도 원치 않아."

"그럼 아버지께 말씀드려."

"무슨 말을!"

"일단 들어."

녀석을 막아서곤 이야기를 이어나갔다.

"테메스 문명을 찾고 있는 조사단이 있어. 300명 정도 되는 큰 집단이고 몇 년 전 빈 근처에서 테메스의 옛 마을을 발견하셨어."

"빈이라면."

"세계대전이 일어나기 전까지 너희가 살았던 곳이겠지."

"……."

"그곳에서 이주의 단서도 발견하셨다고 하셨어. 그게 벌써 1년 전 일이야. 조사는 계속될 거고 언젠가는 찾으실 거야."

"그러니까 그래선 안 된다고 하잖아!"

"그 조사단을 이끄는 사람이 우리 아버지시고."

"……."

"아버지는 결코 남에게 피해를 줄 분이 아니야. 테메스의 입장을 이해 못 하실 분도 아니고."

테메스인들이 숨어 살 수밖에 없는 이야기를 들으면 아마 '꿈'을 포기하실 거다.

많이 괴로워하실 테고 어쩌면 재기할 수 없을지도 모른다.

많은 자본과 시간을 투자했던 사업을 중단하려면 스스로 꿈을 부정해야 하는 사태가 벌어질지도 모른다.

"그걸 어떻게 믿고."

스칼라의 어깨를 꽉 쥐었다.

"나는."

화가 난다.

"아버지가 얼마나 너희 문명을 찾아 헤맸는지 몰라. 안다고 해봤자 아버지의 진심에 비하면 먼지만도 못하겠지."

빌어먹을 인간들이 테메스를 이용해 그들이 숨어 살 수밖에 없는 것도.

그 때문에 아버지께서 스스로 꿈을 포기하시는 일에도 화가 난다.

"너희 사정을 알고 지난 20년간 쌓아온 것을 스스로 부정하시게 될 때의 마음도. ……이해 못 할 거야. 내가 만든 곡을 부정하게 되는 일 따위 상상도 할 수 없으니까. 아버지에게는 그런 느낌일 테니까."

스칼라의 눈을 보며.

갈 곳 없는 분노를 삼켰다.

"지금 난 그런 일을 제안하는 거다."

'갈 곳 없기는.'

부정하지 말자.

지금 이 화는 아버지를 슬프게 할 일을 제안하는 나에 대한 것이다.

병신.

어떻게 될지 결과를 뻔히 알면서도 그 잔인한 짓을 다른 누구도 아닌 아버지가 겪도록 하다니.

아버지. 아버지.

목 아래가 묵직해지고 터져 나오려는 성질머리를 죽이기 위해 이를 악다물었다.

"……미안하다."

그때 녀석이 내게 사과했다.

"네 입장을 몰랐다. 진심으로 사과하지. 네 말대로 하겠어."

♪

스칼라의 이야기를 듣는 아버지의 눈은 마치 브라이언 그린의 초끈 이론 강의를 보는 도진이처럼 초롱초롱했다.

이야기를 듣다가 너무 궁금해하시며 질문하셨다가 이내 신경 쓰지 말고 계속하라고 재촉하기도 하셨다.

그들의 역사에 진심으로 슬퍼하기도 함께 화를 내주기도 했고 조사팀의 연구와 들어맞는 이야기를 들으면 아이처럼 기뻐하셨다.

그래서 더.

가슴이 아프다.

"계층에 따라 연주할 수 있는 곡이 달랐던 것도 사실이었구나?"

"예전에는 그랬다고 하는데 지금은 그렇지 않아요."

"하긴. 마을 단위의 공동체에서 계급을 나누기보다는 협력

하는 관계를 유지하는 게 좋을 테니까."

해맑게 웃고 있는 아버지를 보며 슬픔을 삼키고 입을 열었다.

"아버지."

"응?"

"알고 계시겠지만 스칼라와 그 사람들이 숨어 사는 건……."

차마 목이 메 말을 끝까지 할 수 없었다.

그 말에 더없이 행복해하던 얼굴에 그늘이 드리웠다.

"그렇지."

그들의 긴 역사 속에서 유일하게 허락된 안식을 망칠 수는 없었다.

그것은 테메스인보다도 테메스의 역사를 잘 알고 계신 아버지도 같은 생각이리라.

이대로 감추려면.

여러 대학에서 공동으로 추진하고 있는 테메스 문명 발굴 사업을 멈춰야 할 테고 아버지는 스스로 일구었던 업적들을 부정하게 될 것이다.

결국 없었다고.

"……."

아버지는 말씀이 없으셨다.

김남식에 의해 저지되었을 때와는 상황이 다르다. 테메스인들을 보호하기 위한 일이니 어떻게든 숨기려 하실 거다.

그러니 더 고민할 수밖에 없을 터.

스칼라와 나도 그 복잡함을 더 키우지 않고자 침묵을 지켰다.

늦은 오후에 시작한 대화는 어느새 말없이 석양을 맞이하고 있었고 마침내 고개를 떨어뜨린 아버지에 의해 다시 시작되었다.

"도빈아, 아빠가 헬기 싫어하는 거 기억해?"

무슨 의도인지는 알 수 없었지만 고개를 끄덕였다.

"21살 때 오키나와에 보물을 찾으러 갔었어. 홍가왕이라는 사람이 류큐 왕국을 지키기 위해 숨겨둔 보물을 찾는 일이었는데 나쁜 사람들이 그걸 차지하려고 별별 짓을 다 했거든."

오래전 일을 회상하는 아버지는 즐거워 보였다.

"정말 말도 안 되는 놈들이었는데 나중에는 총까지 쏘더라고. 기관총 달린 헬기를 몇 번 만났는지 몰라."

어렸을 때 아버지가 대체 무슨 일을 하고 다니신 건지 알 수 없었다.

그렇지만.

"결국 어찌저찌 보물은 찾았지만 바다 깊은 곳에 던져 버렸어. 그 인간들에게 지켜낼 자신이 없었거든."

아버지는 밝게 웃으셨다.

"아무도 안 믿어줬지만 아빠는 그걸로 되었다고 생각해. 처음부터 세상에 나와선 안 될 물건이었던 거야. 테메스에 대한 이야기도 마찬가지고."

부드러운 목소리가 다정하게 울렸다.

"걱정하지 마. 이야기 들려줘서 정말 고맙다."

"아저씨……."

"아버지."

아마 지금도 속으로 많은 생각을 하고 계실 거다.

지금까지 함께한 이들에게 어떻게 말해야 할지부터 이 일을 수습하기 위한 것까지.

어쩌면 책임을 지고 교수직을 포기하시게 될지도 모른다.

그러나 그보다 더 두려운 건 아버지 스스로 삶의 목적을 잃으실까 봐.

그것이 가장 걱정되었다.

"끄응."

무릎을 짚고 일어난 아버지는 기지개를 켜곤 말했다.

"이제 또 뭘 찾아본다."

아버지는 생각보다 담담했다.

그 말과 표정으로 여태까지 내가 아버지를 오해하고 있었다는 걸 알 수 있었다.

"도빈아, 엘도라도라고 아니? 황금이 넘쳐난다는 전설인데."

아버지의 꿈은 테메스가 아니었다.

기록과 유물과 유적을 통해 과거를 찾아 나가는 행위 자체를 즐거워하셨던 것 같다.

테메스의 일을 드러내지 못하게 되었음에도 그렇게 하기로 마음먹으셨으면서도 끝이 아니라 다른 모험을 찾으시는 모습이.

그런 생각을 하게 했다.

“역시 스페인부터 시작해야겠지. 예전 생각나네. 혼자 움직이는 건 오랜만이니까.”

“위험한 일은 아니죠?”

“하하. 글쎄.”

난 이분의 아들로 태어난 것이 자랑스럽다.

♪

그날 밤 정말 괜찮으시냐는 질문에 아버지는 웃으셨다.

“그나저나 베를린 필하모닉에 입단시킨다면서?”

“네.”

“테메스의 이름은 드러나지 않아도 스칼라의 연주는 모든 사람이 들을 수 있잖아. 그걸로 된 거야.”

아버지께서는 말끝에 ‘우리 아들이 세계에서 제일 잘 나가는 악단을 운영해서 다행이네’라고 덧붙이셨다.

그리고.

“3만 유로. 1년 계약직이야. 업무는 베를린 필하모닉의 실내악 보조 연주자.”

"오케스트라에는 못 들어가는 건가?"

스칼라가 아쉬운 듯 물었다.

"준비 안 된 사람을 들이진 않아. 1년간 실내악에서 경험 쌓으면서 공부하면 자리 만들어줄게. 또 그간 다른 오케스트라도 접하면 네 생각이 달라질 수도 있겠지."

베를린 필하모닉이 세계 최고라는 데에는 변함없으나 연주자마다 맞는 악단이 있는 것도 사실이다.

시대 연주라면 그 어떤 곳에도 뒤지지 않는 빈 필하모닉이나 런던 심포니, 런던 필하모닉이 스칼라에게 좀 더 맞는 환경일 수도 있다.

"보수는 상관없어. 다른 곳에 갈 생각도 없다."

"있어 보고 결정해."

어차피 베를린 필하모닉에 익숙해지면 다른 악단이 성에 찰리 없다고 생각해 녀석을 배려하고 생색이나 내려 했더니.

스칼라의 생각은 달랐다.

"나도 마을 사람들도 지금껏 바깥 사람은 조금도 믿지 않았어. 하지만 너와 네 아버지는 달랐지. 이 세계에 남아도 된다는 확신이 생겼다. 다른 곳엔 가지 않겠어."

"그래."

그렇게 계약직이 아닌 정식 단원으로 받아들이며 스칼라와 관련한 이야기는 일단락.

아니, 시작되었다.

♪

웃고 떠드는 현악4중주 팀을 모아두고 스칼라를 소개했다.

"앞으로 여러분과 함께 실내악을 맡아줄 스칼라에요."

간단히 소개하고 녀석을 보니 앞으로 나선다.

"스칼라라고 합니다. 24세. 하프와 바이올린을 다룹니다. 도시 생활에 익숙하지 않고 오케스트라도 처음이지만 잘 부탁드립니다."

정상적인 자기소개다.

짧은 기간이나마 교육한 티가 나서 다행이다.

"또 어디서 주워온 거야?"

찰스 브라움이 불쾌함을 내비쳤다.

"네가 데려왔으니 실력이야 있겠지만 이 팀은 베를린 필하모닉 안에서도 특출한 사람만 모였어. 아무리 너라도 이런 방식으로 인사를 진행하면 뒷말이 나오지."

"스칼라는 그간 찰스가 맡고 있었던 편곡자 역할을 대신 수행해 줄 예정이에요."

"환영하지."

찰스가 웃으며 스칼라에게 손을 내밀었다.

욕망에 솔직한 찰스는 다루기 쉽다.

어째 점점 더 푼수가 되어가는 것 같지만 그만큼 지쳤다는 의미이리라.

"당분간 실연은 중단하고 호흡 맞추는 데 집중할 거예요. 스칼라도 적응해야 하고 관객들이 즐길 수 있는 무대를 만들려면 선곡도 중요하니까."

다들 고개를 끄덕인다.

그간 빡빡했던 일정에서 그나마 숨이 트인 거니 반갑게 받아들일 것이다.

"그럼 한 곡 해봐."

"지금?"

"어떤 연주를 하는 사람인지 알려야 자기소개지."

"맞는 말이군."

스칼라가 켈틱 하프를 꺼내 들어 연주를 시작했다.

켈틱 문화권의 하프 소리는 현재 사용되는 하프보다 소리가 얇고 서정성이 짙다.

차분히 오르고 내리길 반복하는 음 사이의 공백마저 가냘프다.

화려한 기교 없이.

탁월한 표현력을 바탕으로 이어지는 멜로디와 그것을 극적으로 이끄는 노련한 강세 조절.

그 절묘한 행위에서 느껴지는 그리움은 단순하지만 효과적이다.

아마 테메스인이 스스로 위로하기 위해 만든 곡일 터.

언제 들어도 훌륭하다.

짝짝짝짝-

스칼라가 연주를 끝내자 단원들도 박수를 보내주었다.

콘트라베이스의 다니엘 홀랜드가 다가가 악수를 청했다.

"멋진 연주였어, 친구. 다니엘 홀랜드라 하네."

두 사람이 반갑게 인사를 나눴다.

"어때요?"

"좀 구식이지만. 제법이네."

찰스 브라움도 인정한 모양.

나윤희와 료코도 좋아하는 걸 보니 시간이 필요할 뿐, 적응하는 데 문제는 없을 것 같다.

다만 표정 변화가 거의 없는 소소의 마음은 알 길이 없다.

"소소는 어때요?"

"응."

물어도 별 대답이 없다. 어떻게 되어도 상관없는 듯하다.

이후 스칼라도 기존 현악4중주의 연주를 들었는데 솔직하게 기뻐했다. 가식이나 꾸밀 줄 모르는 녀석다운 반응이다.

"극단적으로 화려해. 처음이야. 베를린 필하모닉은 항상 이런 식인가?"

"이런 식이라니."

"마치."

스칼라가 적당한 표현을 찾더니 이내 소리쳤다.

"무서울 정도로 퇴폐적이야."

웃는 걸 보니 나쁜 뜻은 없는 것 같지만 표현법이 이상하다.

나중에 사전이라도 가져다줘야겠다고 생각하면서 오늘 미팅은 여기까지 하려 했는데.

녀석이 생각지 않았던 이야기를 꺼냈다.

"그래서 노래하는 사람은 어디 있지? 오늘은 만날 수 없나?"

"노래?"

고개를 힘차게 끄덕인다.

"그런 사람 없어."

"……그런가."

그렇게 낙담할 일인가.

녀석의 어깨가 축 늘어졌다.

"저."

나윤희가 입을 열었다.

"네."

"어차피 팝송도 할 예정이니까 가수가 있는 것도 괜찮지 않을까?"

"그래요?"

다른 사람들을 둘러보니 료코와 소소는 고개를 끄덕이고 다니엘 홀랜드는 턱을 매만졌다.

"흐음. 해보지 않아서 그런지 몰라도 조심스레 접근해야 할 것 같은데. 자칫하면."

"난 반대야."

신중하게 나선 다니엘과 달리 찰스 브라움이 유일하게 반대하고 나섰다.

"이유는요?"

"가수가 있으면 내가 묻히니까."

무시해도 될 것 같다.

스칼라에게 물었다.

"노래 부르는 사람이 있으면 왜 좋을 것 같아?"

"즐겁게 노는 자리라 들었는데 노래가 빠질 수 있나?"

단순하지만 딱히 틀린 말도 아니라 고민하는데 나윤희가 핵심을 짚었다.

"일방적인 공연이 아니라 참여하는 쪽으로 기획한 거니까 관객들도 따라 부를 수 있으면 더 좋아할 것 같아."

"시범해 보고 결정하면 안 돼?"

료코도 가세.

그 의견에는 다니엘 홀랜드도 고개를 끄덕였다.

"그래. 가수와 함께하게 되면 우리 연주를 못 하게 될 수도 있으니까. 시험적으로 운용해 보고 결정하는 게 좋겠네."

"반대다."

"그럼 후보자를 모집해 볼게요. 면접에는 여러분도 참가하도록 하죠. 마음에 드는 사람을 뽑아야 하니까."

"좋아."

♪

2024년 3월 7일.

베를린 필하모닉 공식 홈페이지에 올라온 실내악단과 함께할 솔로 가수 모집 공고는 적지 않은 관심을 받았다.

세계 최고의 오케스트라에서 노래할 수 있다는 점과 배도빈의 곡을 받을 수 있다는 메리트는 어느 가수에게나 매력적인 조건이었다.

[우리는 새로운 단원을 맞이할 준비가 되었습니다]

베를린 필하모닉입니다.

지난 몇 년간 우리는 여러 분야에서 만족스러운 결과를 이뤄냈고 올해 역시 진취적으로 변화하고 있습니다.

정기 연주회에서는 보다 다양한 곡을 즐기실 수 있으며, 올가을에는 지난 〈투란도트〉 이상의 대규모 오페라 〈피델리오〉를 준비하고 있습니다.

자선 연주회와 아이들을 위한 타악기 교실을 확대 편성하였으며 또한 올여름, 여러분이 깜짝 놀라실 일을 준비하고 있습니다.

배도빈 악단주는 더 많은 요구에 부응하기 위해 또 다른 일을 시작할 예정입니다. 베를린 필하모닉에 새로운 실내악 팀이 구성되었고 이와 함께할 가수를 모집하고자 합니다.

아래 조건을 확인하신 뒤 첨부된 이력서를 작성해 베를린 필하모닉 공식 이메일로 접수해 주시기 바랍니다.

자격요건

나이: 19세부터 40세까지.

인재상: 풍부한 성량과 여러 장르에 두루 능한 자.

제출 서류: 이력서, 비디오 파일(하나의 카메라로 촬영한 원 테이크 무편집 파일. 앵글 고정. 응시자는 녹음 장소와 날짜에 대한 정보를 제공해야 합니다).

근무 형태: 24개월 계약직.

급여: 연간 5만 유로와 공연당 인센티브 지급.

일정: 3월 24일까지 접수. 합격자에 한해 개인 통보. 면접일자 4월 4일, 5일 이틀간.

베를린 필하모닉이 내놓은 모집 공고는 국가와 성별, 경력 등 여러 조건에서 자유로웠다.

공연에서 마이크를 사용하지 않을 것.

오페라, 가곡을 넘어 팝 음악 등 가능한 여러 장르를 시험한다는 점에서 자연스레 포기하는 사람이 많았지만 이제 막 프로로서 활동하기 시작한 사람이나 지망생에게는 더없이 좋은 기회였다.

모집 공고를 올리고 48시간이 지났을 때는 이미 200개의 신청서가 접수되었고.

언론에서는 배도빈과 베를린 필하모닉이 이번에는 또 어떤 일을 벌일지 관련 기사를 내보냈다.

ㄴ실내악에 가수?

ㄴ5만 유로면 얼마냐?

ㄴ6,600만 원 정도 될 듯. 인센티브까지 있으니까 연봉 1억 근처는 될 거 같은데. 계약직치곤 대우가 좋은데?

ㄴ정규 단원 수준이잖아. 생각보다 본격적이다. 기간도 2년이나 되고.

ㄴ대충 보니까 대중음악처럼 라이브 무대 준비하는 거 같은데 너무 나가는 거 아닌가 싶음.

ㄴ어차피 번외잖아. 난 나쁘지 않은 접근 같은데. 팝송도 불러야 한다고 하니까 접근성 높이려는 것 같고. 작년부터 이런 쪽으로 신경 많이 쓰네.

ㄴ이러니까 베를린 필하모닉이 클래식을 무너뜨린다고 하지. 멀쩡한 오케스트라가 저런 걸 왜 하는데? 하던 거나 계속하면 좀 좋아?

ㄴ나 정말 궁금해서 그런데 왜 그렇게 싫어해?

└질 떨어지니까.

└그럼 그런 음악 좋아하는 사람도 질 떨어지는 거임?

└ㅇㅇ

└아ㅎ 다행이다. 내가 이해 못 하는 건 줄 알았는데 그냥 미친놈이었구나.

└ㅋㅋㅋㅋㅋㅋㅋㅋ

그런 논란 속에서도 베를린 필하모닉 실내악단에 참가하고자 하는 사람은 꾸준히 늘어났고.

배도빈과 푸르트벵글러, 니아 발그레이 그리고 웃고 떠드는 현악5중주단 단원들은 천 개에 달하는 영상을 검토하느라 며칠째 추가 근무를 해야만 했다.

삼 일차에 접어들어 잔뜩 성이 난 빌헬름 푸르트벵글러가 다음 영상을 틀려던 멀핀에게 신호를 보내곤 으르렁댔다.

"기어이 내가 확인해야겠느냐! 네가 기획한 일이잖느냐. 게다가 성악은 내 전공이 아니야!"

"푸르트벵글러가 확인 안 하면 누가 해요."

"그러니까 내 역할을 줄여나가야 네 권위가 선다고 하지 않았느냐! 안 그렇소, 발그레이 고문?"

아군을 얻기 위해 푸르트벵글러는 평소답지 않게 점잖게 나섰다.

그러나 니아 발그레이에게 그러한 수작이 통할 리 없었다.

그 역시 평소 푸르트벵글러를 대하던 것과는 달리 격식을 차렸다.

"세프의 역할이 주는 것과 배도빈 악단주의 권위는 별개 문제로 사료됩니다."

"거봐요. 슬슬 은퇴하려는 거 누가 모를 줄 알아요? 불평 그만하고 다음 거 봐요. 이러는 동안에 한 사람 봤겠네."

세상에서 가장 사랑하고 신뢰했던 두 제자에게 공격받은 푸르트벵글러는 있는 대로 인상을 썼다.

"너 이러기야?"

"사실을 말했을 뿐입니다."

"왜 이래? 작년 크리스마스 때 안 가서 그래?"

"전혀요. 사심이 들어갈 리 없죠. 불쌍한 내 딸 메리. 할아버지를 보고 싶다고 얼마나 노래를 불렀는데……. 다음 노래 듣죠."

니아 발그레이의 말에 세미나룸에 있던 몇몇 사람이 터지고 말았다.

다니엘 홀랜드는 아예 소리 내어 웃었고 나윤희는 고개를 파묻은 채 어깨를 들썩였다.

푸르트벵글러는 황당하여 니아 발그레이를 향해 검지를 흔들어 경고한 뒤 배도빈을 보았다.

"아무튼 내일부터는 난 빠질 테니 그리 알고 있어."

"안 돼요."

"이 녀석이 자꾸? 인마! 나도 늙었어! 여든이야. 여든! 이만 했으면 좀 쉬어야지!"

"안 돼요. 일 다 넘겨놓고 누구 맘대로 쉬게. 멀핀, 다음 영상 틀어주세요."

♪

"미치겠네."

이른 새벽부터 영상을 찍고 있던 진달래는 어색하기 짝이 없는 노래를 확인하곤 한숨을 내쉬었다.

성악 강사에게 가이드라인을 받긴 했지만 카메라 앞에만 서면 긴장한 나머지 실수를 반복했다.

그렇게 2시간이 흐르고.

"아아아아악!"

몇 번을 녹음해도 마음에 들지 않은 탓에 피로가 쌓인 진달래는 침대에 드러누웠다.

"하아."

한숨을 내쉬니 생각이 많아졌다.

'이번 기회 못 잡으면 너무 오래 걸릴 텐데.'

최근 그녀는 베를린 합창단에 들어갈 수 있었고 단 한 번이었지만 무대에도 오른 적도 있었다.

일은 즐겁고 단원들도 마음에 들었다.

딱히 불만이 있는 것도 아니었고 도리어 어느 정도 만족하는 편이었지만.

본래 그녀가 바랐던 목표와는 거리가 있었기에 아쉬움을 느끼던 차.

베를린 필하모닉에서 가수를 구한다는 소식을 접했다.

삼촌 칠삼과 함께 유럽 여행을 했을 때.

손을 잃고 음악가로서의 삶을 포기했던 진달래는 새 희망을 품을 수 있었다.

지금은 익숙해진 의수를 달아주고.

음악을 전문적으로 배울 수 있는 환경까지 마련해 준 배도빈.

그와 함께 살기 시작하면서 진달래는 언론에서 말하는 세기의 천재, 인류의 희망, 교향곡의 마왕, 피아노 소나타의 신, 새 시대의 선지자라 불리는 그가 스스로를 얼마나 학대하는지 알 수 있었다.

마냥 멋지다고 생각했던 그도 한계에 부딪힐 때가 있었다.

그리고 그런 일을 당연하게 받아들였다. 일주일이고 한 달이고 작업실에 처박혀 기어이 문제를 해결해내고야 말았다.

음악을 대하는 그 자세가.

의수만큼이나 진달래에게 큰 힘이 되었다.

거기에.

배도빈의 행동이 희망을 주었다면 베를린 필하모닉과 도이체 오퍼의 대형 오페라 〈투란도트〉는 그녀에게 새로운 목표를 제시했다.

류 역할을 맡았던 리리코 스핀토 소프라노, 레나 테발디는 특히나 진달래에게 깊은 인상을 남겼다.

75,000명의 관중을 목소리 하나로 휘어잡았던 그녀처럼 되고 싶다고.

언젠가는 반드시 그리 될 거라고 다짐하며 지난 2년을 보냈다.

남들은 진달래의 재능을 칭찬하고 부러워했다.

그 전까지 특별히 교육받은 적이 없었음에도 빠르게 성장한 그녀는 단 2년 만에 베를린 합창단의 준레귤러가 되었다.

그것은 주변인들이 보기에 기적에 가까웠다.

그러나 레나 테발디란 목표를 가진 진달래는 만족할 수 없었다.

간혹 질투에 눈먼 소리도 들렸지만 개의치 않았다.

노래를 좀 더 잘하는 것 이외에는 눈에 들어오지 않았다.

그런 끝에 찾아온 첫 번째 기회.

정당한 방법으로 자신에게 희망을 주었던 '그 녀석'과 같은 무대에 설 수 있는 기회가 온 것이었다.

놓칠 순 없었다.

'다시 해보자.'

진달래가 다시 기운을 냈을 때.

빰바빠- 밤바빠바- 밤바빠- 밤빠-

마침 벨소리가 울렸고 발신자를 확인한 진달래는 양팔과 양다리를 있는 힘껏 휘둘렀다.

'오늘은 좀 늦나 싶었는데.'

진달래는 대감이란 단어와 하트 기호를 붙여 저장된 이름을 볼 때마다 그렇게 행복할 수 없었다.

매일 밤 자기 전에 나누는 짧은 통화가 아리엘에게 큰 힘이 되듯, 하루의 시작과 함께 걸려오는 아리엘의 목소리는 진달래에게 큰 활력소였다.

"아직 안 잤네?"

-그대 목소리를 듣지 않으면 잠을 이룰 수 없으니까.

로스앤젤레스 필하모닉의 젊은 감독, 아리엘 얀스의 미친 소리가 진달래에게는 그렇게 달달할 수 없었다.

"오늘은 뭐 했어?"

-전에 말했던 바이올린 협주곡을 완성했습니다. 초연도 성공적이었고요. 당신을 생각하며 만든 만큼 힘차고 멋진 곡이죠.

한국어를 익히기 시작한 지 이제 고작 1년 정도 되었을 뿐인데 천재는 천재인지, 다소 딱딱한 감이 없지 않아 있었지만 대화에 큰 위화감은 없었다.

"듣고 싶다."

진심으로 바라긴 했지만 설마 직접 연주해 줄 줄이야.

잠시 뒤 전화기 너머로 들리는 바이올린 소리에 진달래는 어쩔 줄 몰라 했다.

자꾸만 웃음이 나왔다.

본인을 생각하며 곡을 만들다니.

그런 일 상상해 본 적도 없었다.

-이다음은 나중을 위해 남겨두겠습니다. 곧 유럽 투어도 예정에 있으니 초대장을 보내드리죠.

"정말? 언제?"

-5월 두 번째 주입니다. 베를린에는 목요일이 되겠네요.

"나 만나도 되는 거야?"

-유럽에서 당신을 못 만난다면 아무리 많은 이에게 환영받는다고 해도 기쁘지 않을 겁니다.

"그럼 안 되지!"

다그치면서도 웃음이 나왔다.

그 뒤에는 언제나 그랬듯 소소한 이야기를 주고받았다.

오늘은 어디를 갔다든지 재밌는 것을 보았다든지 또는 무엇을 먹었다든지 하는 시시콜콜한 이야기를 나누는 시간마저 즐거웠다.

"아, 맞다. 어제 합창단 사람들이랑 한식당에 갔는데, 대박.

오징어볶음이 미친 듯이 맛있는 거야! 달달하면서도 칼칼한 게 밥까지 비벼 먹으니까 으아아악."

-오징어볶음?

"응! 왜 저번에 말한 고추장 있잖아. 야채랑 오징어 넣어서 고추장이랑 고춧가루 팍팍 넣고 볶은 건데 베를린에서 그렇게 잘하는 집이 있는 줄은 몰랐어. 아, 또 먹고 싶다."

아리엘 얀스로서는 오징어를 먹는 것도 이해할 수 없었고 고추장에 고춧가루를 넣는 발상은 더더욱 이해할 수 없었지만 사랑스러운 여신이 좋아한다니 고개를 끄덕였다.

-오징어를 좋아하십니까?

"아, 유럽에선 안 먹는다고 하던데. 그래서 파는 데가 얼마 없나 봐. 베를린 들르면 한번 먹어볼래?"

그러나 같이 먹자는 말에는 어쩔 수 없이 태생적으로 거부감이 생겼는데.

마침 좋은 말이 떠올랐다.

-오징어볶음 말고 저라는 오징어는 어떠십니까?

"흑햫학학캬학캬학!"

아리엘 얀스의 엉뚱한 말이 진달래를 터뜨렸다.

한참을 웃은 뒤에야 간신히 말을 할 수 있게 된 진달래가 물었다.

"그런 말은 대체 어디서 배운 거약큭쿡쿡쿡."

-여성을 즐겁게 하는 농담이라는 책을 얻었습니다. 요즘은 그걸로 공부하고 있죠.

"당장 버려! 킥킥킥킥."

진달래는 다시 한번 웃은 뒤에 숨을 크게 내쉬었다.

"어디 가서 그런 말 하면 욕먹어. 대감 얼굴이 오징어면 다른 사람은 어쩌라고."

-그렇군요. 아, 이제 슬슬 출근할 시간인 것 같은데 오늘도 빛과 은혜가 함께하길 바랍니다.

"응. 근데 오늘은 휴가. 할 일이 있거든."

-무슨 일인가요? 봄의 여신은 역시 봄에 할 일이 많아지나 봅니다.

"아니야! 베를린 필하모닉에서 가수를 뽑는대. 제출할 영상 찍고 있었는데 잘 안 되네."

-…….

"여보세요?"

-아. 네. 듣고 있었습니다. 성악은 전문 분야가 아니지만 인터뷰용 영상이라면 성량과 기교보다는 정확한 발성을 주로 볼 겁니다.

"발성이라……."

-당신의 목소리는 산새조차 고개를 숙이니 평소처럼 부르면 좋은 결과가 나올 겁니다.

"응! 고마워. ……쪽. 끊는다!"

사랑스러운 소리와 함께 끊어진 전화를 붙들고 아리엘 얀스는 씁쓸하게 웃었다.

로스앤젤레스에 있는 그의 오래된 아파트는 살풍경했다.

거실과 다른 방은 물론 침실까지 온통 악보로 가득했고 나머지는 장미 향만이 채우고 있었다.

그 흔한 TV와 컴퓨터마저 없었고 가구라고는 침대와 책상 그리고 악보를 수납하기 위한 책장뿐.

하나 있는 책상 위에는 신문이 놓여 있었다.

[베를린 필하모닉 3일간 거장 배도빈의 바이올린 협주곡을 노래하다.]

[배도빈 바이올린 협주곡 13번, 찰스 브라움 또다시 기록 경신!]

[불새, 오케스트라 대전 이후 첫 완주! 바이올리니스트 나윤희 화려한 복귀!]

'베를린 필하모닉.'

배도빈과 베를린 필하모닉에 관한 기사는 그 인기에 힘입어 문화·예술란은 물론 심심치 않게 전면에 대서특필되기도 했다.

단 하나의 기사만 실린 아리엘 얀스의 신곡과는 전혀 달랐다.

[로스앤젤레스 필하모닉, 바이올린 협주곡 '봄의 여신' 초연]

지난 7일. 역사와 기품을 자랑하는 로스앤젤레스 필하모닉이 아리엘 얀스 감독의 신곡 '봄의 여신'을 초연했다.

봄의 여신은 추위를 뚫고 피어난 강인하고 아름다운 선율을 강점으로 하는 곡으로 제2의 배도빈으로 불리는 작곡가 아리엘 얀스가 1년 만에 내놓은 신곡이다.

오는 4월까지 로스앤젤레스 필하모닉 콘서트홀에서 매주 공연하고 입장료는 기존과 동일.

자세한 내용은 로스앤젤레스 필하모닉 홈페이지를 참조.

아리엘이 아랫입술을 꽉 깨물었다.

붉은 혈흔이 흘러내렸다.

오케스트라 대전 이후, 배도빈의 실력을 절감한 그는 절치부심하여 기존의 스케치를 모두 지웠다.

수개월을 단 하나의 곡을 만들기 위해 투자했고 그렇게 다시 만든 '봄의 여신'은 천재 아리엘 얀스의 자신작이었다.

그러나 너무나도 간단히 적힌 기사는 그의 긍지와 자존심을 처참히 짓밟고 말았다.

'제2의 배도빈이라고?'

이토록 분한 적은 없었다.

기자들의 하찮은 말 따위는 그리 중요치 않았다.

배도빈과 베를린 필하모닉이란 거대한 커튼을 젖힐 수 없는 스스로를 용서할 수 없었다.

모든 사람이 베를린 필하모닉에 매료되어 있었다.

손자인 본인보다 배도빈을 높게 평가하는 할아버지, 마리 얀스.

사랑하는 진달래도 베를린 필하모닉을 이야기했다.

그는 되뇌었다.

이 정도로 무너질 내가 아니라고.

고결한 얀스 가문의 피를 잇고 위대한 정신을 위해 노래하는 나 아리엘 핀 얀스는 이대로 쓰러지지 않는다고.

배도빈은 단지 넘어서야 할 시련이라고 생각하며 그는 모든 정열을 쏟아부었다.

분명 그랬건만.

뛰어넘지 못할 수도 있겠다는 불안이 스멀스멀 피어올랐다.

그 불안을 느끼는 자신에게마저 화가 났다.

'이렇게 추악한 인간이었나, 아리엘 핀 얀스.'

할아버지 마리 얀스를 제외하고 본인을 세상 그 어떤 음악가보다 우월하다고 여겼던 자존심은 처참하게 찢겨 나갔다.

그 무엇보다 본인의 고결한 정신을 검게 물들게 하는 추악한 질투와 긍지를 흔드는 불안감.

'로스앤젤레스에서 함께합시다.'

'으응. 나 베를린 필하모닉에서 노래할 거야.'

단 한 번의 권유 이후 아리엘은 연인에게 그와 같은 말을 다시 묻지 않았다.

어디서 노래할지는 그녀가 결정할 일.

강요해서도 바라서도 안 되었다.

분명 그러할진대.

'제기랄.'

자꾸만 붙잡고 싶은 마음을 어쩌면 좋을지 알 수 없었다.

곧게 뻗어 나오는 달콤한 꽃향기와 같은 목소리.

진달래의 노래는 아리엘 얀스에게 힘과 희망을 주었다.

그런 그녀가 베를린 필하모닉의 가수 오디션에서 떨어질 리 없었다.

'대체 무슨 생각을 하는 거냐. 적당히 해라.'

떨어질지도 모른다는 지저분한 마음.

아리엘은 고개를 젓고는 펜을 들었다.

지금 그가 할 수 있는 일은 다시 한번 악보를 들여다보는 것뿐.

추악한 감정을 억누르고 오직 음악만이 할아버지와 사랑하는 사람의 마음을 돌릴 유일한 길이라고 여기며.

아리엘 핀 얀스는 오늘도 어김없이 자신에게 채찍을 휘둘렀다.

♪

2024년 3월 15일.

작년 9월부터 접수를 받기 시작한 퀸 엘리자베스 국제 콩쿠르의 예선 심사 발표가 이루어졌다.

유서 깊은 콩쿠르인만큼 음악계 인사와 팬들의 관심은 지대했다.

그러지 않은 종목이 있을까 싶지만 특히나 피아노 부문은 예년보다 경쟁이 치열했고.

브리쉘 플라지 극장의 총책임자이자 퀸 엘리자베스 콩쿠르 기악부장인 질 루앙과 심사 위원단들도 퍼스트 라운드에 진출할 인원을 추려내는 데 어려움을 겪었다.

그러나 그런 와중에도 세 피아니스트에 대해서는 조금의 이견도 없었다.

첫 번째 피아니스트는 북미에서 절정의 인기를 구가하고 있는 천재 니나 케베리히.

단단하고 유니크한 템포 활용이 강점인 베토벤 피아노 소나타의 새로운 스페셜리스트였다.

두 번째는 러시아와 중국, 일본 등에서 활약하고 있는 엘리자베타 툭타미셰바.

크리크 국제 피아노 콩쿠르 때의 인연을 계기로 전설적인 피아니스트 사카모토 료이치를 사사할 수 있었던 그녀는 폭넓은 음악성을 무기로 한 유력한 우승 후보였다.

그리고 마지막 피아니스트는 크리크 국제 피아노 콩쿠르 우승(2019), 준우승(2014).

쇼팽 국제 피아노 콩쿠르 우승(2020).

차이코프스키 국제 피아노 콩쿠르 우승(2022).

배도빈이 콩쿠르계를 떠난 후 4년간 전 세계 메이저 대회를 독식하다시피 한 또 다른 천재.

적어도 피아노를 사랑하는 이들에게서는 그 안정적이고 명확한 연주를 인정받는 최지훈이었다.

발표를 마친 퀸 엘리자베스 콩쿠르 심사 위원단이 다과를 나누며 이야기를 나누었다.

"평소에도 그렇지만 올해는 정말 재밌겠습니다."

"그러게요. 니나 케베리히라. 15년도 쇼팽 콩쿠르 때 처음 봤지요. 대단한 재원이었는데 얼마나 성장했을지."

"그녀라면 저도 기대하고 있습니다. 그 독특한 템포 조절이 얼마나 숙련되었을지 궁금하군요. 또 베토벤 소나타 이외의 곡을 얼마나 익혀 왔을지도요."

"확실히 그녀의 협소한 레퍼토리는 우리 퀸 엘리자베스 콩쿠르의 규정 안에서는 치명적인 단점이죠."

"그런 면에서는 엘리자베타 툭타미셰바가 유리하겠습니다."

"사카모토 료이치 교수의 제자 말씀이시군요."

"작년 모스코바에서의 리사이틀을 접했는데 2시간 동안 정말 다양한 모습을 보여주었습니다. 예전보다 날카로운 느낌도 있었고요."

"날카롭다고요?"

"하하. 격정의 세대 아닙니까. 칼로 베는 듯한 타건은 분명 매력적이었습니다."

"타건이라면 크리스틴 지메르만 선생이 극찬한 최 군을 언급하지 않을 수 없죠."

"그 이야기라면 저도 들었습니다. 지메르만 선생이 직접 제자로 들이고 싶어 하셨다고요?"

"저도 믿을 수 없었습니다. 가우왕 이후 처음이었으니까요. 어쩌면 그만한 자질을 봤을지도 모르죠."

"확실히 최 군의 연주는 정확하고 품위가 있습니다. 정말 콩쿠르를 위한 피아니스트라 해도 과언이 아니죠."

"흐음."

한 심사 위원의 말에 몇몇 이가 안타까움을 내비쳤다.

비하할 의도는 없었지만 그들이 인식하기에 최지훈의 연주는 정말 교과서적으로 완벽했다.

그러나 콩쿠르 참가자가 아니라 한 개인의 피아니스트라 할 때 그것은 결코 장점이라 할 수 없었다.

개성이 없다는 뜻.

최지훈이 여러 콩쿠르에서 빼어난 실력을 과시하며 베를린 필하모닉 등과 협연을 하면서도 아직까지 큰 인기를 끌지 못

한 이유였다.

"뭐, 여기까지 하도록 하죠. 이제 얼마 뒤면 또 갇혀 지내야 할 테니까요."

"하하. 그러죠. 다들 고생하셨습니다."

♪

2024년 4월 4일 목요일.

1,098명의 지원자 중 베를린 필하모닉의 엄격한 기준을 통과한 사람은 서른 명뿐이었고, 그중 다섯 명이 면접장에 이르렀다.

오전과 오후로 조를 나누기는 했지만 면접 특성상 대기시간이 길어질 터라 이자벨 멀핀 사무부장은 면접 대상자들이 편히 기다릴 수 있도록 대기실을 마련해 두었다.

그런 한편.

면접장에 앉아 있는 배도빈 악단주는 몹시 불쾌한 티를 내고 있었다.

'면접 때문에 정기 연주회를 거를 순 없잖느냐!'라는 핑계로 면접을 회피한 빌헬름 푸르트벵글러 때문이었다.

'요즘 자꾸 나갈 생각만 하고 있단 말이야.'

올해 초부터 생전 쓰지 않았던 휴가를 낸다든지 정기 연주회 이외의 일정에 의도적으로 참가하지 않는 등 빌헬름 푸르트벵글러의 행동은 노골적이었다.

그의 음악을 누구보다도 사랑하는 배도빈은 그것이 몹시 마음에 안 들었지만, 오케스트라 대전을 기점으로 배도빈에게 왕좌를 물려주려 했던 푸르트벵글러는 완고했다.

본래 폭군의 계획대로라면 이미 은퇴 후 본인만의 삶을 영위하고 있어야 했는데.

배도빈이 실종되면서 계획에 차질이 생겼을 뿐.

서로를 너무나도 아끼는 마왕과 폭군의 신경전 속에 정작 속이 타들어 가는 건 베를린 필하모닉의 직원들이었다.

40년 이상 베를린 필하모닉을 이끌었던 위대한 지휘자가 떠나지 않았으면 하는 마음과 이제는 조금 쉬셔도 되지 않을까 하는 마음 모두 진심이라 어느 편에도 설 수 없었다.

"저…… 보스."

"네."

"세프께서 연주회 준비로 바쁘시다고……."

푸르트벵글러를 부르러 갔던 직원의 태도에 배도빈은 한숨을 내쉬었다.

"알겠습니다. 어쩔 수 없죠. 5분 뒤에 첫 번째 면접자 들여주세요."

면접장 문이 닫히자 니아 발그레이 고문이 슬며시 웃었다.

"서운해?"

"서운하긴요."

대수롭지 않게 대답하고 목 근육을 푸는 배도빈을 보며 발그레이는 생각했다.

그 역시 위대한 지휘자가 본인의 마지막을 준비하고 있음에 안타까워하고 있었다.

폭군 빌헬름 푸르트벵글러와 다섯 명의 천재 악장 그리고 세계 최고의 연주진.

지금도 그때를 생각하면 가슴이 벅차오르는데, 시간은 매정하게도 흘러 어느덧 변화를 요구했다.

그것이 순리라는 것을 알면서도 사무치는 아쉬움은 어쩔 수 없었기에 니아 발그레이는 배도빈의 마음을 충분히 이해했고.

또 고마웠다.

그들의 베를린 필하모닉을 기억하고 아끼면서도 더욱 찬란한 미래를 약속해 주는 것만 같았다.

'이 일도 새로운 베를린 필하모닉을 만들어갈 일이지.'

니아 발그레이는 눈썹을 들어 올리며 이력서에 시선을 두었다.

지금 그의 역할은 베를린 필하모닉을 조금이라도 이른 시일 내에 안정시키는 것이었다.

해상 오케스트라를 비롯해.

어린이 타악 교실, 웃고 떠드는 실내악단, 자선 연주회, 새로 도입한 로열 회원을 위한 C팀 운영, 곧 있을 <피델리오>까지 여러 일을 진행 중이라 직원과 단원들은 물론 지휘자와 악장들까지 눈코 뜰 새 없었다.

니아 발그레이는 그러한 상황 속에서 베를린 필하모닉의 고문으로서 중심을 잡아나갔다.

푸르트벵글러의 베를린 필을 그리워할 이들을 위해, 오랜 팬들이 괴리감을 느끼지 않도록 배도빈과 푸르트벵글러 사이에서 가교 역할을 자처했고.

그것은 그만이 할 수 있는 일이었다.

잠시 뒤.

첫 번째 참가자가 들어왔다.

푸른 눈에 어두운 금발의 남자는 핀란드의 바리톤 타야 투루넨이었다.

이탈리아에서 성악을 전공하고 로마 오페라 하우스에서 8년간 활동했던 사람으로 참가자 중에서도 가장 눈에 띄는 이력을 보유한 사람이었다.

당연히 그 이름도 널리 알려져, 니아 발그레이도 그의 무대는 몇 차례 관람한 경험이 있었다.

업계에서 오래 일해 온 프로답게 긴장하는 기색은 찾아볼 수 없었다.

"안녕하십니까. 타야 투루넨입니다."

"반갑습니다."

니아 발그레이 고문이 손바닥을 펴 보여 자리를 권하고 이내 첫 번째 질문을 던졌다.

"비오티 국제 콩쿠르 우승, 로마 오페라 하우스에서의 8년, 81번의 공연까지 인상적인 경력입니다. 작년에 솔로로 낸 앨범도 좋았고요. 타야 투루넨 씨가 베를린 필하모닉에 들어올 이유가 있을까요?"

"물론입니다."

타야 투루넨은 당연하다는 듯 고개를 끄덕였다.

그의 시선은 배도빈을 향했다가 질문을 한 니아 발그레이에게 돌아왔다.

"말씀하신 내용 외에도 저는 개인적으로 밴드를 운영하기도 했습니다. 빌보드 10위에 오른 적도 있었죠. 어떤 음악을 하든 최고가 아니었던 적은 없었습니다. 세계 최고의 오케스트라에 저보다 어울릴 사람은 없죠."

니아 발그레이는 타야 투루넨의 당당한 대답이 마음에 들었다.

그는 자신감에 차 있었고 충분히 그럴만한 역량을 지닌 데다 그것을 입증할 수많은 이력을 보유하고 있었다.

더욱이 그의 특이한 이력은 내부에서도 관심 깊게 보고 있었다.

대중에게 다가가고자.

참여지향적인 공연을 하기 위해 유명 팝, 록 음악을 어레인지하려는 웃고 떠드는 실내악단으로서는 그의 대중음악 가수 경력이 퍽 매력적이었다.

니아 발그레이는 그러한 생각을 감추고 질문하였고, 타야 투루넨은 본인의 장점을 직접 언급함으로써 베를린 필하모닉과 자신을 정확히 파악하고 있다고 알렸다.

자신을 높게 평가하면서도 그런 자신이 최고의 악단에 어울린다는 발언으로 베를린 필하모닉에 대한 경의까지 표현하니 더할 나위 없이 좋은 답변이었다.

니아 발그레이가 고개를 돌려 배도빈을 보았다.

"노래 한번 들어보죠."

배도빈의 요구에 타야 투루넨은 잠시 숨을 고르고 노래를 시작했다.

"악당들아! 나도 너희를 똑같이 벌하리라!"

타야 투루넨의 진한 목소리가 오페라의 화신 볼프강 아마데우스 모차르트의 〈피가로의 결혼〉 中 '보아야 하는가, 내가 한숨 짓는 동안'을 노래하기 시작했다.

베테랑답게 표정 연기까지 이어가는 여유를 보여준 타야 투루넨은 선 굵은 감정선을 고조시켜 나갔다.

"오, 안 돼! 평화롭게 놓아둘 순 없다!"

무게감을 과시하며.

"그런 행복을!"

마치 본인의 무대처럼 노래했다.

"네."

그러나 노래가 다 끝나기도 전에 배도빈이 입을 열었다.

"수고하셨습니다."

그 차가운 태도에 니아 발그레이는 의아해하며 배도빈의 표정을 확인했다.

그의 얼굴은 무척 지루해 보였다.

타야 투루넨이 나가자 베를린 필하모닉의 고문은 궁금증을 참지 못하고 입을 열었다.

"마음에 안 들어?"

"지금이야 두말할 필요 없죠. 그런데, 아마 오래 못 갈 거예요."

"목이 탁하다. 저런 사람도 가수라고 하는 건가? 영상과는 딴판이군."

참관인 자격으로 들어와 있는 스칼라의 말에 니아 발그레이는 다른 사람을 살폈다.

찰스 브라움, 나윤희, 왕소소 악장 모두 그리 좋은 표정은 아니었다.

장애 탓에, 본래 고문으로 들어왔을 때부터 '듣는 일'에 대해서는 대부분 포기하고 있었던 니아 발그레이는 고개를 끄덕였다.

"아쉽네."

"더 좋은 사람 뽑으면 되죠. 다음 사람 불러주세요."

배도빈이 대기하고 있던 직원에게 손짓했고 이내 2번 참가자가 면접장에 모습을 드러냈다.

오른발과 오른팔.

왼발과 왼팔을 동시에 움직일 정도로 긴장한 만 19세의 동양인이었다.

그리고 배도빈, 나윤희, 왕소소가 누구보다도 잘 알고 있는 사람이기도 했다.

"아, 안녕하세요. 흐."

인사를 한 진달래는 나윤희와 왕소소를 향해 어색하게 손을 흔들었다.

'저 바보.'

소소는 어린 동생이 평소답지 않게 잔뜩 긴장한 모습을 보며 속으로 한숨을 내쉬었다.

'청심환이라도 챙겨 줄걸.'

또 긴장하는 일에는 세계 정상의 나윤희는 항상 가지고 다니는 청심환이라도 주고 싶은 심정이었다.

반면 배도빈은.

"정신 차려."

차가운 눈으로 진달래를 노려보았다.

그 순간 자신을 한심하게 바라보는 시선을 느낀 진달래가 욱하고 말았다.

"알아!"

니아 발그레이는 이력서를 살피기 위해 고개를 숙인 배도빈의 입꼬리가 슬쩍 들리는 걸 확인하곤 미소 지었다.

악단주로서의 본분을 지키는 가운데 친구를 배려하는 모습이 6살 때와는 사뭇 달라 보였다.

니아 발그레이가 면접을 진행했다.

"반갑습니다, 진…… 다래 씨?"

"진! 달! 래입니다!"

진달래가 힘차고 패기 있게 답했다.

"네, 진달래 씨. 베를린 필하모닉의 실내악단에서 무슨 일을 하실 수 있나요?"

니아 발그레이의 질문에 노래를 잘 부르는 것만 생각했던 진달래의 뇌가 정지하고 말았다.

"……."

"진달래 씨?"

"노래요! 노래할 수 있어요."

그 순수하고 멍청한 대답에 니아 발그레이의 웃음이 터지고 말았다.

그때 지켜보고 있던 찰스 브라움이 나섰다.

"면접 볼 생각이 없군. 난 패스하겠어."

나윤희와 왕소소는 그 말에 반대하고 싶었지만 찰스 브라움의 말이 사실이었다.

베를린 필하모닉이라는 '기업'에 들어오고자 하는데 그 안에서 무엇을 할 수 있는지를 생각하지 않았다는 것에는 변명의 여지가 없었다.

진달래가 고개를 숙였다.

'뭐 하는 거야.'

배도빈은 어깨를 떠는 진달래를 보며 몇 년 전, 서울 시내에서 울던 진달래를 떠올렸다.

현실에 부딪혀 자신이 원하던 무대에 오르지 못했던 녀석이 이번에도 똑같은 일을 반복할 것 같았다.

그러나 도와줄 순 없는 법.

다른 참가자들과 차등을 줄 순 없었다.

배도빈이 막 축객령을 내리고자 입을 열었다.

그때.

진달래가 고개를 퍼뜩 들었다.

"가수 뽑는 거잖아요! 나 노래 잘해요! 노래 말고 다른 거 따위 생각해 본 적도 없고 앞으로도 안 할 거예요! 시켜 주세요!"

그 우렁찬 외침 때문에 뒤이어 온 정적이 더욱 짙게 느껴졌다.

"해봐."

배도빈이 긴 침묵을 깼다.

"네가 멍청한 건 알고 있었어. 다른 걸 못 하면 네 말대로 노래로 여기 있는 사람들 홀려봐."

배도빈이 펜을 내려놓고 팔짱을 꼈다.

나윤희가 간절한 눈으로 진달래를 응원했고 왕소소는 실수했다간 척추를 마사지해 주겠다는 식으로 노려보았다.

준비한 곡은 <투란도트>의 3막.

류의 노래, '가슴 속에 숨겨진 이 사랑'.

그녀가 성악에 반했던 노래였다.

"고백할 수 없는 나만의 비밀스러운 짝사랑."

느닷없이 시작된 초고음역대의 아리아.

복부에서 시작되어 성대를 넘어 얼굴에서 공명하는 맑은 목소리에.

다리를 꼬고 턱을 괸 채 뾰로통하게 앉아 있던 찰스 브라움이 입을 벌렸다.

"너무도 큰 사랑에 이런 고문은 달콤할 지경입니다."

완벽한 호흡 조절.

한계선에서 쉼 없이 이어가야 하는 부분이었으나 진달래의 성량은 무너지지 않았다.

목소리를 아름답게 공명하여 그 투명함을 유지했고 자연스럽게 올라가는 손끝은 우아하게 떨었다.

그녀가 노래를 마치자.

스칼라는 손뼉을 치며 아이처럼 기뻐했다.

왕소소는 찰스 브라움을 째려보며 '봤냐?'는 질문을 대신했고 나윤희는 동생이 기특한 나머지 고개 끄덕이는 인형처럼 목 근육을 혹사했다.

"뭐, 나쁘지 않네."

찰스 브라움도 인정하지 않을 수 없어 툭 하고 자신의 의견을 정정했다.

분위기가 좋게 변하자 잔뜩 성이 났던 진달래도 신이 났다.

니아 발그레이가 나서서 물었다.

"잘 들었습니다. 멋진 목소리네요. 혹시 다른 장르도 가능하신가요?"

"다른 장르요?"

"베를린 필하모닉 실내악단이 대중음악 공연도 병행할 예정입니다. 팝이든 록이든 재즈든."

"자, 잘해요!"

"그럼 짧게 부탁드릴게요."

니아 발그레이가 웃으며 배도빈을 보았고 그도 싫지 않은 듯 고개를 끄덕였다.

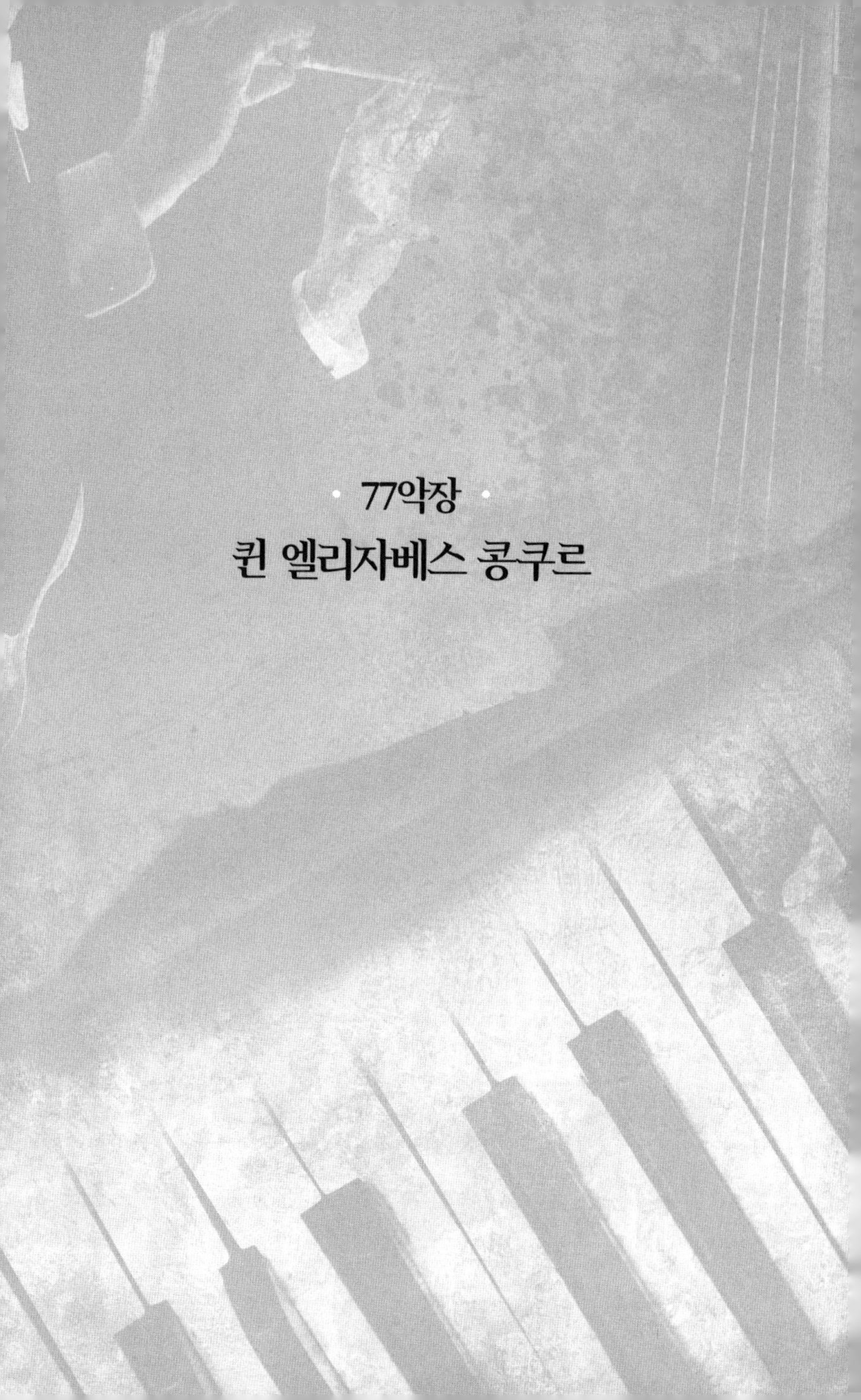

77악장

퀸 엘리자베스 콩쿠르

"마지막이야. 후회 없이 해."

배도빈은 다시금 이 자리의 무게감을 상기시켰다.

최선을 다하라고 말하는 모습이 평소 집에서의 배도빈과는 사뭇 달라 진달래는 마른침을 삼켰다.

면접자에게 주어지는 작은 생수로 목을 축이고는 각오를 다졌다.

'후회 없게.'

록스타가 되어 세계 투어를 하고 싶다는 첫 번째 꿈은 현실의 벽에 막혔지만.

돌이켜보면 결국 스스로 부족했기 때문이었다.

목소리는 제법 쓸 줄 알았지만 호흡을 사용할 줄은 몰랐고

곡을 깊이 전달할 수 있는 기교 따윈 없었다.

그래서 가르쳐 주는 것은 최대한 익혔다.

다시는 자신의 부족함으로 꿈을 잃는 슬픔을 겪고 싶지 않았다.

최고의 오케스트라와 함께 노래하고 싶다는 두 번째 꿈은 반드시 쟁취해낼 거라 다짐했다.

차가운 오른손을 볼 때마다 자신의 무지함을, 안일함에 대한 경각심을 가슴속에 새겼다.

"할게요."

진달래의 눈에 각오가 비쳤다.

배도빈 악단주와 니아 발그레이 고문. 찰스 브라움, 나윤희, 왕소소, 세 명의 악장과 다니엘 홀랜드 수석, 스칼라가 참관하는 가운데.

진달래가 입을 열었다.

"누가 창을 두드렸죠?"

말하는 듯했다.

밤은 올빼미와 죽은 소년을 불렀다.

어둠이 자신을 부르기 시작했다는 말은 담담했고 그렇기에 더욱 애절했다.

잠시간의 공백.

감정이 공기 중에 충분히 녹아들자 노래가 다시 이어졌다.

차분히 이어지는 고백.

“아무도 밟지 않은 눈이 세상을 하얗게 물들이고. 발을 내디뎌 긴 이야기를 시작합니다.”

음을 당겨 감정을 점층시킨다.

다소 격앙된 목소리는 어떠한 지옥과 파도가 있더라도 여행을 멈추지 않을 거라고.

여정의 끝은 없을 거라고 외쳤다.

슬픔을 덮고 있던 담담한 목소리는 쓰러지지 않고 자신을 응원하듯, 다짐하듯 앞으로 뻗어나갔다.

목이 열리고.

비강이 열리며 진달래는 그간 쌓아 올린 감정을 토해내기 시작했다.

핀란드의 록 밴드 나이트위시의 ‘Escapist(도피자)’.

그것을 부르는 맑은 목소리는 투란도트를 부를 때처럼 높은 수준은 아니었지만 가슴속에 불을 지폈다.

스칼라의 몸이 자꾸만 앞으로 쏠렸다.

생전 처음 듣는 방식의 발성과 언어의 장벽조차 허무는 감정의 고조.

노래하는 사람의 감정이 그대로 전해지는 듯했다.

‘대단해. 정말 대단해.’

스칼라는 정말 바깥세상에 나오길 잘했다고, 고향 사람들에게도 이 이야기를 꼭 들려주고 싶다고 생각했다.

'이용당하지만 않으면 이런 걸 느낄 수 있을 텐데.'

높은 수준은 아니었지만 그런 아쉬움을 느낄 만큼 매력적인 노래였다.

마지막 음을 내고.

몰입하고 있었던 진달래도 정신을 차렸다. 어떻게 들렸을까. 긴장과 초조함에 가슴이 터질 것만 같았다.

배도빈의 얼굴을 확인하고 싶은데 채점표를 보고 있는지라 정면의 진달래는 확인할 수 없었다.

이내 배도빈이 고개를 들었다.

"다음 참가자 불러주세요."

"네. 보스."

대기하고 있던 직원이 진달래를 밖으로 안내하려 다가오자 진달래가 배도빈에게 말했다.

"어땠어?"

배도빈은 고개를 끄덕일 뿐이었다.

"……별로였어?"

진달래가 직원을 뿌리치고 심사 위원석 앞에 다시 섰다. 목이 잠겨 있었다.

"어디가? 어디가 안 좋았어? 응?"

"무슨 짓이야?"

"감상 정돈 들려줘도 되잖아……."

진달래는 거의 울먹였지만 배도빈의 얼굴에는 변화가 없었다.

그 모습을 보고 나서야 진달래는 자신이 떨어진 것을 확신했다.

'이럴 줄 알았으면 대중음악도 열심히 연습할걸.'

'믿고 정말 많이 도와줬는데. 실망시켜 버렸어.'

'또. 또 놓쳤어. 바보. 등신.'

"끝."

눈물이 커다랗게 떨어졌다.

한 번 터진 눈물은 고장이라도 난 듯 하염없이 나왔고 진달래는 소리를 죽인 채 눈물을 닦아냈다.

갑작스러운 상황에 배도빈이 눈썹을 좁히고 말했다.

"나가."

"끄으으읍."

겨우 참아내고 있던 진달래는 나가라는 말에 주저앉을 것만 같았다.

"응. 끕. 미안."

진달래는 코를 들이마시며 힘없이 면접장을 벗어났다.

♪

유진희와 배도진은 몇 시간째 베개에 얼굴을 파묻고 흐느끼는 진달래가 걱정되었다.

베를린 필하모닉 면접을 보러 간다고 들었는데 마음처럼 안 되었던 모양.

소리를 내서 우는 건 아니지만 들썩이는 어깨만 봐도 진달래가 얼마나 슬퍼하는지 알 수 있었다.

진달래와 가장 친한 배도진은 동생을 데리고 누나를 위로했다.

침대 옆에 선 배도진은 배토벤을 머리 위에 올려놓곤 엎드려 있는 진달래를 살폈다.

"괜찮아?"

"끄으억. 가."

"아파?"

진달래가 대답은 하지 않고 고개를 몇 번 끄덕였다. 아프다는 말에 배도진의 눈꼬리가 축 처졌다.

"술 마실래?"

8살 꼬맹이의 헛소리에 울고 있던 진달래가 눈물과 콧물과 침이 범벅이 된 얼굴을 돌렸다.

엉망이 된 얼굴을 본 배도진은 흠칫했지만 이내 진달래와의 우정을 위해 차분히 이야기를 이어나갔다.

"학교 형, 누나들이 그러는데 원래 헤어지면 아프대. 아프면 술 먹는대."

"뭔 소리야아아! 나 좀 내버려 둬어억. 허어어엉."

목이라도 상할까 봐 소리 내서 울지 못했던 진달래가 다시금 얼굴을 파묻었다.

♪

다음 날까지 면접 일정을 끝낸 베를린 필하모닉의 웃고 떠드는 실내악단은 미팅을 가졌다.

채점표를 통해 상위 5명의 후보자를 두고 그중 합격자를 가리기 위한 자리였다.

다섯 명 중 4명이 이미 유럽 무대에서 크게 주목받고 있는 이들이라 니아 발그레이로서도 누구를 뽑아야 좋을지 확신할 수 없었다.

"한 명씩 이야기해 보는 게 좋을 것 같아. 그럼 왕 악장부터 시작해 볼까?"

발그레이의 말에 모두의 시선이 소소에게 향했다.

그러나 그녀는 생각할 시간이 조금 더 필요하다며 차례를 피했고 니아 발그레이는 나윤희에게 물었다.

"저도……."

두 사람이나 확답을 피했지만 후보자들의 면면을 보면 그럴 만하여 니아 발그레이는 다니엘 홀랜드에게 시선을 주었다.

"너무 어려운 문제네요."

입을 뗀 그는 턱을 매만지며 잠시 더 고민했다.

"실력이야 채점표대로 비슷하니 같이 해보고 싶은 사람을 뽑고 싶은데."

다니엘 홀랜드가 한 번 뜸을 들이고 소신을 밝혔다.

"진달래 씨와 함께하고 싶습니다."

"그렇죠?"

"그치?"

다니엘 홀랜드의 말에 나윤희와 왕소소가 벌떡 일어났다.

당황한 주변 사람의 눈을 의식한 두 사람은 얌전히 자리에 앉았고.

찰스 브라움이 어깨를 으쓱였다.

"뭐야. 생각하고 있는 사람 있으면서 왜 말을 안 해?"

"그게……. 브라움 악장은 어떠신데요?"

"나도. 좀 다듬을 구석이 있지만 바탕이 좋아. 그림 그리기엔 딱 좋은 소재던데."

"진달래라."

니아 발그레이가 진달래의 이력서와 채점표를 확인하곤 고개를 들었다.

"신규 실내악단의 홍보성을 위해서라도 이름 있는 사람을 들이는 게 유리해. 평가 항목도 노래를 제외하면 미달이고. 실기 점수마저 나머지 4명에 비해 낮아."

니아 발그레이는 이들이 복합적인 문제를 인지하길 바라며 조언했다.

그러나 악단주의 생각은 달랐던 모양.

상황을 지켜보고 있던 배도빈이 입을 열었다.

"듣고 싶은 노래를 하는 건 그 녀석밖에 없었어요."

배도빈이 진달래를 평가할 때 따로 적어둔 메모지를 테이블 가운데로 밀었다.

다니엘 홀랜드가 그것을 들어 읽는데.

"……알아볼 수가 없는데. 이건 뭐라 적은 거야, 보스?"

"……."

눈을 동그랗게 뜬 배도빈을 대신해 그의 필적에 익숙한 나윤희가 메모지를 대신 읽어주었다.

"외모 불량. 어?"

"심사 기준에 있었나?"

나윤희의 말에 다니엘 홀랜드가 의문을 제시했는데 찰스 브라움이 고개를 끄덕였다.

"확실히 머리 양옆을 밀어버린 걸 보고 70년대 펑크족이라도 보는 줄 알았지. 그 괴상한 염색도 마음에 걸리더군."

찰스 브라움은 검정-핑크-파랑-금색으로 이어지는 진달래의 머리카락을 떠올렸다.

다들 고개를 끄덕이자 나윤희가 다시 메모지를 읽기 시작했다.

"인성 불량. 멍청함. 무례함."

"……."

적혀 있는 대로 읽을 뿐인데 나윤희는 메모지와 배도빈을 번갈아 보았고.

인상을 쓰고 있던 왕소소는 조금씩 웃기 시작했다.

"간절함."

다음 이야기 역시 모두 공감하고 있었다.

실기 점수 상위 다섯 명의 사람 중 4명은 이미 수없이 많이 무대에 올랐던 유명인이었다.

그런 탓일까.

베를린 필하모닉이란 좋은 조건의 선택지를 고른 것처럼 느껴졌고, 반드시 들어가고 싶다는 간절함은 찾기 어려웠다.

그러나 진달래는 달랐다.

배도빈의 말대로 이상한 사람이었지만 반주도 없이 마치 최고의 무대에서 노래하는 것처럼 노래하는 모습과 그러한 마음을 숨기지 않은 점이.

그녀가 얼마나 베를린 필하모닉에 들어오고 싶은지 말해 주었다.

배도빈이 나윤희에게 시선을 주었다.

그녀가 고개를 끄덕이고 남은 이야기도 모두 풀어냈다.

"노래 들어줄 만. 불편하지 않다. 다음을 듣고 싶다."

그 말에 니아 발그레이가 공동 채점표를 확인하곤 빙그레 웃었다.

"들어줄 만하다고 하면서 7점이네?"

그의 말에 사람들이 시선을 옮겼고 10점 만점 중 배도빈이 7점을 준 사람이 단 다섯 명뿐이라는 걸 발견하고는 고개를 끄덕였다.

그 다섯 명이 최종 후보자로 뽑혔으니 배도빈의 귀와 판단력을 다시금 확인할 수 있었다.

배도빈이 다시 나섰다.

"아마 두 사람이 망설였던 건 아는 사람이라 그랬을 거예요. 편드는 거로 보일 수도 있으니까."

소소와 나윤희가 고개를 저었다.

"아니에요?"

"달래 면접 때……. 나가라고 해서."

"지금도 울고 있을걸?"

두 사람의 말에 배도빈이 눈을 끔뻑였다.

"화났구나 생각해서……."

"악마."

"하하. 아는 사이니까 더 냉정하게 하려 했던 거겠지."

니아 발그레이가 웃으며 배도빈의 행동을 포장해 주었다.

배도빈이 입을 열었다.

"아뇨. 화난 거 맞는데."

미팅을 나누던 사람들이 눈을 크게 떴다.

"애도 아니고 면접장에서 그게 무슨 짓이에요. 제 단원이 그랬으면 당장 내쫓았어요."

배도빈의 눈치를 보느라 진달래가 좋을 것 같다고 말하지 못했던 나윤희와 소소가 시무룩해졌다.

그러나.

"그래도 노래는 제법이고 열정도 있으니까. 한번 길들여봐야겠죠."

배도빈의 말에 다시금 표정이 밝아졌다.

이틀 내내 울고 있는 진달래가 얼마나 기뻐할까 생각하며 좋아하는 와중, 찰스 브라움이 구석에서 인상을 썼다.

"이럴 거면 회의는 왜 하는 거야?"

그의 불평에 다니엘 홀랜드가 크게 웃었다.

"세프랑 어떻게 이렇게 닮았는지 몰라. 세프도 굳이 회의하자고 하곤 결국 자기 뜻대로 결정했거든."

찰스 브라움이 한쪽 눈을 찌푸렸다.

"과연 폭군이군."

♪

"흐어?"

입단 합격을 축하하기 위해 배도빈 저택을 방문한 이승희, 나카무라 료코와 같은 층에 살고 있던 나윤희, 왕소소가 전한 합격 소식에.

진달래가 퉁퉁 부은 얼굴을 들었다.

"합격했다고!"

이승희가 다시금 축하했고.

떨어졌을 거라 확신하고 있던 진달래는 그 말을 쉽게 믿을 수 없었다.

"그르 리가 업짜나아."

다시 얼굴을 파묻었다.

베개에 눌린 목소리에 이승희가 진달래의 등을 찰싹 때렸다.

"아!"

"얘가 답지 않게 왜 이래? 퍼뜩 일어나! 못 믿겠으면 확인해 보든가!"

진달래는 어쩔 수 없이 핸드폰으로 자신의 이메일 계정에 접속, 최종 합격 고지 메일을 확인했다.

"어?"

믿기지 않아 핸드폰과 지인들의 얼굴을 번갈아 보던 진달래는 그들이 웃자 또다시 울기 시작했다.

"언니이이잉."

진달래가 이승희에게 안기려 팔을 벌리고 상체를 앞으로 향했다.

"이럴 때가 아니야. 씻고 나와. 빨리."

그러나 질척거리는 걸 싫어하는 이승희가 그것을 받아줄 리 만무.

신경 쓰고 입은 옷이 눈물과 콧물로 더럽혀질까 몸을 빼낸 그녀가 진달래를 화장실에 처박았다.

한편.

배도빈은 퀸 엘리자베스 콩쿠르 기악부장인 질 루앙으로부터 감사 인사를 받고 있었다.

-가우왕 씨하고의 일도 그렇고. 이번 일로 퀸 엘리자베스 콩쿠르의 권위가 확고해졌으니 어떻게 인사해야 좋을지 모르겠습니다, 마에스트로.

"저야말로."

-하하. 직접 방문하여 감사드리고 싶은데 언제가 괜찮으신지?

"저도 루앙 씨도 서로 바쁘니 생략하도록 하죠. 어차피 다음 달 말에는 뵙게 될 테니."

-이거 면목 없습니다. 그럼 다음에 뵙도록 하죠.

통화를 마친 배도빈은 질 루앙이 보낸 이메일을 확인했다.

퀸 엘리자베스 콩쿠르 참가자는 4월 30일까지 벨기에 파인 아츠 센터에 도착해야 했다.

'녀석이라면 미리 갈 테니까.'

최지훈과 앞으로 한 달 정도는 못 만나지 않을까 생각하고 있는데 때마침 핸드폰이 울렸다.

발신자를 확인한 배도빈은 급히 전화를 받았다.

"네, 실장님."

-도련님, 찾았습니다.

배도빈은 유장혁 회장의 비서실장 김재식이 전한 소식에 벌떡 일어났다.

"생존자는?"

-……면목 없습니다. 늦어져서 죄송합니다.

WH는 유장혁 회장과 배도빈의 지시로 비행기 추락 사건 당시 승무원들을 모두 찾을 때까지 조사를 이어오고 있었다.

시간이 지날수록 생존 가능성은 희박했지만 유족들을 생각하면 그만둘 수 없었다.

직원을 가족처럼 여기는 유장혁 회장과 가혹한 환경을 함께 경험했던 배도빈은 자발적으로 나서 모든 조사비용을 대고 있었다.

그리고 마침내 모든 실종자를 찾아낸 것이었다.

배도빈은 비행기에 탑승하고 있던 마지막 인원까지 찾았다는 말에 일말의 기대를 걸었으나.

-사망한 채 발견되었습니다.

김재식 실장이 전한 비고에 배도빈은 순간 어지러움을 느꼈다.

다리가 풀려 의자에 털썩 주저앉은 그가 침을 삼켰다.

"……내일 한국으로 갈게요. 유족들과 만날 수 있게 해주세요."

-힘든 일이실 겁니다.

"감내해야죠."

김재식 실장은 앞서 몇 차례 생존자와 유족들을 찾았던 배도빈을 걱정했다.

가족을 잃은 슬픔이 너무도 컸기에.

유족 중 일부는 WH그룹에 호의적일 수 없었다. 소수는 원망할 사람을 필요로 하기도 했다.

또는 매달릴 사람을 필요로 하기도 했다.

'제발. 제발 우리 딸 좀 살려주세요. 선생님, 제발 우리 딸 좀 살려주세요.'

'살려내. 살려내! 내가, 아학. 내 아들. 내 아드으으으으을!'

'여기가 어디라고 찾아와! 내가 너희 가만두지 않을 거야. 어! 사고 경위 철저히 조사해서 가만두지 않을 거라고!'

'……가세요. 할 말 없습니다.'

'와줘서 고마워요.'

유장혁 회장과 배도빈의 방문은 항상 좋은 결과로 이어지지만은 못했다.

그럼에도 해야만 하는 일이었다.

"아무튼 그렇게 준비해 주세요."

-알겠습니다. 그리고 하나 더 말씀드릴 것이 있는데.

"네."

-지형이 워낙 험준해 현지에서 고용했던 가이드 업체 중 한 곳이 어떤 마을과 갈등을 겪었습니다.

김재식의 말에 배도빈이 미간을 좁혔다.

"갈등이라뇨?"

-주변을 수색하던 도중 조난자에 관해 물으려 했는데 공격을 받았습니다. 다행히 큰일은 없었지만 두 명이 경상을 입었습니다.

머리가 지끈거렸다.

-원만히 해결하려 했지만 대화가 통하지 않아 애를 먹는 중 도련님 성함과 스칼라라는 친구 이름을 반복해 말하는 것 같았습니다. 혹시.

배도빈이 눈을 감았다.

-도련님?

"……그 일. 누가 알고 있죠?"

-네팔 구조대는 전원 알고 있고 저희 쪽에서도 소문이 났습니다. 그건 어찌.

"숨길 수 있나요?"

-입막음이라면 시도할 수 있겠지만 대상을 특정할 수는 없

을 듯합니다. 언론에 언급되는 걸 막는 정도라면 가능합니다.

"우선 그렇게라도 해주세요."

-알겠습니다.

배도빈은 굳이 이유를 묻지 않고 일을 진행하는 김재식이 고마웠다.

통화를 마친 그는 곧장 이자벨 멀핀에게 내일부터 이틀간 자리를 비울 예정이라 통보했다.

'어머니, 아버지께 말씀드려야지. 스칼라한테도 알려야겠고.'

똑똑-

"네."

방을 나서려던 차, 노크 소리가 대답하니 최지훈이 들어왔다.

"어디 가려고?"

"갑자기 일이 생겨서. 왜?"

"한동안 못 보니까 얼굴 보러 왔지. 밥 먹었어?"

최지훈이 종이 가방을 들어 보이며 웃었다.

슈퍼 슈바인의 로고를 확인한 배도빈은 웃은 뒤 소파에 앉았다.

포장해 온 카레를 먹으며 이런저런 대화를 나누던 두 사람은 자연스레 마지막 시신까지 찾았다는 이야기를 나누게 되었다.

"……힘내."

"나야 뭐. 유족이 걱정이지. 난 신경 쓰지 말고 콩쿠르에 집중해.”

“어떻게 신경 안 써.”

“빌어먹을 인간들이 하는 헛소리 귀에 담지 말고.”

배도빈의 응원에 최지훈이 웃었다.

배도빈에게 위로가 필요한 것처럼 최지훈도 마찬가지였다.

퀸 엘리자베스 콩쿠르 본선 진출이 확정된 순간부터 최지훈과 니나 케베리히를 향한 비난이 들끓었다.

이미 두 번의 메이저 콩쿠르에서 우승한 최지훈과 북미에서 왕성히 활동하는 니나 케베리히의 참전이 과연 정당한가에 대한 비판이었다.

운영위원회에서는 18세부터 30세까지의 모든 피아니스트가 참가 대상이라고 확인해 주었지만, 원성은 여전했다.

특히나 최지훈에 대한 공격 여론이 심했는데.

얼마 전 JH가 벨기에까지 진출하니, 정치·경제적으로 벨기에에서 최지훈에게 특혜를 주지 않겠냐는 낭설까지 나오는 지경이었다.

배도빈과 최지훈 모두 어렸을 적부터 지겹지도 않게 반복해 겪은 일이라지만 상처받지 않을 리 만무.

그저 별다른 대화 없어도 서로의 마음을 헤아릴 수 있는 친구와 점심을 함께 먹는 것으로 위로받을 뿐이었다.

♪

"뭐?"

배도빈으로부터 소식을 전달받은 스칼라는 몹시 놀랐다. 상황을 거듭 확인한 뒤에는 머리를 쥐어뜯었다.

무엇을 어떻게 해야 좋을지 그로서는 알 수 없었다.

"언론에 알려지는 일은 없을 거야. 하지만 알 사람은 다 알게 되겠지."

"……."

"어쨌든 그들을 대변할 수 있는 사람은 너뿐이니 같이 가자."

"그래야지. ……어떻게 이런 일이."

스칼라는 마을 사람들에 대한 걱정과 그들이 그렇게 살 수밖에 없는 상황에 한탄했다.

"이용당하지만 않았으면 이런 일도 없었을 텐데."

마을에 갇혀 산 23년보다.

베를린시에서 보낸 지난 4개월간 그런 생각이 더 많이 들었다.

테메스인으로서는 상상도 할 수 없었던 방식의 음악이 너무나 많았고 그것을 접하는 과정은 가슴 벅찼다.

베를린 필하모닉의 공연을 들을 때마다, 웃고 떠드는 밴드와 연습할 때마다, 배도빈에게 음악을 배울 때마다 행복했던 스칼라.

그는 이 좋은 환경을 누릴 수 없는 고향 사람들이 안타까웠다.

그런데.

이제 숨어 지낼 수조차 없게 되다니.

어쩌면 좋을지 알 수 없었다.

그렇게 스칼라는 초조한 마음으로 배도빈을 따라나섰고, 이내 그의 아버지에게서 희망을 얻었다.

"들키지만 않으면 되는 거잖아?"

배영준의 질문에 스칼라가 답을 망설였다.

"……그렇기는 한데."

"한데?"

"이젠 어떻게 해야 좋을지 모르겠어요. 어차피 그곳에서 못 살게 되었다면 또 숨어 살 곳을 찾아야 할 텐데."

그런 일이 쉬울 리 없다.

또 몇 년을 떠돌아다녀야 할지 알 수 없었고 그러는 과정에서 스칼라는 영영 가족과 고향 사람들을 잃을 수 있었다.

그때 배영준이 입을 열었다.

"빈 근처에 테메스족이 살았던 터가 있다고 했잖아."

"네……."

"실은 발굴 사업을 중단하면 다들 직장을 잃어버리게 되니까. 발견할 순 없어도 복원이라도 해보자고 말해보고 있거든. 정보가 워낙 적어서 될까 싶지만."

스칼라와 배도빈은 아직 배영준이 무슨 말을 하려는지 이해할 수 없었다.

배영준이 싱긋 웃으며 말했다.

"현장에서 숙식하면서 복구도 도와줄 인재들이 필요한데. 테메스에 관련한 지식이 아주 풍부한 여러 사람 말이야. 어때?"

"아버지?"

배영준은 아들을 보았다가 스칼라와 눈을 마주하곤 설명을 이어나갔다.

"또다시 떠돌아다니는 것보단 조상들이 살았던 땅이 좋지 않을까?"

스칼라의 눈은 배영준을 향한 채 조금도 흔들리지 않았다. 그러는 한편 그의 가슴은 터질 듯이 뛰었다.

"조상들의 땅에서 살 수 있다고요?"

조심스러운 질문에 배영준은 고개를 끄덕였다.

"우리에 대한 건……."

"아마 일이 이렇게 된 이상 아무리 숨기려 해도 결국 밝혀질 거야. 테메스와의 관련성도 찾아낼 테고. 테메스인을 찾으려는 사람이 있다면 말이지."

"……."

"그래서 숨으려면 연막이 필요하겠지. 위장 신분으로 테메스를 연구했던 사람들과 그 가족들이라는 것보다 좋은 선택지는 없을 것 같고."

"정말 그럴 수 있나요? 만약."

스칼라가 하던 말을 멈추고.

고개를 숙였다.

"아뇨. 그렇게 해주세요. 부탁드립니다. 마을 사람들은 제가 설득할게요."

♪

배영준, 스칼라가 네팔로 향하고 일주일 뒤.

어쩔 수 없는 상황과 조상들의 땅으로 돌아가고 싶다는 염원, 미지의 음악에 대한 갈증.

마지막으로 스칼라의 설득이 더해져 테메스인들은 스칼라가 그러했던 것처럼 WH그룹의 도움을 받아, 난민 신분으로 오스트리아에 망명 신청을 냈다.

배영준은 그들을 테메스 문명 발굴 사업을 위해 개인적으로 고용한 전문 인력으로 대했고.

테메스인들이 가지고 온 그들의 물건은 그간 지지부진했던 테메스 발굴 사업의 가치를 입증하는 귀중한 사료로 인정받았다.

배영준과 그가 이끌었던 조사팀은 테메스를 잃어버린 문명으로 결론 짓고.

실제 테메스인들이 가져온 물건들을 바탕으로 복구 사업을 실시.

사학계에서의 입지를 다져나갈 수 있었다.

한편, 배도빈은 마지막 발견자의 시신과 함께 유족들을 방문. WH그룹을 대표하여 장례를 도왔다.

"너무 늦어 죄송합니다."

죽은 아들보다 어린 아이가 고개를 숙이자.

그전까지만 해도 WH그룹을 비난했던 유족들도 더는 모질어질 수 없었다.

그저 답답한 가슴을 치며 자리에 주저앉아 울 뿐이었다.

할머니, 할아버지, 누나, 아버지가 우는 가운데 아들 잃은 어머니가 입을 열었다.

"고개 들어요."

배도빈은 천천히 허리를 폈다.

"WH항공에 입사했을 때 아들이 얼마나 기뻐했는지 모를 거예요. 공부 정말 열심히 했거든요."

조금씩 떨리는 목소리.

"당신과 함께 지낸다고 했을 때는 더 좋아했어요. 세계 최고의 음악가를 볼 수 있다고."

어머니는 차마 말을 못 이었다.

눈물을 몇 번이나 삼킨 뒤에야 몹시 떨리는 목소리로 말할 수 있었다.

"하늘에서도 들을 수 있게 더 멋진 음악 해주세요. 아들을 찾아주셔서 감사합니다."

누구도 원망할 수 없는, 누구의 잘못도 없는 일이라는 건 알고 있었다.

단지 누구라도 원망하지 않으면 버틸 수 없을 것 같았다.

그러나 유족들을 한 명, 한 명 찾아다니며 사죄를 하고 다니는 아이.

그리고 반드시 찾아드리겠다던 약속을 지킨 WH그룹을 원망할 수 없었다.

그래서.

어머니는 배도빈이 더 이상 죄책감을 가지지 않도록, 아들이 가장 사랑했던 음악가가 계속 음악을 할 수 있도록 응원했고.

그것은 자신의 잘못이 아님에도 그를 구속했던 하나의 족쇄를 녹이기에 충분했다.

배도빈은 1박 2일간 장례식장에 함께했고.

그러한 일은 언론을 통해 알려지는 법 없이 조용히 처리되었다.

그리고 마침내 4월 30일.

예선을 통과한 80명의 참가자가 벨기에 파인 아츠 센터에 모였고.

퀸 엘리자베스 콩쿠르의 공식 일정이 시작되었다.

♪

브뤼셀은 처음인데 밤에는 조금 쌀쌀한 정도라 집사님이 걱정되었다.

"춥죠?"

"껄껄. 딱 좋은 날씨군요."

괜찮다고 하시지만 연세가 있으신 만큼 아무래도 조심하는 게 좋을 것 같다.

걱정되어 몇 번 더 여쭤도 괜찮다고만 하셔서 숙소로 가는 길에 내 옷을 사는 핑계로 집사님이 입을 외투를 몇 벌 샀다.

점잖게 사양하시더니 막상 입어보니 마음에 드신 듯하다.

'괜찮은 곳 같아.'

차를 타고 이동하면서 브뤼셀의 전경을 살펴보았다.

브뤼셀시는 벨기에의 수도이면서도 유럽에서 중요한 역할을 한단다.

EU의 주요 기관이 몰려 있는 곳이기도 해서 인구 밀집도가 특히 높다고, 관광 가이드에 적혀 있다.

'그랑 플라스가 생각보다 가깝네.'

오줌싸개 동상과 그랑 플라스가 명소라고 하는데 퀸 엘리자베스 콩쿠르가 진행되는 파인 아츠 센터와 가까웠다.

도시 자체가 크지 않아 다니기엔 편할 것 같다.

"숙소는 어디예요?"

"그랑 플라스 바로 옆입니다. 아미고라는 곳인데 조용히 며칠 지내기엔 좋은 곳이라 하더군요."

호텔이야 어디든 괜찮지만 명소 주변이라 다행이다.

200미터 정도 떨어진 곳에서 오줌싸개 동상을 볼 수 있고 마그리트 박물관도 걸어서 갈 수 있을 정도로 가깝다.

내일은 집사님과 느긋하게 관광을 즐기자.

"오늘은 피곤하실 테니 너무 늦은 시간까지 연습하진 마세요."

"내일까진 쉴 거예요. 아, 저기 잠깐 들렀다 가요."

"그러시죠."

숙소 근처에 이르니 광장이 나왔다.

여기가 그랑 플라스.

다닥다닥 붙어 있는 작은 회색 블록 위로 치솟은 건물들이 눈에 띈다.

늦은 시간인데도 사람이 상당히 많다. 다들 색 바랜 건물을 배경으로 사진을 찍고 있다.

행복해 보인다.

'아버지도 와 봤을까?'

이렇게 근사한 곳이라니.

기회가 된다면 아버지께도 꼭 한 번쯤 보여드리고 싶은 마음에 핸드폰을 들었다.

카메라 어플리케이션을 작동하자 곧 액정에 고딕풍의 높은 건축물이 들어왔다.

곳곳에 조명이 있어 밤에도 잘 살펴볼 수 있고 그래서 더 멋져 보인다.

아치형 구조를 한 건물에 새겨진 그림은 조금 특별해 보였고 층이 올라갈수록 절반으로 줄어드는 기둥 사이의 폭도 재밌다.

3층까지 올라가니 기둥이 거의 붙어 있는 것처럼 보일 정도.

지붕 위에는 찔릴 것처럼 뾰족한 창문과 기둥까지 멋스러움을 자아낸다.

대체 언제 세워진 걸까?

따뜻한 차를 마시며 세월의 흔적이 고스란히 남아 있는 그랑 플라스를 구경하다 보니 어느새 시간이 늦어져 버렸다.

♪

퀸 엘리자베스 콩쿠르가 이틀 앞으로 다가왔다.

어렸을 적부터 반복해 연습했던 쇼팽.

폴란드에서 우승했을 때는 정말 기뻤고 모스크바에서는 연주장이 너무 덥고 습해 고생했지만 새로운 곡을 연습해 차지한 우승이라 정말 기뻤다.

하지만 이번에도 그럴 수 있을까.

쇼팽 콩쿠르와 차이코프스키 콩쿠르가 전문성을 요구한다면 퀸 엘리자베스 콩쿠르는 전반적인 소화력이 요구된다.

예선만 해도 바흐, 하이든, 모차르트, 베토벤 또는 슈베르트, 쇼팽에 하나의 선택 곡까지, 정말 여러 능력을 시험했다.

곡을 익히는 시간이 오래 걸리는 탓에 예선 참가 신청을 하기 전부터 방대한 양을 준비해 왔고.

다행히 퍼스트 라운드에 연주해야 할 곡들은 준비해 왔지만, 세미파이널부터는 까다로워진다.

하루는 리사이틀, 다른 날은 로얄 챔버 오케스트라와 함께 협주곡을 준비해야 한다.

올해 협주곡은 모차르트의 곡 중에서 정해졌는데, 아무래도 리사이틀 쪽이 더 걱정되어 지금은 그쪽만 보고 있다.

"도련님, 식사는 어떻게 하시겠습니까?"

"이따 니나 누나 만나기로 했어요."

"그러시면 외출 전에 따뜻한 차로 몸을 데우시죠."

"고마워요."

집사님이 타주신 차를 마시며 본선 진출 사실과 함께 전달받은 악보를 내려다보았다.

퀸 엘리자베스 콩쿠르를 위해 만들어진 이 소나타는 세미파이널에서 연주해야 하는 과제로 생전 처음 보는 미발표곡.

단순한 편이지만 그렇기 때문에 기교보다는 다른 부분에서 점수가 갈릴 테니 여러모로 걱정이다.

나도 다른 참가자도 조건은 같지만 예선을 통과해 본선에 오를 정도면 다들 훌륭한 피아니스트일 거다.

초견은 물론 곡을 익히는 속도도 빠를 테니 아마 그 부분에서는 뒤처질 것 같다.

'짧은 시간 안에 완성도를 높일 수 있을까.'

남들보다 하루 더, 일주일 더, 한 달 더 연습해서 가꿔 온 지금까지와는 전혀 다른 환경에 적응할 수 있을까.

'도빈이라면 대수롭지 않게 생각하고 결국 해내겠지.'

잠깐 유족들을 위로하기 위해 한국으로 간 도빈이가 걱정되었다.

베를린 필하모닉의 지휘자로 활동하는 것만으로도 충분히 바쁠 텐데 책임이 더해지니 아무래도 무리하고 있지 않나 싶다.

'처음부터 무모했지만.'

그래도 최근에는 쉬는 날을 정해두고 있는 듯하니 차차 나아질 거다.

'또 자기 걱정하고 있다는 걸 알면 화낼 테니까.'

지금은 콩쿠르만 생각할 때.

다른 생각은 잠시 덮어두자.

만난 지 한 달 정도밖에 안 되는 새 친구와 친해지기도 바쁘니까.

'여긴 이런 식으로 해볼까.'

까다로운 새 악보는 여전히 인사를 받아주지 않는다.

♪

4월 29일.

하루 전 로스앤젤레스를 떠난 니나 케베리히가 벨기에의 수도 브뤼셀에 도착했다.

오케스트라 대전 이후 근 10개월 만에 최지훈을 만난 니나 케베리히는 눈이 튀어나올 정도로 놀랐다.

"또 컸잖아!"

"응. 아직 크고 있나 봐."

방실방실 웃는 최지훈을 한참 올려다보던 그녀는 이내 호탕하게 웃으며 최지훈의 등을 쳤다.

"뭐! 잘 먹고 잘 크면 좋지! 이제 완전 남자네!"

큰 대회를 코앞에 두고도 니나 케베리히는 평소처럼 밝았고 그 모습에 최지훈은 안도했다.

본인과 마찬가지로 여러 구설에 오르내리는 그녀가 일부 언론과 여론을 크게 신경 쓰지 않는 듯해 다행으로 여겼다.

그래야 콩쿠르에서 제 실력을 낼 테고 최지훈은 니나 케베리히와 최고의 컨디션으로 맞붙길 바랐다.

“밥 먹자!”

“Lievevrouwbroersstraat 쪽에 머쉬룸 스테이크 맛있게 하는 곳이 있었어.”

“Lie? 뭐?”

“거리 이름이야. 영어로는 Sweetheart brothers street.”

“귀여운 이름이잖아. 출발!”

최지훈의 안내로 걷기 시작한 두 사람은 그간 나누지 못했던 이야기를 나누었다.

“일주일 전에 로스앤젤레스 필하모닉 공연 들었는데 진짜 진짜 좋았어.”

“봄의 여신 말이지?”

최지훈의 말에 니나 케베리히가 고개를 끄덕였다.

“이승훈? 이라는 사람이 솔로 맡았는데 바이올린이 그렇게 선 굵게 치고 나올 줄은 몰랐어.”

“응. 나도 좋아하는 사람이야.”

“알아?”

“이승희 첼리스트 동생이시잖아.”

“어쩐지. 남매가 대단하네.”

니나 케베리히는 천재 유전자에 납득하며 고개를 끄덕였다.

“아무튼 아리엘 얀스가 자신작이라고 하더니 진짜 그럴 만

했거든. 꼭 들어봐."

"그러지 않아도 직접 듣고 싶었는데 5월에 유럽 투어 온다고 하더라고. 콩쿠르랑 일정이 겹쳐서 아쉬웠지."

"LA로 놀러오면 되지! 나 이번에 집 샀다! 얼마든지 놀러와. 1호기랑 같이 오면 되겠네!"

니나 케베리히가 핸드폰을 꺼내 비벌리 힐스에 마련한 자택을 자랑했다.

단층에 외벽이 깔끔한 건물은 한쪽 면이 유리로 되어 있고 그 앞에 작은 풀장이 있었다.

언덕에 위치해 컬버 시티까지 내려다보이는 전경은 여러 도시에 별장을 둔 최지훈이 보기에도 그럴듯해 보였다.

"멋있다. 벌써 이런 집 살 정도가 된 거야?"

"히힣. 대출이지롱."

북미에서 가장 인기 있는 피아니스트라더니.

처음 만났을 때와 비교도 할 수 없이 성공한 니나 케베리히는 최지훈에게 큰 자극이 되었다.

그는 진심으로 축하해 주었다.

"아버지가 대출도 능력이라 했어. 정말 축하해."

"10년 전만 해도 월세는커녕 꼼짝없이 굶어죽을 줄 알았으니까. 나 진짜 운이 좋나 봐."

"운이 아니야."

"1호기 만난 건 정말 운이 좋았지. 아, 저긴가 보다!"

"응."

여행자 협회라는 레스토랑에 들어선 최지훈은 머쉬룸 스테이크와 가지, 치즈, 토마토가 들어간 스튜, 연어와 으깬 감자를 올린 스콘을 주문했고.

니나 케베리히는 거기에 식사와 함께할 술을 추가했다.

그녀가 주문한 라임과 산딸기를 곁들인 칵테일은 단맛이 강해 최지훈도 눈을 동그랗게 떴다.

"맛있어!"

"이거 무슨 칵테일이야?"

"몰라."

"알고 시킨 거 아니었어?"

"응. 새로운 곳에 왔으니 새로운 음식에 도전해야지."

두 사람은 맛있어서 다행이라며 잠시 웃었다.

"그나저나 콩쿠르 준비하고 있을 줄은 몰랐어. 쇼팽 이후로는 관심 없었잖아."

"사실 지금도 그런데 선영이가 필요하다고 하니까. 그래도 너 나온다고 해서 재밌어졌어."

"난 긴장되는데."

"아학핳하! 너 농담 늘었다! 재밌었어!"

"정말이야."

"그래. 그래. 좋은 시도였어."

다시 말해도 믿지 않을 것 같아 최지훈은 웃어보이곤 스튜를 떠먹었다.

"확실히 준비할 게 많긴 해. 레퍼토리 늘리는 게 쉽지 않더라고."

"누나도?"

"나야 베토벤이랑 슈베르트, 리스트 정도 아니면 관심 없으니까. 선영이가 오래 활동하고 싶으면 넓히라고 혼냈어."

니나 케베리히가 눈꼬리를 내리며 우울한 표정을 지었다.

"나도 그 부분은 걱정이야. 다른 사람들은 어떨까?"

"으음. 모르겠어. 어차피 우승은 너나 내가 하지 않을까?"

너무도 당찬 말에 최지훈이 어색하게 웃는 도중 두 사람 뒤 테이블에서 금발의 여성이 벌떡 일어났다.

그러고는 고개를 팩 돌려 니나 케베리히와 최지훈을 노려보는데.

그가 알고 있는 사람이었다.

"툭타미셰바 씨."

크리크 국제 피아노 콩쿠르와 쇼팽 콩쿠르에서 만났던 터라 최지훈이 반갑게 인사했지만 그녀는 상당히 불쾌해 보였다.

그녀의 푸른 눈은 니나 케베리히를 향해 있었다.

"우승은 내가 할 거야."

엘리자베타 툭타미셰바의 선전포고에도 최지훈은 여전히 반가운 얼굴이었고.

니나 케베리히는 한술 더 떴다.

"누구? 둘이 아는 사이야?"

"응. 엘리자베타 툭타미셰바 씨라고 사카모토 교수님 제자야."

"아, 그 귀여운 할아버지."

쾅!

최지훈과 니나가 대화를 나누는 사이에 엘리자베타가 끼어들었다.

테이블을 내려친 그녀가 얼굴을 들이밀고 니나 케베리히를 잡아먹을 듯이 노려보았다.

"날 몰라?"

"알아. 귀여운 할아버지 제자라며."

니나가 고개를 살짝 내밀어 최지훈에게 확인을 구했다.

그가 고개를 끄덕이자 그녀는 웃으며 어깨를 으쓱였고 그 행동이 지금껏 모든 메이저 무대에서 배도빈, 최지훈에게 밀렸던 엘리자베타의 자존심을 구겨놓았다.

그녀는 부들부들 떨다 신경질적으로 '여행자 협회'를 떠났고.

니나 케베리히는 웃으며 손을 흔들었다.

"귀엽다. 엄청 노력했나 봐. 나중에 보면 응원해 줘야지."

"아하하."

최지훈은 니나에게 악의가 전혀 없어 도리어 위험하지 않을까 생각했다.

♪

4월 30일.

아침 일찍 숙소 아미고 호텔을 떠나 파인 아츠 센터 인근에 도착한 최지훈이 차에서 내렸다.

"끝나고 연락드릴게요."

"정말 여기서 내리셔도 괜찮습니까?"

"네. 잠깐 둘러보고 들어가고 싶어서요."

인사를 마친 최지훈은 천천히 발을 옮겼다.

'사자?'

울타리처럼 있는 외벽에는 여러 조각상이 있었다.

그걸 구경하며 천천히 걸으니 들뜬 마음을 다스릴 수 있었다.

'조용하네.'

주변에는 큰 공원이 있었고 도로에는 트램 선로도 있었다.

이른 시간대라 주변은 고요했고 최지훈은 그 차분한 분위기가 좋았다.

'콩쿠르 끝나면 며칠 머물러야지.'

색이 바랜 대리석 벽을 따라 걷다 보니 어느새 체스 말 중

룩을 이어놓은 듯한 본 건물에 이르렀다.

'세미나실은…….'

건물 내부로 들어선 최지훈이 주변을 둘러보니, 그를 발견한 직원이 다가와 맞이했다.

"도와드릴까요?"

"감사합니다. 퀸 엘리자베스 콩쿠르 참가자 대기실로 어떻게 가나요?"

최지훈이 영어가 아닌 프랑스어로 답하자 직원이 반갑게 웃었다.

"신원 확인을 마치고 입장하실 수 있습니다. 신분증은 지참하셨나요?"

"네."

"이쪽으로 안내하겠습니다."

최지훈이 접수 부스에 도착하자 이미 몇 명의 피아니스트가 신원을 확인받고 있었다.

두 명의 가드가 자리를 지키고 있어 제법 엄중한 분위기였는데 마침 신분 확인을 마친 엘리자베타 툭타미셰바가 걸어 나오고 있었다.

'역시 통과했구나.'

아는 얼굴을 본 최지훈이 반가운 마음에 손을 들었지만 그녀는 최지훈을 노려볼 뿐, 무시하고 지나쳤다.

최지훈은 어색함을 뒤로하고 안내해 준 직원에게 고마움을 표했다.

"고맙습니다."

줄을 서고 내부를 구경하다 보니 이내 차례가 돌아왔다. 부스로 향한 최지훈이 접수대 직원에게 인사를 건넸다.

"좋은 아침이에요."

"좋은 아침이에요. 성함이?"

"대한민국의 최지훈입니다."

최지훈이 내민 여권과 초대장을 확인한 직원이 서류를 내밀어 대회 요강을 설명하기 시작했다.

"결정된 프로그램은 변경하실 수 없습니다. 세미 파이널과 파이널 라운드에서 연주할 미발표곡에 대해서는 기밀을 유지하셔야 하고요."

"세미 파이널과 파이널 라운드에 연주할 곡이 다른가요?"

"그렇기도 한데 올해는 특별한 분께서 곡을 써주셨습니다."

접수대 직원은 미발표곡에 대해서는 더 이상 언급하지 않겠다는 듯 고개를 끄덕이곤 설명을 이어나갔다.

"파이널 라운드에 진출하시게 되면 5월 17일부터 30일까지 약 2주간 정해진 일정에 따라 퀸 엘리자베스 뮤직 채플에 머물게 되십니다. 핸드폰, 노트북 등 통신 기기는 소지하실 수 없으시고 당연히 콩쿠르 관련자 이외에는 연락하실 수 없습니다. 살펴보시고 서명해 주세요."

'정말 2주간은 아무 데도 못 나가는구나.'

최지훈은 결승 진출 시 2주간 퀸 엘리자베스 뮤직 채플 건물에서 벗어나지 않아야 한다는 내용까지 확인하고 서명했다.

접수 직원이 서류를 확인한 후 동의서를 복사해 참가자를 위해 제작된 대회 안내 책자와 함께 건넸다.

옆에 서 있는 보조직원이 생수와 종이컵 그리고 쿠키를 챙겨주며 응원했다.

"건투를 빌어요."

"감사합니다."

♪

'80명 중 24명.'

5월 4일부터 9일까지 치러지는 퍼스트 라운드의 목적은 세미 파이널에 진출할 24명의 피아니스트를 가려내는 것.

최지훈은 방대한 범위의 과제 곡을 확인하곤 웃을 수밖에 없었다.

퍼스트 라운드에서는 총 여섯 곡을 준비해야 했다.

하이든, 모차르트, 베토벤의 고전 소나타의 1악장이 첫 번째였고(op.28까지).

심사 위원단이 정한 곡이 두 번째.

이 둘의 연주 시간은 14분 이내로 규정되어 있었다.

나머지 네 곡은 에튀드였는데 쇼팽과 리스트의 에튀드 중 한 곡씩 정해야 했다.

나머지 두 곡은 버르토크 벨러, 드뷔시, 세르게이 프로코피예프, 라흐마니노프, 스트라빈, 스트라빈스키의 에튀드 중에서 하나와.

한스 아브라함센, 파스칼 뒤사팽, 리게티 죄르지, 만토바니, 올리비에 메시앙 그리고 배도빈의 에튀드 중에서 한 곡을 선택해야 했다.

과연 퀸 엘리자베스 콩쿠르의 악명이 사실이었다.

'op.28까지면…… 16번 소나타부터는 대상이 아닌가?'

최지훈은 작품 번호를 확인하고는 고개를 끄덕이곤 다시 한 번 형제의 이름과 그의 연습곡을 확인했다.

'채은이가 치던 곡이잖아.'

배도빈의 에튀드는 실연 자체가 없기도 했고 단순 음원으로만 발표되었을 뿐이라 지금껏 그의 다른 곡처럼 유명하지 않았다.

그럼에도 현재 활동하고 있는 음악가의 곡이 심사 평가 대상으로 선정되었다는 사실에 놀라지 않을 수 없었다.

'대단하다니까.'

차채은의 연습을 도와주며 자연스레 익혔기에 최지훈은 에튀드 중 하나는 배도빈의 작품으로 하고자 했다.

또 하나 그가 놀란 점은 퀸 엘리자베스 콩쿠르 운영회의 무자비함이었다.

'1시간 전에 알려주는 건 무슨 심보야?'

심사 위원단이 정한 곡을 심사 1시간 전에 통보하겠다고 하니, 실질적으로 연습할 시간은 그보다 훨씬 적었다.

그렇다고 해서 쉽고 대중적인 곡을 정하리란 보장도 없어, 다른 참가자와 마찬가지로 퍼스트 라운드부터 부담을 느낄 수밖에 없었다.

'에튀드는 정해두었어.'

쇼팽 op.10의 6번과 리스트의 파가니니 대연습곡 6번, 라흐마니노프 op.39의 9번 그리고 배도빈 천사를 위한 에튀드 7번까지.

모두 음악성이 뛰어난 에튀드였고 최지훈이 자신하는 곡이었다.

심사 위원단이 정해주는 곡은 어차피 1시간 전에야 준비할 수 있고 최지훈은 곧 준비했던 베토벤의 피아노 소나타 7번을 떠올렸다.

악보를 꺼내고 살핀 뒤.

먼저 실수가 잦은 부분부터 연습해 나가기 시작했다.

'다시.'

가장 어려운 대목부터 시작하는 건 최지훈의 버릇이었다.

부분 연습을 통해 해당 부분에 익숙해질 때까지 반복하다 보면 자연스레 손이 풀렸고 그때부터 본격적으로 곡을 해체했다.

'화음으로 반복되니까.'

진행을 훑은 뒤에는 화음에 따라 팔의 위치를 인식했다.

음이 충분히 표현될 수 있도록 자연스럽게 팔목을 움직여 보았고 그것에 익숙해지면 로테이션을 확인했다.

로테이션이 확실해지면 쉐이핑도 신경 썼다.

마음에 들 때까지 자세를 교정하다 보면 어느새 서너 시간이 훌쩍 지나 있었다.

'조금 무리했나.'

잠시 쉬기 위해 물병을 집어 든 최지훈이 시큰거리는 손마디를 매만졌다.

어렸을 적부터 학대했던 탓에 특히나 자세에 신경 썼지만 그것만으로 나아질 리 없었다.

이번 콩쿠르는 부담을 느끼는 만큼 더 열중했던 탓에 최지훈의 손은 상당히 피로했고 통증으로 경고를 보냈다.

'오늘은 보는 걸로 만족하자.'

중요한 일정을 앞두고 무모하게 행동할 최지훈이 아니었다.

그는 악보를 들고 테이블로 나와 머릿속으로 연주를 계속했다.

끊어야 할 부분을 반복해 인지하고 그에 따라 다시 한번 손가락과 손목 팔꿈치, 어깨의 움직임을 정리했다.

그런 뒤에야 아르페지오나 스케일 등 기교를 풀어냈는데 최지훈이 곡을 익히는 시간이 유독 긴 이유가 바로 이것이었다.

최지훈은 그 기본적인 과정을 어떤 곡을 연습하든 빼놓지 않았다.

남들이 보기에는 미련해 보일 수도 있지만.

최지훈은 그것이 막대한 양의 연습량 속에서도 본인의 손목과 손가락, 팔꿈치를 지켜주고 있음을 잘 알고 있었다.

매우 자연스러운 자세를 익히지 못했더라면 팔과 손에 가해지는 부담은 더욱 커졌을 테고 매일 14시간 이상 혹사한 그의 '악기'는 오래전에 망가졌을 것이다.

'차분히 하면 돼.'

비록 그 속도는 느렸지만 최지훈은 크게 신경 쓰지 않았다.

사람마다 자신에게 맞는 속도가 있다고 한 배도빈을 믿었다.

어렸을 적의 짧은 대화였지만 그것이 최지훈에게는 큰 힘이 되었고 그렇게 유지한 집요함이 배도빈마저 인정하는 완벽한 타건을 낳았던 것.

최지훈은 늦은 밤까지 악보에서 눈을 떼지 않았다.

♪

천재와 같은 시대를 살아간다는 건 무슨 의미일까.

적어도 러시아 출신의 피아니스트 엘리자베타 툭타미셰바

에게는 저주였다.

빠른 벨로시티를 기반으로 한 화려한 연주는 어렸을 적부터 러시아 최고였고, 일찍이 그녀는 모스크바 중앙 음악학교에서 최고의 유망주로 인정받았다.

모스크바 차이코프스키 국립음악원에 진학했을 때는 이미 러시아 국내 콩쿠르는 모두 석권했고 국제무대에서도 성과를 보였다.

그렇게 제1회 크리크 국제 피아노 콩쿠르에 출전할 당시, 러시아 국민 모두 그녀의 우승을 믿어 의심치 않았다.

엘리자베타 툭타미셰바도 마찬가지였다.

뛰어난 재능을 가졌지만 천재로 불릴 때마다 자신의 노력이 부정되는 것 같아 화낼 정도로 열정적이기도 했다.

그녀는 자신에 차 있었다.

본인을 향한 기대를 충족시킬 수 있다고 확신했다.

그러나 그러한 생각은 한순간에 산산이 조각나 버렸다.

배도빈.

7살 차이가 나는, 그때는 더더욱 어렸던 배도빈은 다른 참가자들을 농락하는 듯했다.

마치 유치원 재롱잔치를 앞두고 딸을 위해 축하 무대에 선 록스타 같았다.

배도빈이 첫 번째 주자로 나와 연주하면 관중은 물론 심사 위원, 참가자들까지 넋이 나가버렸다.

16년간 단 한 번도 최고가 아니었던 적이 없었던 엘리자베타 툭타미세바에게는 충격이었다.

차라리.

자신이 재능만 믿고 우쭐대는 머저리였으면 덜했을 터였다.

그러나 매일 뼈를 깎는 노력을 했던 그녀는 자신보다 7살이나 어린 소년의 그림자조차 가늠할 수 없는 상황에 좌절했다.

'왜?' 또는 '어떻게?'라는 질문만 반복되었다.

때마침 손을 뻗어준 사카모토 료이치의 케어가 없었더라면 그녀는 충격에서 벗어날 수 없었을 것이다.

다행히.

뛰어난 스승은 그녀가 다시 피아노에 흥미를 느낄 수 있게 도왔다.

여태 콩쿠르를 위한 연주만을 했던 그녀에게 사카모토 료이치의 피아노 교실은 너무나 즐거웠다.

간혹 이래도 되나 싶었지만 디자인 그룹의 애니메이션을 보고 그 감상을 바탕으로 OST를 연주하는 게 그렇게 즐거운 일인 줄은 몰랐다.

같은 멜로디를 다르게 연주해 보는 것도 즐거운 일이었다.

그렇게 피아노에 대한 사랑과 기량을 회복하여 전과는 비교할 수 없게 되었을 때.

엘리자베타 툭타미셰바는 자신감을 되찾았다.

그리고 출전한 쇼팽 국제 콩쿠르.

이번에야말로 우승을 자신했다.

지난 4년간 정말 열심히 했고 스스로 얼마나 발전했는지 느끼고 있었다.

그래서.

4년 전 자신보다 못했던 최지훈에게 추월당했을 때는 말문이 막혀 버렸다.

하지만 피아노를 사랑했던 엘리자베타는 다시금 마음을 다잡아 풍부한 레퍼토리를 활용, 2년 뒤 차이코프스키 콩쿠르에 도전했다.

그러나.

'우승, 지훈 최!'

기가 막혀서.

그녀는 그에게 대체 뭐 하는 인간인지 묻고 싶었다.

크고 작은 콩쿠르마다 번번이 앞을 막아서, 치고 나갈 틈은 조금도 보이지 않는 녀석은 매번 사람 좋게 웃으며 인사를 하려 했다.

그럴수록 그녀는 약이 올라 배도빈과 최지훈을 넘어서리라 다짐하고 또 다짐했다.

그리고 마침내 퀸 엘리자베스 콩쿠르에서 다시 만나게 되었는데.

현재 북미에서 가장 인기 있는 피아니스트 니나 케베리히가 출전했다는 소식이 들렸고.

우연히 같은 식당에 있던 그녀가 당연하게 내뱉은 '어차피 우승은 너나 내가 하지 않을까?'라는 말이 엘리자베타를 자극했다.

'이번에는 안 돼.'

게다가.

과제곡 중에 배도빈의 이름이 있으니 그녀는 정말 재능과 실력의 차이를 인정해야 하는 건지.

이제 정말 끝인 건지 의심할 수밖에 없었다.

'아니. 재능 따위 없어도 할 수 있어. 그런 거 없어도 더 노력하면 돼.'

엘리자베타는 애써 고개를 저은 뒤 모차르트를 연습하기 시작했다.

♪

니나 케베리히, 최지훈, 엘리자베타 툭타미셰바와 같이 빼어난 인물이 참가했다는 소식에 퀸 엘리자베스 콩쿠르에 대한 대중의 관심은 예년보다 클 수밖에 없었다.

더욱이 우승 무대에 세계 최고의 피아니스트 가우왕이 함께한다고 하니 피아노를 좋아하는 이들에게 이보다 좋은 구경거리도 없었다.

JH씨네마는 이러한 상황을 미리 예견하고 퀸 엘리자베스 콩쿠르 운영위원회와 협의.

세계 최초로 격조 높은 콩쿠르의 준비 과정과 퍼스트 라운드를 토크쇼와 다큐 형식을 빌려 자사 플랫폼에 공개하고 있었다.

퀸 엘리자베스 콩쿠르에 대한 전반적인 설명과 지난 대회의 우승자를 소개하고 벨기에 브뤼셀의 전경을 담은 1부에 대한 반응은 미적지근했지만.

얇고 긴 눈썹. 날카로운 콧날.

깊고 치명적인 눈매의 남자를 주인공으로 한 2부는 기존 기록을 모두 경신할 정도로 큰 인기를 끌었다.

과감하고 솔직한 멘트로 여러 화제를 불러일으킨 남자.

중국이 낳고 세계의 사랑을 받는 피아니스트.

"가우왕 씨와 만나보겠습니다."

사회자의 소개와 함께 가우왕이 스튜디오에 모습을 드러냈다.

가슴팍을 풀어헤친 검은 셔츠.

레드와 블랙으로 구성된 체크무늬의 스키니 팬츠와 검은 워커를 신은 가우왕은 여유롭게 웃으며 카메라를 주시했다.

머리카락을 쓸어 넘기며 앉은 그는 사회자와 눈인사를 나누었다.

"시청자분들께 인사 먼저 부탁드립니다."

가우왕은 사회자의 요청에 붉은빛이 들어오는 카메라에 시선을 주곤 한쪽 눈을 찡긋 감았다.

ㄴ저런 것만 안 하면 좋은데.

ㄴ진짜. 멀쩡하게 잘생겨놓고 얼굴 함부로 쓰는 거 안타까움.

"하하하하. 멋진 인사였습니다. 지난달 유럽 투어를 성공적으로 마쳤는데 그 뒤로는 어떻게 지내셨나요?"

"평소처럼 지냈죠. 기르는 강아지랑 산책하거나 베를린 필하모닉의 공연 기획을 도와준다거나."

사회자가 고개를 뒤로 빼고 당황한 모습을 감추지 않았다.

"이거 갑작스러운 발언이시네요. 베를린 필하모닉의 공연 기획을 돕다니. 어떻게 된 일입니까?"

"얌전하게 연주만 하던 인간들이 뭘 알겠어요. 동생이 새 프로젝트에 포함된다 해서 겸사겸사 돕고 있죠."

"동생 사랑이 각별하시네요. 베를린 필하모닉에 입단하시는 건 아니고요? 왜, 피아노 섹션을 개설하지 않았습니까. 가우왕 씨나 최를 염두에 둔 거라는 추측이 있던데."

"하핫. 그럴 리가. 배도빈과 함께하는 건 괜찮은 일이지만 그건 협연으로도 충분하죠."

“협연! 올해 베를린 필하모닉과의 협연 일정이 잡혀 있나요?”

“해상 오케스트라에 초청받아 검토 중입니다. 물론 긍정적으로 보고 있고요. 베를린 필하모닉에게 저보다 좋은 선택지는 없을 테니 배려해 줘야죠.”

└자뻑도 저 정도 급이면 인정해 줘야 함ㅋㅋㅋㅋㅋ

└배도빈이랑 베를린 필하모닉에 저딴 식으로 말할 수 있는 사람은 가우왕뿐일걸?

└친하니까 농담하는 거 아니야?

└농담은 무슨. 500% 진심임.

└베를린, 빈, 암스테르담 정도 아니면 거들떠도 안 보잖앜ㅋㅋㅋ 원래 저런 인간임ㅋㅋㅋ

└진짜 가우왕 약자 멸시 심함. 자기 수준이랑 안 맞는다고 생각하면 벌레로도 안 봄.

“베를린 필하모닉과 가우왕 씨의 만남은 항상 성공적이었죠. 벌써부터 기대되는데. 가우왕 씨, 그에 앞서 준비하고 있는 일이 있다고 들었습니다.”

사회자의 질문에 가우왕이 깍지를 끼곤 소파에 등을 기댔다.

살짝 턱을 든 그의 거만함은 무척이나 자연스러웠다.

“퀸 엘리자베스 콩쿠르 우승자에게 한 수 가르쳐 줄 생각입니다."

"허허허."

사회자가 카메라를 보며 고개를 저었다.

가우왕을 담당하고 있는 카메라가 줌인 되었고 그는 어깨를 으쓱였다.

"정말 당황스러운 일이 아닐 수 없습니다. 대체 어떻게 그런 일이 정해진 건가요?"

"신경 쓰이는 녀석이 출전해서 말이죠. 질 루앙에게. 질 루앙이 누군지 아시죠?"

"퀸 엘리자베스 콩쿠르 운영위원장이시죠."

"네. 그 사람. 원래는 콩쿠르에 출전하고 싶다고 말했는데 규정을 어길 순 없다고 하더군요. 수상자 콘서트 때 번외 경합을 마련하기로 했죠."

ㄴ확실히 제정신은 아닌 듯ㅋㅋㅋ

ㄴ아닠ㅋㅋㅋ 탑 먹고 있는 인간이 콩쿠르엔 왜 나감ㅋㅋㅋㅋ

ㄴ질 루앙도 이건 뭔 또라인가 싶었을 듯ㅋㅋㅋㅋ

ㄴ앜ㅋㅋㅋㅋ 가우왕 뿌듯해하는 거 너무 귀엽다ㅠㅠㅠ

"신경 쓰이는 사람이라. 혹시 엘리자베타 툭타미셰바인가요?"

"누구?"

"사카모토 교수의 제자이자 러시아 최고의 재원이요. 저번 쇼팽 콩쿠르에서는 2등을 했습니다."

"아, 뭐. 그런 친구가 있었지."

심드렁하게 혼잣말을 한 가우왕은 무척 불쾌해 보였다.

그는 그러한 모습을 감추려고도 하지 않고 사회자에게 불만을 드러냈다.

"제가 직접 나선다고 했습니다. 적어도 니나 케베리히나 최지훈을 언급하는 게 맞지 않나 싶네요."

"하핫. 가우왕 씨 덕분에 강력한 우승 후보 세 명 모두 언급되었네요. 진행하기 수월해졌습니다."

사회자는 노련하게 토크 방향을 다시 퀸 엘리자베스 콩쿠르의 우승 후보에 관한 이야기로 옮겨놓았다.

가우왕도 눈썹을 한 번 들어 올리고는 이야기를 풀어냈다.

"니나 케베리히는 처음 봤을 때부터 주목하고 있었죠. 지금은 그녀만큼 강렬하고 명확한 피아니스트가 없는 것도 아쉽고."

"가우왕 씨가 남을 칭찬하다니 별일이네요."

"사실이니까요."

"그렇다면 방금 질문드렸던 엘리자베타 툭타미셰바에 대해서는 어떻게 생각하시나요?"

가우왕이 입을 샐쭉했다.

"정말 모르시나요?"

"모든 피아니스트에게 관심을 줄 정도로 한가하진 않으니까."

"이거 또 한 번 엄청난 발언을 하시네요. 그녀는 최근 쇼팽과 차이코프스키 콩쿠르에서 2등을 했던 피아니스트입니다. 특히나 바리에이션이 넓어 퀸 엘리자베스 콩쿠르에서는 최나 케베리히보다 앞서 있다는 의견이 많고요."

어떻게든 흥행 요소를 살려야 하는 사회자는 최선을 다해 엘리자베타 툭타미셰바를 옹호했다.

"그럼 지금 한번 들어보죠."

생방송 도중 갑작스러운 제안에 사회자가 감독을 보았고 그가 고개를 끄덕였다.

잠시 뒤 엘리자베타 툭타미셰바의 연주가 깔렸다.

ㄴ좋다.

ㄴ엄청 빠르잖아. 속주로는 가우왕하고 큰 차이 없는 것 같은데?

ㄴ그렇다고 음이 뭉개지는 것도 아니고. 미스도 거의 없고.

엘리자베타의 시원한 연주에 시청자들은 호의적인 반응을 보였다.

그러나 가우왕의 입장은 반대였다.

그만 듣겠다는 신호를 보낸 가우왕이 말을 이어나갔다.

"나쁘지 않네요. 소리도 좋고. 한 곡을 듣고 판단할 건 아니지만."

"그럼?"

"어디까지나 힘을 냈다는 정도죠."

"상당히 박한 평이시네요. 그녀에게 부족한 게 있다면 무엇일까요?"

사회자의 질문에 가우왕은 당연하다는 듯 단언했다.

"재능."

그 말에 여태 부드럽게 진행을 이어오던 사회자의 말문이 막혔다.

채팅창도 일순 정적이 흘렀다.

"이런저런 지식은 많이 쌓았고 연습도 많이 한 것 같은데, 이런 연주로는 마음을 움직일 수 없어요. 화려하고 대단해 보일 순 있지만. 그걸 모르는 이상 결코 좋은 피아니스트가 될 수 없죠."

ㄴ가우왕 선 넘네.

ㄴ그럼 재능 없는 인간은 어쩌라는 거야?

ㄴ이제 겨우 26살인 애한테 너무 심한 말 아니냐.

ㄴ저 거만한 인간 언젠가 말실수 할 줄 알았다.

ㄴ오빠 왜 그래 ㅠ

사회자는 어떻게든 경직된 분위기를 수습하고자 입을 열었다.

"가우왕 씨도 20대 때는 비슷한 평가를 받았지만 지금은 세계가 인정하는 자리에 올라서 있습니다. 엘리자베타 씨에게 무엇이 필요한지 알려주실 수 있을 것 같은데요."

그러나 그의 발언은 더 좋은 먹잇감이었다.

ㄴ맞아. 지도 예전엔 깊이 없다고 욕먹었잖아. 재능은 무슨.

ㄴ엘리자베타 불쌍하지도 않냐. 그렇게 잘하는데 맨날 2등만 하잖아. 그런데도 열심히 하는 애한테 재능이 없다면서 좋은 피아니스트가 될 수 없다고 말하는 게 업계 최고 선배가 할 말임?

ㄴ같은 상황이면 조언은 해주지 못할망정 뭔 소리래?

너무나 당연한 반응이었다.

"재능이 없었으니까."

그러나 뒤이어 나온 가우왕의 발언에 사회자도 시청자들도 행동을 멈추었다.

"네?"

"재능이 있었다면 27살이 될 때까지 그따위로 연주하진 않았겠죠. 그 빌어먹을 꼬맹이는 7살 때 이미 알고 있던 것을."

그가 말하는 빌어먹을 꼬맹이가 누군지 모르는 사람은 없었다.

그 어떠한 음악가도 그 앞에서 재능을 논할 수는 없었다.

만 3세에 작곡을 시작해 만 4세 때 이미 10만 장 이상의 판매고를 기록한 천재 배도빈.

12년 전, 그와 가우왕의 피아노 경합은 지금까지 회자되는 명연주였다.

"가우왕 씨가 재능이 없다고 말씀하시는 건가요?"

"상대적이라는 겁니다. 니나 케베리히는 처음 나왔을 때부터 그녀를 모르는 피아니스트가 없었어요. 배도빈이야 말할 것도 없고. 언론에서는 최지훈보고 색이 없다고 하는데, 대체 뭔 생각들을 하는 건지. 걔 지금 19살 아닌가?"

"……."

"그런 데 비하면 나나 이 엘리자베타라는 애나 재능이 없는 건 마찬가지란 말입니다."

"……그럼 가우왕 씨는 어떻게."

"어떻게 했을 것 같아요?"

가우왕이 되묻자 사회자는 눈을 껌뻑이다 겨우 답을 내놓았다.

"영감을 얻었다거나."

가우왕은 고개를 저었다.

"역시 가우왕 씨도 천재니까."

사회자의 말에 만족할 수 없었던 가우왕은 흥미를 잃었다는 듯 한숨을 내쉬곤 소파에 등을 기댔다.

"차이를 인정했죠."

"네?"

"그 사람한테 할 수 있는 조언이 뭐가 있냐고 물으셨죠?"

"예……."

"하나 있죠. 재능의 차이를 인정하라고. 그래야만 스타트라인에 설 수 있어요."

그의 말을 이해하는 사람은 없었다.

"그전까지는 무슨 짓을 해봤자 의미 없습니다. 그때의 저처럼. 그러지 않고서는 남이 정해놓은 기준에서 노력할 수밖에 없어요. 그러니 이렇게 속주랑 정교함만 갈고닦지."

그러나 그 건방지고 독선적인 남자의 입에서 자신의 과거를 평가절하하는 말이 나왔을 때는.

뭔가 있다고 생각할 수밖에 없었다.

♪

-참가번호 47번, 미스터 최. 입장 대기해 주시기 바랍니다.

단체 대기실에서 눈을 감고 있던 최지훈이 호명과 동시에 손을 풀었다.

두 손을 마주해 한쪽 손바닥으로 반대쪽 손가락을 밀며 모니터를 보았다.

스트레칭은 평소대로 꼼꼼했다.

"엄청 진지하네."

"욕심이지. 3개씩이나 나와서 대체 뭘 하려고."

그 모습이 다른 참가자의 눈에는 그리 좋게 보이지 않았다.

순위가 생길 수밖에 없는 경쟁 속에서 앞서 폴란드와 러시아에서 우승했던 최지훈의 존재는 꺼려질 수밖에 없었다.

중국, 일본, 미국, 프랑스, 벨기에, 영국 출신의 참가자들만의 생각은 아니었다.

한국 출신 음악가들이 유독 많이 찾는 콩쿠르이기도 했고 그들조차 '해외파' 최지훈을 곱게 보지 않았다.

여러 나라의 말로 들리는 질투와 시기의 목소리.

최지훈은 평소대로 스트레칭을 마친 뒤 앞선 참가자의 연주가 끝나갈 즈음에 맞춰 일어섰다.

여전히 웃고 있었다.

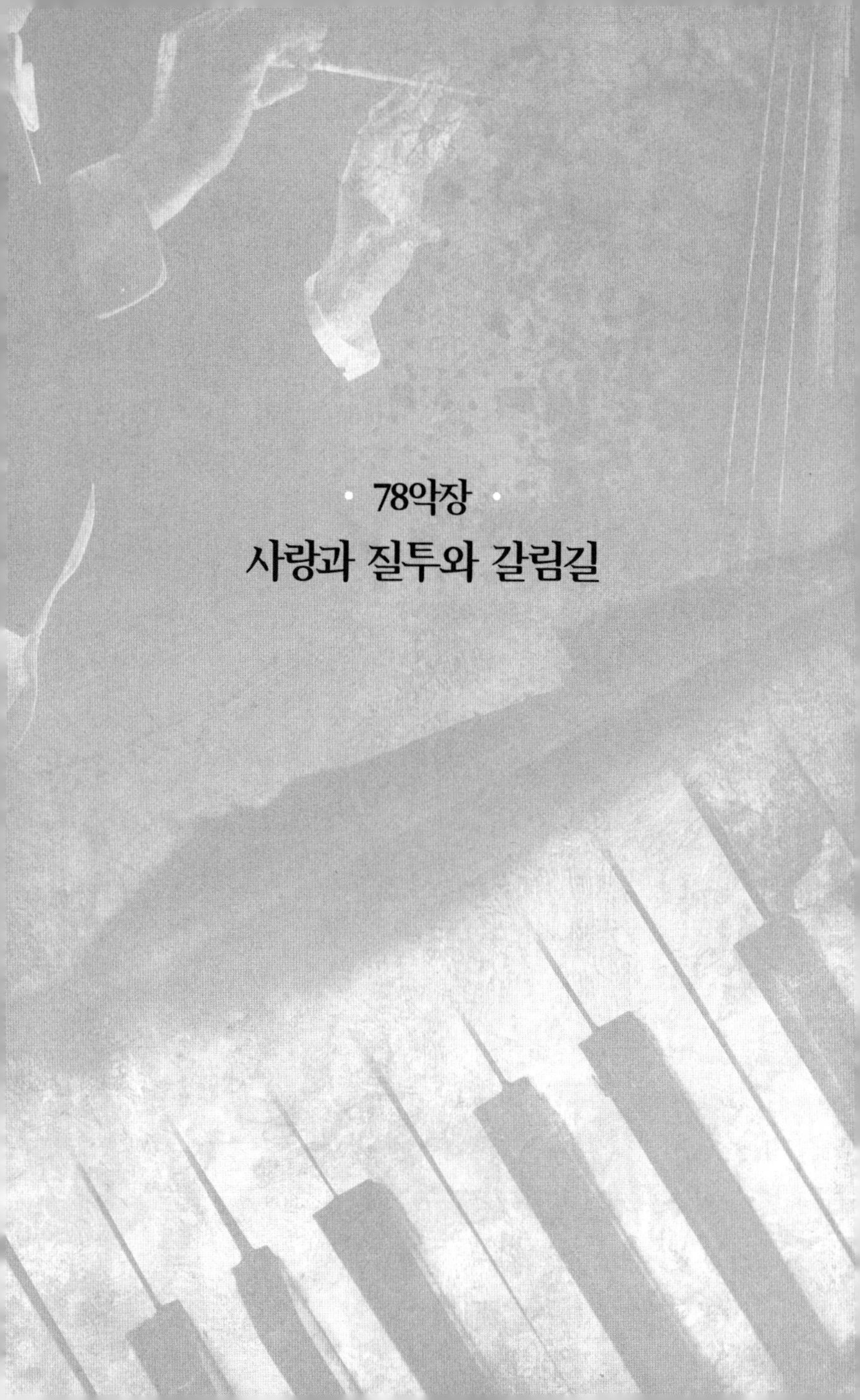

• 78악장 •

사랑과 질투와 갈림길

무대에 오른 최지훈은 평소와 같이 곧은 자세로 피아노 앞에 앉았다.

고개를 든 채 숨을 고르면 상처 주던 목소리도, 심사 위원도 사라지고 오직 피아노와 악보만이 그 앞에 놓였다.

베토벤 피아노 소나타 7번, 1악장.

프레스토(Presto: 매우 빠르게).

발랄하게 시작된 사교회.

리드미컬하게 이어지는 타건이 즐겁게 춤추는 이들의 대화와 발소리처럼 어우러진다.

여러 발소리로 이뤄지는 화음들.

왼손과 오른손에서 동시에 이뤄지는 레가토를 완벽하게 소화해낸다.

한 치의 오차도 없이, 균일하게 이뤄지는 왼손의 펼친화음이 사교회장의 우아한 조명처럼 깔리고.

최지훈은 묻는다.

새침한 답이 돌아온다.

싫지 않은 듯 고개를 돌린 채 앞으로 나서는 여성.

양손이 번갈아 스케일을 이룬다.

곡풍이 바뀌었다.

최지훈의 손끝에서 아름다운 여성이 표현되었다.

그녀는 강렬한 등장과 함께 사교회장을 휘어잡는다. 주인공의 등장과 함께 이어지는 정열의 멜로디.

'마음에 들어?'

'나쁘지 않네.'

피아노는 오늘 최지훈이 입혀준 옷이 싫지 않았다.

그가 지난 한 달간 피팅해 준 드레스는 시스 라인이 들어가 피아노의 음색을 여실히 드러냈다.

비딩은 조금도 없는 심플함.

짙은 녹색의 이브닝드레스는 마치 처음부터 한 몸이었던 것처럼 여성과 어울렸다.

어깨선부터 등, 허리, 엉덩이와 허벅지까지 자연스럽게 붙어 있는 실크는 악보라는 옷을 가장 잘 입혀주고 싶었던 최지훈의 집념이었다.

그래서.

피아노는 더욱 신나게 자신을 뽐낼 수 있었다.

우아하게 회장 가운데로 걸어 나가 당당하고 도발적인 눈빛으로 주변을 둘러본 뒤.

재잘대는 찬양의 소리를 들으며 미소 짓는다.

우아하게 때로는 요염하게.

그 일련의 광경을 본, 아니, 들은 심사 위원단은 입을 다물 수 없었다.

누군가 완벽하게 조율된 연주가 무엇인지 묻는다면 최지훈의 이번 연주를 들려주고 싶었다.

피아노란 악기를 너무도 잘 활용하면서도 그로 인해 연주된 베토벤 피아노 소나타 7번은 무척이나 세련되었다.

마치 파티장을 연상시키는 듯한 연주에 그들은 자신들이 채점을 해야 한다는 것조차 잊었고.

그사이 최지훈은 심사 위원단이 정해준 다음 곡을 연주하기 시작했다.

♪

진달래가 합류하면서 '웃고 떠드는 밴드'를 완편할 수 있었다.

지난 한 달간 맞춰본 결과.

엉망이다.

나윤희와 소소, 다니엘 홀랜드는 제 역할을 해주고 있지만 스칼라와 찰스 그리고 진달래는 제멋대로라 과하다는 느낌이다.

사공이 많으면 배가 산으로 간다더니 딱 그 꼴이다.

더군다나.

천재들 사이에 낀 나카무라 료코의 눈빛은 날이 갈수록 매서워졌다.

"……나 말고 A의 에리히 피크 수석이나 B의 데니어스 토로 수석이 더 좋지 않을까."

"그거야 당연하지."

당연한 말을 하기에 맞장구를 쳐주니 녀석이 발끈했다.

그러나 이내 부정할 수 없는 사실이라는 걸 깨닫고는 말을 삼킨다.

"에리히나 데니어스가 더 잘하는 건 당연한 거야. 하지만 그들이 지금 웃고 떠드는 밴드가 하려는 음악을 할 수 있을까 싶은데."

"무슨 뜻이야?"

"너야 평소에도 팝 음악을 많이 듣잖아. 단순히 실력을 비교하면 그 두 사람보다 못해도 너만 할 수 있는 일이 있어. 그게 이 일이고."

"……."

"에리히랑 데니어스가 바빠서 너로 정한 게 아니야. 웃고 떠드는 밴드에 더 어울리는 사람을 뽑은 거지. 아. 모레 요코 씨 공연 보러 오시는 거 아니었어?"

"맞아."

"멀리 오셨는데 즐겁게 해드려."

"응. ……저기."

아웅다웅하고 있는 스칼라와 찰스를 혼내러 가려는데 료코가 붙잡았다.

고개를 돌리자 녀석이 시선을 피하고는 어렵게 이야기를 꺼냈다.

"고마워."

"뭐가?"

"……여기 다들 천재들만 있잖아. 나 같은 건 아무리 노력해도 못 따라간다고 생각했는데. 필요하다고 말해줘서."

잠시 말을 멈추고는 입술을 깨문다.

"위로가 되었어."

전에도 비슷한 일이 있었지만 아직 길을 찾진 못한 것 같다.

확실히 말해줘야지, 그러지 않으면 쓸데없는 한계와 기준을 만들고 그 이상 올라가지 못할 것 같다.

숨을 내쉬고 의자를 빼냈다.

녹음실 안에서는 스칼라와 찰스가 여전히 투닥거렸고 나윤희와 소소, 다니엘 홀랜드, 진달래는 그러거나 말거나 저들끼리 대화하고 있다.

"너랑 저 사람들이 뭐가 다른데?"

"……실력?"

"그건 사실이지."

료코가 입을 내밀었다.

"솔직히 말해봐. 저 사람들한테는 있는 재능이 너한테는 없다고 생각하는 거잖아."

가만있던 녀석이 고개를 살짝 끄덕인다.

"그럼 너는 뭔데. 19살에 베를린 필하모닉에서 연주하고 있잖아."

"18살인데."

"한국에선 19살로 세. 지금 그게 중요한 게 아니잖아."

"응."

"어디까지 말했더라."

"18살에 베를린에서 연주하고 있다고."

"그래. 그건 어떻게 설명할 건데?"

"노력했으니까……."

"그래."

"기술적인 문제는 재능이 있고 없고를 떠나 누구나 도달할 수 있는 영역이야. 개인차는 있지만 딱히 재능이 없어도 훈련으로 커버가 돼."

기술을 익히는 속도는 다를 수밖에 없어도 달성 여부는 노력으로 극복할 수 있다.

도중에 포기하는 건 의지 문제.

애초에 그 분야를 좋아하는 마음이 크지 않았던 거다.

피아노를 사랑하는 만큼 피아노와 친해지고, 친하게 지냈던 만큼 더 잘 알고 싶고 이해하고 싶고 이해받길 바라다 보면 자연스레 피아니스트가 되는 것처럼 말이다.

"그 이상은."

"그래. 재능의 차이지."

하지만 예술에서 스킬만이 존재할 수는 없는 법.

재능의 차이는 심미안에 있다.

그것이 어떤 식으로 작용하는지는 알 수 없지만 설명할 수 없는 무엇이 개인마다 부여되어 있다고는 생각한다.

하지만 빌어먹을 순위 놀음에, 줄세우기에 익숙해진 '콩쿠르'라는 것 때문에 많은 이가 착각하고 만다.

자신은 결코 뛰어난 음악가가 될 수 없다고 말이다.

우울해하고 있는 료코에게 물었다.

"찰스랑 가우왕 중에 누가 더 잘한다고 생각해?"

"어?"

못 들었을 리가 없어 대답을 기다리니 녀석이 인상을 쓰고 답했다.

당연하다는 말투다.

"그걸 어떻게 비교해. 악기가 다른데."

다행히 멍청이는 아니다.

"그럼 찰스랑 윤희 누나 중에는 누가 더 잘한다고 생각해?"

"그것도 이상해. 브라움 악장은 음색이 멋지고 윤희 언닌 템포 조절이랑 힘이 좋은데."

"아깐 악기가 달라서 비교 못 한다며."

말문이 막힌 료코를 보며 말했다.

"누구나 연주자가 될 수 있어. 누구는 1년이 걸릴 수도 있고 누구는 20년이 걸릴 수도 있겠지만 스킬은 반복 숙달하는 것만으로도 가능해. 정해진 거니까."

그러나 많은 이가 이 과정에서 포기한다.

음악성을 펼치기 전, 스킬을 익히는 과정에서 많은 이가 익히는 속도에 매몰되어 남과 자신을 비교하여 떨어져 나간다.

재능의 차이를.

자신의 한계로 규정하면서 말이다.

"하지만 다들 그전에 포기하지. 기술의 한계에 도달하기 전까지는 누가 더 잘하는지 비교하기 쉬우니까. 지금 너처럼."

"……."

"알아둬. 너랑 에리히 수석의 차이는 기술이지 음악성이 아니야."

아직은 이해를 못 하는 것 같다.

"기술을 다 갖췄을 때. 음악은 그때부터 시작되는 거야. 자신을 온전히 드러내야 음악가가 될 수 있어. 저 사람들처럼."

료코가 녹음실 안에 있는 사람들을 보았다.

"조급해하지 마. 언젠가는 네 손이 에리히 수석만큼 정교하고 빨라질 거야. 시간이 더 지나면 에리히보다 나아지겠지. 그녀는 더 늙을 테고 넌 더 성숙해질 테니까."

"……."

"하지만 그렇다고 에리히 수석의 음악성이 사라지는 건 아니야. 네가 기술을 완성하고도 너만의 음악을 하지 못한다면 관객은 널 인정하지 않겠지."

"난 그런 거 없는데."

"아니."

단언한다.

"너도 너만이 할 수 있는 게 있어. 너뿐만이 아니라 세상 어떤 사람에게나 있어. 그것이 단지 한 번 듣는 것만으로도 완벽한 연주를 할 수 있는 능력이라든지, 단숨에 곡을 완성할 수 있는 게 아닐 뿐이야."

"……."

"차이를 인정해. 남을 인정해. 하지만 남의 기준을 네 것으로 받아들이진 마. 그래서는 결코 음악가가 될 수 없어."

음악사를 공부하면서.

정말 많은 후배가 나를 목표로 했다는 걸 알 수 있었다.

"슈만은 베트호펜을 따라 하고 싶어서 교향곡을 쓰기 시작했어."

"……."

"따라 할 수 있을 리 없지. 베트호펜은 위대하니까."

암. 그렇고말고.

"1번부터 3번까지의 교향곡은 베트호펜의 느낌이 짙은데 나는 그리 좋아하지 않아. 하지만 4번 교향곡은 다르지."

슈만의 4번 교향곡은 마치 오케스트라가 피아노가 된 것처럼 쉴 새 없이 움직인다.

돌출되는 악기 없이 모두 색을 죽이고 하나의 악기가 된다.

참으로 색다른 발상이고 놀라운 도약이었다.

"베트호펜의 그늘에서 완전히 벗어났던 거지. 슈만은 그것으로 위대한 작곡가가 되었어."

"무슨 말을 하고 싶은 거야?"

"지금의 미숙함을 네 한계로 치부하지 말라는 뜻이야."

아마데를 향한 치기.

하이든에게서 느낀 갈증.

음악 역사상 최고의 음악가들이 모여 있던 당시 빈은 그야

말로 발악의 장이었다.

모든 음악가가 바흐와 아마데, 하이든을 넘어서기 위해 발버둥 쳤고 나 역시 다르지 않았다.

그 당시 오랜 시간 이어왔던 생각을 한 번에 전달할 순 없는 법.

인내심을 갖고 설명을 이어나갔다.

"사랑하고 계속하기만 하면 언젠가는 거장이란 선에 닿을 수 있다는 말이야."

"……응."

"그 선은 남이 열어둔 문으로는 넘어설 수 없어. 그랬다간 거장은커녕 놀림감이 되겠지."

"……."

"너만의 기준을 세워. 그러려면 남이 열어둔 문을 정확히 인지하고 네가 무슨 음악을 하고 싶은지 알아야 해. 기술의 차이 따위, 일정 수준을 넘어선 뒤에는 의미 없어져. 누가 더 낫다는 판단 기준이 될 수 없단 말이야."

"모르겠어."

"그걸 아는 인간을 두고 재능을 가졌다고 하지."

료코는 아직 자신의 명확히 무슨 음악을 하고 싶은지, 어떤 비올라를 가지고 싶은지 자각하지 못하는 것 같다.

하지만 가우왕이 나를 벗어났던 것처럼.

내가 바흐와 아마데와 하이든을 벗어났던 것처럼 언젠가 그

날이 올 것이다.

"노력한다면 언젠가 그날이 올 거야. 네가 기억해 둘 건 하나. 그 어떤 재능으로도 위대한 음악을 할 순 없어."

하지만 투쟁 끝에 결실을 맺는 법.

재능 있는 사람은 수도 없이 많이 만나왔다.

이름을 남기기도 했고 뭇사람의 사랑을 받기도 했지만, 그것만으로 위대한 일을 해낸 이는 보지 못했다.

그러나 투쟁이라 표현할 만큼 자신을 몰아붙였던 이들의 작품은 수백 년이 흐른 지금까지 사랑받고 있다.

나만의 기준.

음악은 자신을 드러내는 일.

나를 드러내 소통하는 일에 동일한 기준이 적용될 리 없다.

"기준은 너. 네가 어떤 음악을 하는지가 중요한 거야."

그전에 일정 교양을 갖추는 건 부수적이고 당연한 일.

최지훈이 테크닉을 완벽히 익히고 자신의 스타일을 찾아가는 것처럼 나카무라 료코도 그럴 수 있을 것이다.

"나만의 기준이란 게 뭔데?"

"……난 보통 서사성을 부여하지. 지훈이는 옷을 입혀준다고 말하던데."

"……?"

이해할 수 없나 보다.

쾅!

"정말 믿을 수 없군! 배도빈! 난 저렇게 연주하는 놈을 인정할 수 없다! 모든 게 애드리브야! 이럴 거면 악보는 왜 만들어?"

"그거 좋겠다. 즉흥곡은 어떨까."

"감히 내 파이어버드를 그 제멋대로인 멜로디에 맞추라는 말이냐!"

아무래도 찰스와 스칼라 사이에 조율이 필요할 듯싶다.

3명의 위대한 작곡가 중 모차르트는 우리에게 인간이란 무엇인지를 말하고.

베토벤은 베토벤 자신이 어떤 사람인지를 말한다.

그리고 바흐는 우리에게 우주라는 것이 어떤 것인지를 말해준다.

-더글러스 애덤스(소설가: 1952~2001)

♪

2024년 5월 9일.

마지막 참가자 니나 케베리히가 연주를 마쳤다.

배도빈이 우승했던 제17회 쇼팽 국제 콩쿠르(2015) 이후 미국과 캐나다를 오가며 실전으로 다져진 니나 케베리히의 피아노는 이제 막 대학을 졸업하거나 재학 중인 이들. 혹은 이미 프로로 활동하는 이들에게도 충격 그 이상이었다.

"빌어먹을. 저런 걸 어떻게 이기라고."

"대체 뭐가 부족해서 나온 거지? 여기서 우승하지 못하면 몇 년을 허비해야 하는데."

일부 참가자는 불만을 내뱉었다.

마치 자신의 리사이틀인 양 압도적인 기량을 뽐내는 니나 케베리히와 같은 대회에 나왔다는 것을 탓할 뿐이었다.

'더 늘었어.'

그런 가운데 최지훈은 주먹을 꽉 쥐었다.

벼락같은 포르티시모와 익살스러운 스타카토는 여전했고 악보를 자신의 페인트로 덧칠하는 듯한 발랄한 해석은 여전했다.

세상 그 어디서도 들어보지 못했던 베토벤과 드뷔시, 만토바니.

종잡을 수 없이 발랄한 니나 케베리히의 연주는 그의 가슴을 뛰게 했다.

대기실로 돌아온 니나 케베리히가 두 팔을 쭉 펴며 몸을 풀었다.

"멋있었어."

"어? 왜 대기실에 있어?"

"객석에 있으면 긴장이 풀릴 것 같아서."

"긴장하면 더 안 좋은 거 아닌가? 으음."

"왜 그래?"

"감질나잖아. 이제 좀 손 풀렸는데."

니나 케베리히가 건반을 치는 듯 손가락을 움직였다.

그 의욕적인 모습에 최지훈은 작게 웃었다.

대화를 나누며 복도로 나선 두 사람은 객석으로 향했다.

온전한 1층과 다소 좁은 2층.

그리 넓지 않은 장소라 자리는 거의 다 차 있었다.

적당한 곳에 자리한 두 사람에게 인터뷰를 요청하는 기자도 있었지만 퍼스트 라운드 결과에 집중하고 싶어 거절했다.

잠시 뒤 질 루앙과 심사 위원단이 무대 위로 올라왔다.

참가자들은 박수로 그들에게 예를 표했고 심사 위원단도 고개 숙여 답했다.

쉼 없이 재잘대던 니나 케베리히의 입은 굳게 닫힌 지 오래.

질 루앙이 마이크를 잡은 순간 참가자 중 일부는 차마 눈을 뜨고 있을 수 없었다.

콩쿠르.

이제 막 프로로 데뷔한 또는 준비 중인 이들이 자신의 실력으로 오를 수 있는 유일한 무대.

그중에서도 쇼팽 국제 콩쿠르, 차이코프스키 국제 콩쿠르, 퀸 엘리자베스 국제 콩쿠르는 대형 엔터테인먼트와의 계약과 여러 도시에서의 리사이틀이 약속된.

피아니스트들의 꿈의 무대였다.

짧게는 10년, 길게는 20년 이상 준비했던 만큼 간절할 수밖에 없었다.

베이지색 바닥과 그보다 좀 더 짙은 소파에 앉은 이들은 저마다의 바람을 기도했다.

"폐하, 그리고 신사숙녀 여러분. 세미파이널에 진출할 24명의 피아니스트가 정해졌습니다."

질 루앙의 차분한 목소리가 긴장감을 더했다.

"연주 순서에 따라 세미파이널에 진출한 피아니스트를 호명하겠습니다. 량 샤오, 소망사랑 킴, 카 잔."

박수 소리가 울렸다.

♪

브라질에서 태어난 23살의 카 잔은 자신을 가장 불행한 세대에 태어났다고 여기는 어린 피아니스트였다.

사카모토 료이치, 글렌 골드, 크리스틴 지메르만이라는 리빙 레전드가 여전히 활동 중이고.

미카엘 블레하츠가 은퇴한 뒤에도 그레고리 소콜라브, 밀스 베레조프스키 등 완숙한 거장들이 버티고 있는 가운데.

황제라 불리는 피아니스트, 가우왕과 혁명가 막심 에바로트가 이분하는 시대.

너무나 뛰어난 이들이 권력을 틀어쥐고 있었다.

그뿐일까.

앞선 세대만큼이나 경쟁 상대는 절망적이었다.

그녀와 비슷한 나이의 피아니스트들은 배도빈이 피아니스트로서는 거의 활동하지 않아 참으로 다행이라 여겼다.

손가을, 니나 케베리히, 최성신, 남궁예건, 엘리자베타 툭타미셰바, 최지훈까지 역사상 이렇게 뛰어난 피아니스트들이 함께 살았던 적이 있었나 싶은 시대에.

재능으로는 모차르트를.

교향곡에서는 베토벤에 버금간다는 배도빈.

세계 최고의 작곡가로 활동하며, 바이올리니스트로서는 야샤 하이페츠와, 피아니스트로서는 요제프 호프만에 비견되었다.

배도빈이 피아노를 계속했다면 아마 카 잔은 좌절감에서 헤어 나오지 못했을 것이다.

"반갑습니다, 카잔. 영어를 할 줄 아시나요?"

"네. 그럼요."

JH가 진행하고 있는 다큐 프로그램 '로열로드'의 사회를 맡은 우진은 세미파이널에 진출한 이들을 상대로 간단한 인터뷰를 진행하고 있었다.

촬영에 앞서 인사를 나눈 뒤 곧장 대본을 읊기 시작했다.

"안녕하세요, 카잔. 24명 안에 들었는데 소감이 어떠신가요?"

"우선 막막하죠. ……제 이름은 카잔이 아니라 카 잔입니다."

"아."

"풀 네임을 불러주시는 건 감사하지만 알고 계셨으면 해서요."

"실례했습니다. 카 잔. 그럼 계속해서……. 막막하다고 하셨죠?"

"네. 도무지 믿을 수가 없어요. 준비해야 하는 곡은 너무 많고 미카엘 블레하츠의 신곡은 터무니없이 복잡해요."

"하하. 하지만 세미파이널 무대에서는 기대해 봐도 되겠죠?"

"기대요?"

카 잔이 황당하다는 듯 고개를 저었다.

"그 많은 노트를 5분 안에 연주하는 것도 말이 안 되는데 29시간 안에 준비해야 한다고요. 블레하츠의 기준으로 만들어진 곡을 하루 만에 어떻게 연주하라는 건지 알 수 없어요. 더 말이 안 되는 건 우진 씨 말대로 니나 케베리히나 엘리자베타 툭타미세바, 최는 해내겠죠?"

"하하. 글쎄요. 저는."

"됐어요. 무슨 생각을 하시는지 아니까. ……이러고 있을 시간이 없어요. 죄송합니다."

카 잔이 말릴 새도 없이 방을 나섰고 녹화는 중단되었다.

로열로드의 제작진은 한숨을 내쉬었다.

"벌써 3명째 이러네. 괜찮아?"

카메라 감독이 걱정스레 물었다.

"나쁠 거 있나요. 다들 예민하겠죠. 인생이 달린 문제니까. 다음은……."

다음 인터뷰 대상자를 훑던 우진이 고개를 끄덕였다.

"최지훈이네."

"누구?"

"최요. 지훈 최. 우리 제작비를 대주는 JH의 사장 아들이잖아요. 이번 대회에서 가장 주목받는 사람이기도 하고."

"이런. 앞에 3명보다 더하면 더했지 덜하진 않겠는데."

"글쎄요. 만나봐야 알겠죠. 맥, 연락은 했어요?"

"네. 오고 있다고 하네요."

로열로드의 제작진이 초조하게 기다리길 얼마간. 최지훈이 인터뷰실의 문을 두드렸다.

"반가워요, 지훈 군."

우진을 확인한 최지훈이 눈을 크게 떴다.

"안녕하세요. 여기서도 뵙네요."

"불러주면 어디든 가는 게 프리랜서죠. 그런데 저희 언제 한 번 만난 적 있었나요?"

"작년 잘츠부르크에서 얼굴만 뵈었죠. 취재차 나오셨잖아요."

"아."

오케스트라 대전 이야기가 나오자 우진이 반갑게 손을 내밀었다.

두 사람이 반갑게 악수를 나눈 뒤 우진은 분위기를 풀어내기 위해 적당한 질문을 건넸다.

"벨기에에서의 2주는 어땠나요?"

"편해요. 숙소도 조용하고 연습 환경도 좋고요."

예민했던 앞선 참가자들과 달리 여유를 보이는 최지훈에게 로열로드의 제작진은 시선을 교환했다.

귀공자에 실력까지 갖춘 어린 피아니스트가 얼마나 도도할지 걱정했던 것이 바보 같을 지경이었다.

"다행이라 말씀드리고 싶지만 어젯밤 추첨 결과가 좋진 않네요. 내일 첫 번째 순서로 나서게 되셨죠."

우진의 말에 최지훈이 난감하다는 듯 웃었다.

"특별한 분이 곡을 주셨다고 해서 기대하고 있었는데 미카엘 블레하츠 씨일 줄은 생각도 못 했어요."

"정말 깜짝 놀랄 일이죠."

"네. 그렇게 대단하신 분이 금방 은퇴하셔서 아쉬웠는데. 세계 클래식 음악 협회나 이런 식으로 활동을 이어나가셔서 다행이에요."

"최근에는 시카고에서 후진 양성도 하신다고 하더군요. 그러면…… 세미 파이널은 어떤 느낌인가요?"

"최선을 다해야겠죠. 협주곡을 미리 맞춰볼 시간이 없어 걱정이에요."

"미카엘 블레하츠의 신곡도 마찬가지겠죠?"

최지훈은 잠시 고민하다가 우진이 고개를 살짝 틀어 답을 재촉하니 웃으며 입을 열었다.

"본인이 연주하려고 만든 곡을 잘못 넘겨주신 것 같더라고요."

"하하하."

"정말 그래요. 처음 악보를 받았을 땐 뭐랄까. 하루 안에는 절대 준비 못 할 거라고 생각했어요."

"우승 후보 중 한 명도 그렇게 느낄 정도라면 쉽게 상상할 수 없네요. 지금도 변함 없나요?"

"네. 오늘 아침까지 연습해 봤는데 여전히 막막해요."

"스스로 곡을 준비하는 기간이 길다고 밝히신 적 있는데 이번에는 어떨까요?"

"그건 사실이에요. 이번에는 어쩔 수 없이 타협을 봐야겠지만……. 그런 만큼 다른 곡에서는 절대 실수할 수 없으니까 부담이 커요."

우진은 부담스럽다고 말하는 최지훈의 말을 선뜻 믿을 수 없었다.

그렇다고 하기에는 살짝 올라간 입꼬리와 작게 웃고 있는 눈을 설명할 수 없었다.

"부디 좋은 결과가 있길 바랍니다."

"감사합니다."

최지훈이 떠나자 우진을 보조하고 있던 맥이 의자에 등을 기대며 손바닥을 들어 올렸다.

"긴장은커녕 여유롭던데요?"

"그러게. 역시 폴란드와 모스크바에서 우승했던 사람인가?"

"하기사. 쇼팽은 몰라도 차이코프스키는 대부분 러시아 사람이 우승하잖아요. 편의를 봐주는 것도 있고. 그런 대회에서 자국 최고의 스타인 리자를 누르고 우승했으니. 겸손한 척해도 자신 있겠죠."

"그렇겠지. 어. 다음이었네."

우진이 다음 인터뷰 대상 명단을 훑다 엘리자베타 툭타미셰바를 확인했다.

"연락 넣었어?"

"아쉽게도 거절하겠대요."

"이런."

우진이 아쉽다는 듯 체크리스트로 눈을 돌렸다.

♪

'안 좋은데.'

미카엘 블레하츠 씨가 만든 곡은 조금 당황스럽다.

처음부터 쉼 없이 이어지는 3도 음형에 숨이 턱 막히고 손가락을 고문하는 듯한 운지법에 이걸 어떻게 입혀줘야 할지 알 수 없었다.

초견해 보는데 피아노가 불편해하는 게 느껴져서 조금씩 늘이고 넓히긴 했지만 여전히 부담이다.

모차르트 피아노 협주곡 17번 G장조는 미리 준비해 둔 곡이라 감만 유지하면 될 텐데.

최근 손에 무리가 와 블레하츠 씨의 곡을 제대로 소화해낼 수 있을지 알 수 없다.

하지만 걱정한다고 달라지는 건 없다.

쑤시는 검지와 약지를 꾹꾹 쥐니 욱씬거린다.

'상상하자.'

실제 연주는 최대한 줄이고 머릿속으로 어떻게 연주할지 그리는 것이 최선일 거다.

♪

최지훈과 니나 케베리히를 향한 자극적이고 편향적인 목소리를 최우철이 모를 리 없었다.

그에게 아들 최지훈은 인류의 존속보다도 중요했다.

지은 죄가 많은 탓에 그에게는 혹시나 누군가 자신에게 향해야 할 칼을 아들에게 들이밀지는 않을까 하는 강박관념이 있었다.

최근에는 아들과의 사이도 좋아지고 EI전자 때와는 달리 온전히 자신의 사업체를 운영하게 되어 차도를 보였지만.

아들을 향한 비난의 목소리가 그를 자극했다.

관심은 곧 돈이다.

그렇기에 아들 최지훈에게 향하는 비판과 응원은 도리어 그를 기쁘게 했지만.

최우철은 이번 일에서 묘한 동질감을 느꼈다.

누군가를 공격하는 방식이 그가 20대 때 했던 것과 유사했기 때문.

아니나 다를까.

그의 예상대로였다.

'머리는 좀 굴릴 줄 아는 친구라 생각했는데.'

JH에 의해 유럽 시장을 2년 만에 빼앗긴 인터플레이의 끄나풀이었던 해먼 쇼익과 일부 언론 단체의 의도가 포착되었다.

누군가를 무너뜨릴 때.

상대하기 꺼려진다면 주변부터 무너뜨린다는 정책은 나쁘지 않았지만 일을 진행하는 방식은 고루했다.

'아마 지훈이를 시작으로 JH의 콘텐츠 품질을 저하시킬 테고. JH와 퀸 엘리자베스 콩쿠르 운영위가 결탁해 지훈이가 우승했다는 시나리오겠지.'

고루하고 진부하다.

최우철은 본인이 30년 전에나 썼던 방법밖에 생각하지 못하는 제임스 버만과 그 참모진을 안타깝게 여겼다.

'적당히 숨은 쉬고 살게 해주려고 했는데. 이렇게 나오면 곤란하지.'

어떻게 죽일까.

최우철은 가만히 생각을 이어나가다가 미소 지었다.

그러곤 눈을 떠 책상에 놓인 아내 이지우의 사진을 보며 말했다.

"그렇게 보지 마. 이번만큼은 당신도 화냈을 거잖아?"

♪

5월 11일, 퀸 엘리자베스 콩쿠르 세미 파이널이 시작되었다.

세미 파이널은 두 파트로 나뉘는데 참가자들은 각각 개인 리사이틀과 왈롱 로열 챔버 오케스트라와의 협연을 준비해야 했고.

그들은 11일부터 13일까지 치러지는 1차 심사, 개인 리사이틀을 준비하는 데에도 막막함을 느꼈다.

은퇴하기 전까지 최고의 피아니스트로 불렸던 미카엘 블레하츠의 미발표곡을 5분간 연주하고 총 40분간의 프로그램을 구성해야 했는데.

문제는 미카엘 블레하츠의 곡이 1차 심사 29시간 전에 주어진 점.

악보는 형평성을 위해 연주 순서에 따라 시간별로 나누어 분배되었고 그것을 확인한 참가자는 모두 당황할 수밖에 없었다.

어떤 곡을 연주할지.

어떤 순서로 연주할지에 따라 리사이틀의 분위기가 크게 달라지기에, 어린 피아니스트들은 부랴부랴 프로그램을 수정했다.

그 과정에서 이미 포기하는 이가 나왔다.

모든 참가자가 예년보다 훨씬 엄격해진 규칙으로 인해 밤을 지새운 채 세미 파이널 1차전을 맞이했다.

'일주일을 연습해도 될까 말까 한 곡을 대체 어떻게 치라는 거야?'

'원래 본선 진출 확정되면 주는 거 아니었어? 왜 이렇게 줘?'

잔뜩 예민해진 대기실에 안내 방송이 흘러나왔다.

-안내 말씀드립니다. 잠시 후 심사를 시작하겠습니다. 참가번호 13번, 엘리자베타 툭타미셰바. 참가번호 13번, 엘리자베타 툭타미셰바 양은 무대 뒤에서 대기해 주시기 바랍니다.

악보를 둔 채 손을 움직이던 엘리자베타가 일어섰다.

'할 수 있어.'

강인한 의지는 작은 몸을 가득 채우고도 모자라 당당한 눈빛과 망설임 없는 걸음으로 표현되었다.

붉은 드레스를 입고 같은 색의 구두를 신은 엘리자베타는 진행 요원의 안내를 받아 무대 뒤로 이동했다.

수많은 무대에 올라섰고.

이보다 큰 무대를 몇 번이고 경험했던 엘리자베타는 침을 꿀꺽 삼켰다.

'즐거운 게 최고란다. 어떤 무대에 서든 네가 행복해야 기쁨을 줄 수 있어.'

스승 사카모토 료이치의 가르침이 떠올랐지만 이번만큼은 적용할 수 없을 듯했다.

최지훈과 니나 케베리히를 두고 편히 있을 순 없었다.

그들보다 뛰어난 연주를 할 수 있다고 여기며 또각, 무대 위로 올라섰다.

심사 위원단과 시선을 교환하고 피아노 앞에 앉은 엘리자베타는 건반에 손을 얹었다.

잠시간 정적.

크게 숨을 들이쉰 그녀가 벼락과 같이 건반을 때렸다.

미카엘 블레하츠의 F장조 소나타.

시작부터 쉴 새 없이 이어지는 음표들이 폭죽처럼 터져 나온다.

왼손과 오른손이 번갈아 각기 다른 화음을 노래하니 마치 여러 개의 폭죽이 터지는 듯했다.

뭉개지는 음 하나 없이 완벽히.

파티를 연다.

모든 참가자가 '미카엘 블레하츠가 현역 때 연주하려고 만들었다'고 말한 신곡 '생일'은 엘리자베타에 의해 생명을 부여받아 그 힘차고 쾌활함을 뽐냈다.

'이 짧은 시간에 이만큼이나.'

심사 위원장 질 루앙은 엘리자베타의 연주에 진심으로 감탄했다.

그 역시 뛰어난 음악가였으나 미카엘 블레하츠의 신곡은 대회 룰 변경을 재고해야 할 정도로 난해했다.

갈수록 향상되는 참가자들의 수준을 고려, 변별력을 주기 위해 강행하기는 했지만 질 루앙과 심사 위원들은 그들이 '생일'을 제대로 연주할 거라고는 생각지 않았다.

'과연 사카모토 교수가 제자로 들일 만하군.'

그러나 그러한 예상을 뒤엎고 미스 하나 없이 연주를 이어나가는 엘리자베타의 천재성.

질 루앙은 살아 있는 전설 사카모토 료이치를 떠올리며 고개를 끄덕였다.

반대로.

'미친 거 아냐?'

심사 위원단이 감탄한 만큼 대기실에 있는 참가자들은 황당함을 감출 수 없었다.

강력한 우승 후보라고는 알고 있었지만 겨우 완주할 정도에 그쳤던 '생일'을 완벽하게 연주하는 엘리자베타에게 질려 버렸다.

재능의 차이를 절감하고 이길 수 없다고 여겼다.

'헐.'

한국대 음대 피아노과 4학년에 재학 중인 김소망사랑 역시 다르지 않았다.

18살 때 크리크 국가 예선 '칸토'에서 2등, 크리크 국제 피아노 콩쿠르 부문에서 4위를 차지한 그녀는 특기생으로 한국대 입학.

3학년 때는 함께하는 것만으로도 절반의 성공을 보장한다는 샛별 엔터테인먼트와 계약한 재능 있는 피아니스트였다.

주변은 물론 김소망사랑 본인도 이번 퀸 엘리자베스 콩쿠르에서의 호성적을 기대했고.

그것은 당연한 일처럼 여겨졌다.

그러나.

'또라이 수준이잖아?'

바로 앞 차례의 연주에 어처구니가 없어 웃을 뿐이었다.

'뭔데? 약 했나?'

그럴 리가 없는 도핑을 의심해 볼 정도로 엘리자베타의 '생일'은 설명할 수 없었다.

'생일' 이후 이어진 곡은 차이코프스키 피아노 소나타 C샤프 단조.

첫 곡과 전혀 다른 우울하고 심후한 멜로디가 회장을 잠식해 나갔다.

'속주만 잘하는 게 아니었어?'

완벽한 강약 조절.

음을 깊이 있게 전달하여 작고 정적인 멜로디를 효과적으로 감상하게 하는 엘리자베타의 연주에 김소망사랑은 다시 한 번 감탄했다.

그리고 이어지는 세 번째 곡.

하이든 피아노 소나타 38번, F장조로 이어지는 구성은 과감했다.

'다 다른 분위기잖아.'

전혀 다른 풍의 세 곡을 연달아 연주한다는 건 엘리자베타가 본인의 표현력에 자신이 있다는 말이었다.

발랄한 첫 곡과 우울한 두 번째 곡 그리고 우아한 세 번째 곡까지 어느 연주 하나 묻히지 않을 거라는 자신감.

스스로에 대한 믿음.

엘리자베타는 연주로써 그것을 증명하고 있었다.

'세상에.'

선명히 퍼지는 음표들이 잘 관리된 정원의 꽃처럼 아름다웠다.

저마다의 얼굴을 내밀고 각기 아름다움을 뽐내면서도 함께 보았을 때 더욱 아름다운 화원.

'멋있다.'

김소망사랑이 보기에도 건반이란 이름의 꽃을 가꾸는 엘리자베타는 근사했다.

엄격하게 쳐내 잔가지 하나 없는 심플한 연주.

정돈된 아름다움이 무엇인지 말해주는 듯했다.

'어……. 그래. 일단 재는 제쳐두고. 최지훈이랑 케베리히까지 생각하면 4등은 할 수 있겠지? 그래. 4등이라도 하자. 그게 어디야.'

일찌감치 포기하자 마음이 편해진 김소망사랑은 엘리자베타 툭타미셰바가 자랑하는 화원을 감상했다.

눈을 감으니 만 송이의 분홍 장미가 펼쳐졌다.

순수한 이슬을 머금은 꽃잎들이 셋잇단음에 따라 살랑이며 교태를 부린다.

'좋다.'

2악장을 넘어서 3악장.

고운 꽃잎에 이끌리던 김소망사랑은 어느새 시작된 카덴차에 깜짝 놀란다.

우아함에 속아 가시에 찔린 듯.

장식음 하나 없이 이어졌던 절제미 뒤에 이어지는 엘리자베타의 카덴차는 마치 숨겨왔던 본 모습을 드러낸 듯했다.

아름다운 잎과 날카로운 가시.

엘리자베타의 연주가 끝나자.

김소망사랑은 자신도 모르게 손뼉을 쳤다.

♪

'잰 또 뭐야.'

세 번째 차례의 카 잔은 엘리자베타의 연주를 듣고 박수를 보내는 동양인을 보고 눈썹을 찡그렸다.

말도 안 되는 완성도를 보여준 엘리자베타의 연주에 질려 있던 그로서는 결코 이해할 수 없는 행동이었다.

넘어서야 하는 경쟁자.

그런 이에게 손뼉을 치는 행위가 멍청해 보였다.

무대 위의 엘리자베타도 황당한지 잠깐 고개를 돌려 김소망사랑을 보는 걸 확인할 수 있었다.

'난 저렇게 굴복하지 않아.'

카 잔은 팔짱을 끼고 무대에 오르는 김소망사랑을 보았다.

그녀는 두 손을 포개 무릎 사이에 두고 꾸부정하게 앉았다.

고개를 몇 번 끄덕이더니 고개를 들며 동시에 어깨와 허리를 폈고 양손을 턱 높이까지 들었다.

'뭔 자세가 저래?'

카 잔의 미간에 주름이 짙어졌을 때.

김소망사랑이 슈만의 피아노 소나타 3번, F단조를 연주하기 시작했다.

묵직하게 울리는 상처.

장엄하게 울리는 사랑의 시작.

빗속에서 피어나는 애틋한 감정처럼 우울한 반주 위에 아름다운 멜로디가 이어진다.

원곡보다 조금 더 빨리 연주하면서도 감정을 충실히 표현하는 김소망사랑.

그녀를 별 볼 일 없는 참가자로 여겼던 카 잔은 갑작스레 가슴에 파고든 슬픔에 당황했다.

'뭐야.'

원곡에 큰 변화를 두지 않고.

단지 표현력만으로 이렇게 짙은 감성을 낼 수 있는 게 믿어지지 않았다.

♪

세미 파이널 1차전 첫 심사를 마친 심사 위원들은 그들이 참가자들의 실력을 과소평가했음을 인정했다.

8명 중에서 가장 높은 점수를 획득한 사람은 엘리자베타 툭타미셰바였지만 참가자 모두 훌륭한 연주를 해냈다.

퀸 엘리자베스 콩쿠르를 사랑하는 그들로서는 더없이 만족스러웠다.

"최와 케베리히, 툭타미셰바만 뛰어난 줄 알았는데. 다들 대단한 것 같습니다."

"그러게요. 전 무엇보다 콩쿠르를 대하는 자세가 보기 좋았습니다."

"툭타미셰바의 연주가 끝나고 박수를 보내던 킴도 그렇고. 킴의 연주를 들은 카 잔도 손뼉을 쳤죠."

"하하하. 이번 콩쿠르의 문화라도 될 것 같습니다. 모든 참가자가 본인 앞의 연주자에게 경의를 표했으니 말이죠."

심사 위원들의 말에 질 루앙도 내심 고개를 끄덕였다.

경쟁 관계지만 음악을 사랑하는 사람으로서 훌륭한 연주에 경의를 표하는 어린 피아니스트들의 자세는 심사 위원단에게 깊은 인상을 남겨주었다.

질 루앙은 이를 격식 있고 품위 있는 퀸 엘리자베스 국제 콩쿠르의 좋은 일화라 여기며, '로열로드'의 제작진과 기자들에게 이와 같은 사실을 전달하기로 마음먹었다.

한편.

늦은 밤까지 연습을 이어가던 최지훈이 침대에 몸을 던졌다.

"으아어아으."

고개를 파묻은 채 신음한 최지훈은 시체처럼 엎드려 있다가 몸을 뒤집었다.

이제 익숙해진 호텔 천장에 그려진 무늬를 보는 것도 지쳐 입을 열었다.

"스피커 모드로 도빈이한테 전화해 줘."

몇 번의 발신음 뒤에 배도빈의 목소리가 들렸다.

-어.

"뭐 해애애?"

-숨어 있어.

"어?"

늘어지던 최지훈의 목소리가 놀라 원래대로 돌아왔다.

-바빠 죽겠는데 찰스가 4월에 주기로 한 휴가 왜 안 주냐고 자꾸 칭얼대서.

"지금 5월이잖아."

-어쩌다 보니 그렇게 됐어. 아직 핸드폰 제출 안 했나 보네.

"응. 파이널리스트 정해지면 내게 될 거야."

-그렇구만. 세미 파이널은 언제야? 내일?

"응. 맞아."

-전화한 거 보니 여유롭나 보네.

"그렇지도 않아. 미발표곡이 좀 난해해. 어떻게든 손에 익히긴 했는데 좀 답답해서 전화했지."

-평소대로 해. 더 하려고 하지 말고. 그럼 떨어질 리 없으니까.

"평소대로 하면 한 달은 걸릴 텐데?"

배도빈은 최지훈의 말에 답하는 대신 말을 돌렸다.

-손가락은?

"손가락? 왜?"

최지훈이 두 손을 위로 뻗었다.

가늘고 긴 손가락에 작은 통증이 계속되었다.

-모르는 척하지 마. 누굴 속이려고.

"히힛. 괜찮아. 콩쿠르 뒤에 제대로 치료받을 거니까."

-망가뜨리지 마.

"응."

그 순간 전화기 너머가 요란해졌다.

-쾅쾅쾅! 배도빈! 쾅쾅쾅! 배도빈! 쾅쾅쾅! 여기 있는 거 내가 모를 줄 알아!

문을 두드리는 소리가 마치 옆에서 들리는 듯이 커 최지훈은 찰스 브라움이 얼마나 고통스러운지 알 수 있었다.

-아……. 미치겠네. 끊는다.

"응. 잘 자."

통화를 마친 최지훈은 대 자로 누워 생각했다.

'그러고 보니 다들 힘들어하던데. 찰스 브라움 씨도 저 정도면 얼마나 고생하는 걸까? 베를린 필하모닉 들어가는 게 맞나?'

"으으으음."

고민을 이어가던 최지훈이 자신의 두 뺨을 치곤 일어섰다.

"일단은 연습부터."

그는 평소대로 '생일'을 흥얼거리며 피아노 앞에 앉아 자주 틀리는 부분부터 반복해 연주하기 시작했다.

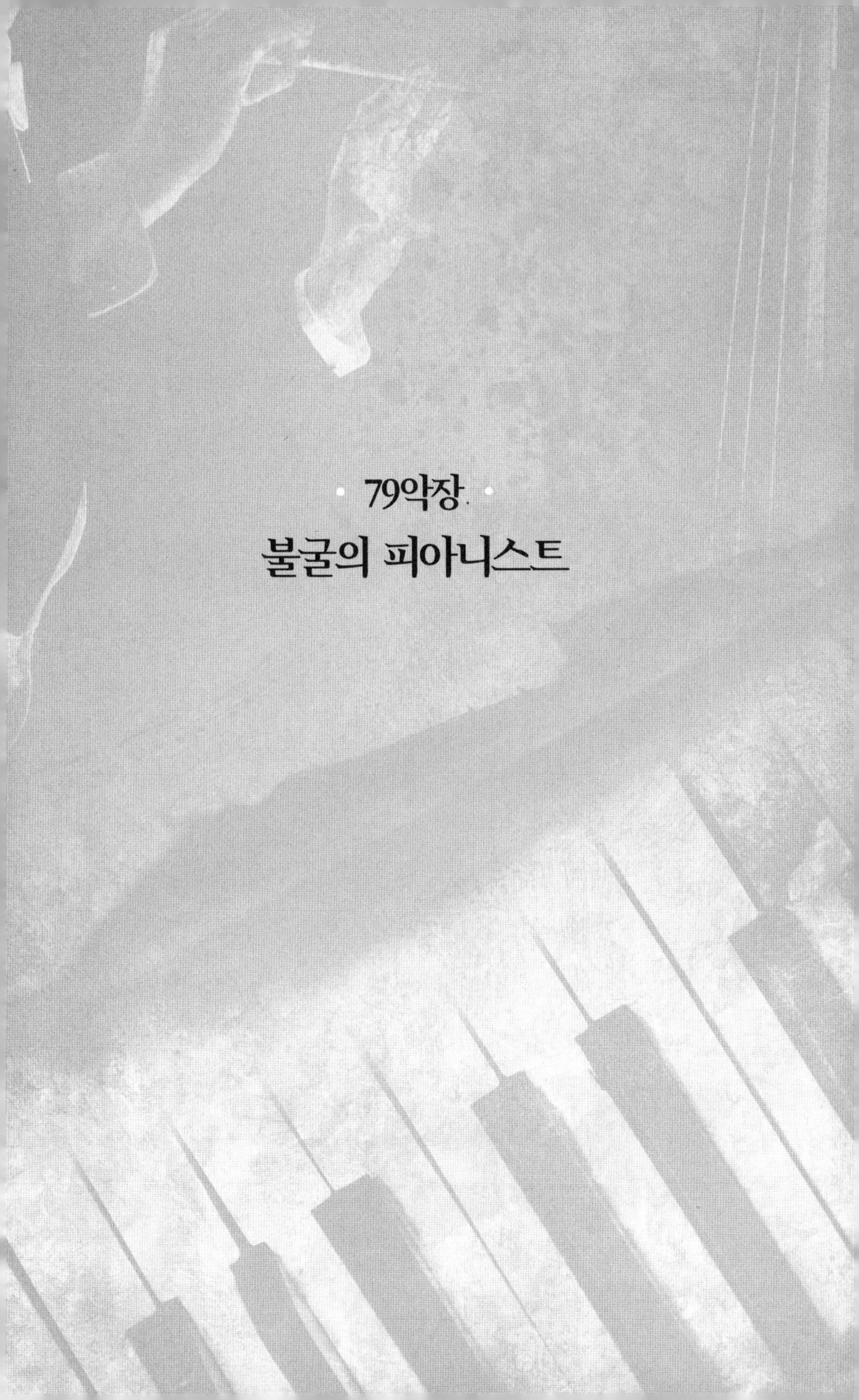

79악장

불굴의 피아니스트

퀸 엘리자베스 국제 콩쿠르 세미파이널 1차전, 두 번째 날.

참가자들이 앞서 불가능한 일로 생각했던 미카엘 블레하츠의 신곡을 훌륭히 소화하였기에 오늘 있을 연주에 대한 기대감이 고조되었다.

특히나 강력한 우승 후보인 최지훈과 니나 케베리히가 출전하는 날인 만큼, 심사 위원단은 격조 높은 퀸 엘리자베스 콩쿠르의 품위에 걸맞은 날이 될 것으로 예상했고.

그 바람은 정확히 들어맞았다.

첫 번째 주자로 나선 최지훈의 첫 곡은 쇼팽의 녹턴. 그중에서도 20번, C샤프 단조였다.

너무나 대중적인 곡이지만.

그렇기에 특별하게 들리기 힘든 곡이 마치 처음 듣는 곡처럼 질 루앙의 영혼을 긁어댔다.

'믿을 수가 없군.'

질 루앙은 그간 최지훈에게 향했던 평단의 말들을 믿을 수 없었다.

'다들 귀가 먹기라도 했단 말인가.'

읊조리듯 풀어내는 루바토.

완벽한 강약 조절로 더욱 애절해지는 악상.

수많은 쇼팽을 들었지만 가장 쇼팽다운 연주를 하는 피아니스트가 누군지는 너무도 명확한 일이었다.

조성이 바뀌어 다시금 이야기가 반복된다.

연인의 살결을 느끼듯 섬세한 터치.

심사 위원단이 참가자 최지훈의 팬이 되기까지 필요한 시간은 단 4분이었다.

♪

40분간 연주를 이어가려면 손가락을 보호하기 위해서라도 격렬한 곡을 자제해야 한다.

그래서 쇼팽의 곡을 준비해 왔는데 아무래도 큰일 난 것 같다.

'어쩌지?'

어떻게든 첫 번째 곡은 완주했지만 손가락에 찾아온 갑작스러운 통증과 떨림.

이 상태로 건반을 제대로 누를 순 없을 것 같다.

아직 36분이나 남았는데.

집사님의 말씀이 떠오른다.

'꼭 이번 대회에 출전하셔야 합니까? 도련님께선 아직 어리십니다. 기회는 많이 남아 있고 기량은 더 발전하실 테죠. 미래를 위해 치료를 우선해야 합니다.'

정말 옳은 말뿐이라 고집을 부렸을 뿐이지만.

막상 이곳에서 2주를 보내니 쉽게 포기할 수 없었다.

니나 누나나 툭타미셰바 씨.

그리고 다른 참가자 모두 훌륭해서 이 같은 사람들과 함께할 기회를 놓치고 싶진 않았다.

카 잔이란 사람의 독특한 싱코페이션 활용은 무척 인상 깊었고 샛별 엔터테인먼트의 김소망사랑 씨는 정말 유쾌하고 다정해서 부럽기도 했다.

집사님의 말이 백번 맞지만.

그걸 알면서도 욕심을 부리고 싶을 정도로 말이다.

'아.'

생각이 너무 길었다.

오른손 손가락 때문에 섬세한 터치는 어려운 상황. 그렇다고 한심한 연주를 하고 싶진 않다.

원래 녹턴을 이어가려 했지만.

'……할 수 있어.'

고민할수록 망설임만 나올 뿐.

건반을 눌렀다.

쇼팽 발라드 1번, G단조.

그라데이션처럼 번지는 슬픔의 색.

조용히. 과하지 않게.

피아노가 입을 옷을 물들인다.

천천히. 조심스럽게.

욱신거리는 손가락이 떨리지 않도록 최대한 집중한다.

'평소대로 해.'

도빈이가 어제 해줬던 말처럼.

수백 번 연주했던 만큼 손이 기억하고 있다.

이제 카덴차.

페달을 밟으며.

손가락에는 힘을 빼고 손목과 팔꿈치에 힘을 준다.

'아파!'

하지만 소리는 제대로 내고 있어.

옷을 입기 시작한 피아노가 손가락을 밀어낸다.

아픈 옷은 입기 싫다는 그녀를 어떻게 달랠까.

고통을 숨기는 방법 외에 있을 리 없다.

팔의 움직임을 더 크게 주고 타건에 무게를 싣는다. 과감하게 나서 검게 염색한 옷을 입히고 조이고 찢어낸다.

'예쁘게.'

쇼팽의 발라드를 입혀 가장 아름다운 피아노로.

세심한 조절이 안 되는 것은 과감한 타건과 페달로 커버한다.

'미안.'

오늘은 조금 다를 거야.

트릴로 귀걸이를 달고.

트레몰로로 목걸이를 달아준다.

금빛 액세서리로 이목을 집중시키고 치맛단은 과감히 찢어낸다.

사선으로 잘라낸 롱드레스.

페달을 밟아 아래에 주름을 주고 아르페지오.

오른쪽 어깨를 잘라낸다.

평소와 다른 옷에 피아노가 당황한다.

수백 번의 연주에서 항상 우아했던 순백의 웨딩드레스가 검게 물들고 한쪽 치맛단이 무릎까지 올라온다.

같은 쪽 어깨를 잘라내 금줄로 연결되니 이래도 되는 거냐고 묻는다.

통증으로 떨리는 손가락을 감추기 위해 어쩔 수 없이 시작한 일이지만.

조금씩 그간 보지 못했던 모습으로 완성되어가는 피아노와 쇼팽 발라드의 만남에.

조금 두근거린다.

'이런 면도 있었구나.'

왜 몰랐을까.

아니, 그런 생각을 할 시간에 좀 더 보고 싶다. 알고 싶다.

사랑하는 피아노.

사랑하는 쇼팽.

손가락의 통증 따위 조금도 중요하지 않았다.

♪

'이게 최지훈이라고?'

심사 위원단은 첫 번째 곡에서 최지훈의 완벽한 세공에 감탄했었다.

그러나 두 번째 이어지는 쇼팽의 발라드에서 최지훈은 과감했고 그의 피아노는 고혹적이었으며 그로 인해 들리는 쇼팽은 퇴폐적이었다.

다소 정제되지 않은 연주였지만 곡을 크게 훼손시키지 않은 선에서 변주된 곡은 그 어떤 연주보다 뜨거웠다.

왼손 아르페지오와 종막의 코다.

쇼팽의 1번 발라드에서 가장 중요한 부분은 믿을 수 없는 완성도를 보여주었다.

추락하듯 하강하는 스케일은 비대칭으로 잘린 치맛단과 같았고 그 끝은 바닥에 닿아 있었다.

그리고 이어지는 마지막 마디.

그전까지 페달을 적극적으로 활용했던 최지훈은 발을 떼고 매우 신중하게 상체와 어깨와 팔꿈치, 손목 그리고 손가락을 움직였다.

인간이 할 수 있는 조절인가.

질 루앙과 심사 위원단은 이 연주를 퀸 엘리자베스 콩쿠르의 운영위원과 참가자만이 들을 수 있다는 사실이 불합리하다고 느꼈다.

땀을 뚝뚝 떨어뜨리는 최지훈이 '생일'을 포함해 남은 시간을 마치자.

그들은 그들도 모르게 마주치려는, 그래서 소리를 내려는 두 손을 억지로 내려야 했다.

한편.

최지훈의 연주를 들은 니나 케베리히는 주먹을 꽉 쥐었다.

가슴을 울리는 연주에 감탄하면서도 그것이 무엇을 의미하는지 눈치챘기 때문이었다.

'손가락이 안 좋았어.'

평소 그의 연주와는 전혀 달랐다.

다소 폭력적이고 야성적인 연주는 상처를 감추기 위한 수단.

니나 케베리히는 침을 삼켰다.

그는 이런 무대에서도 스스로 후회 없는 연주를 하기 위해 최선을 다했다.

그간 그녀가 생각했던 최지훈이 아니었다.

니나 케베리히는 재밌는 대결이 될 거라는 생각을 버렸다.

피아니스트 최지훈을 충분히 잘 알고 있다고 생각한 본인의 안일함을 탓했다.

이런 남자를 즐기며 이길 수 있을 리 없었다.

자신의 한계를 인지하면서도 주어진 상황에서 최고의 연주를 해내는 피아니스트를 가벼운 마음으로 상대할 순 없었다.

-안내 말씀 드립니다. 참가번호 56번 니나 케베리히 양, 무대 뒤에서 대기해 주시길 바랍니다. 다시 한번 안내 말씀 드립니다. 참가번호 56번 니나 케베리히 양, 잠시 후 심사가 진행될 예정이니 무대 뒤에서 대기해 주시길 바랍니다.

대기실에 안내 방송이 나왔다.

수많은 연주회 사이에 휴가를 받았다고 생각했던 그녀는 다시 무대로 복귀했다.

수백 명의 관중을 앞에 둔 마음으로 팬들에게 최고의 연주를 들려주겠다는 각오를 다지고.

그 앞에 놓인 피아니스트의 연주가 끝나기만을 기다렸다.

♪

조금 이상하다.

'왜?'

어느 순간 통증을 잊긴 했지만 몰입해서 그런 것일 뿐.

연주를 끝내면 분명 망가지겠구나 싶었는데.

조금 시릴 뿐 크게 아프지 않다.

'너무 아파서 그런가?'

말도 안 돼.

물리 치료 방법에 충격을 활용하는 것도 있다더니, 그런 건가 싶다가도 이 역시 말도 안 된다 싶어 고개를 저었다.

'좋긴 한데.'

영문을 모르겠다.

그렇게 고민을 이어나가며 객석에서 연주를 듣고 있자니 어느덧 니나 누나 차례가 되었다.

'어떤 연주를 들려줄까?'

세미파이널에 오른 만큼 지금부터는 본래 실력을 보여줄 것 같은데, 콘서트에 직접 찾은 지도 꽤 되어 궁금하다.

프로그램 구성을 어떻게 했을지도 궁금하고, 오늘은 어떤 콘셉트로 놀지도 궁금하다.

무대 위에서의 누나는 정말 춤추는 것 같으니까.

피아노 앞에 앉았다.

자세를 곧게 하고 피아니스트 니나 케베리히가 연주를 시작한 순간.

손이 날았다.

머리 위에 머리 하나 더 높이로 날아오른 손이 내려왔다가 다시 한번 뛰어오른다.

그러면서도.

건반은 물결처럼 아름답게 무대를 채워나갔다.

베토벤 피아노 소나타 27번.

손을 과하게 들어 잔뜩 늘어진 템포가 어느새 자리를 잡아나가기 시작한다.

나라면 절대 하지 않은 연주.

도빈이도 하지 않을 연주.

그 어떤 사람도 이 곡을 저렇게 연주하진 않을 거다.

하지만 베토벤 특유의 끊기는 듯한 도입부가 좀 더 부드럽게 이어지고 있다.

그리고 마침내 전개부.

화음들이 반복적으로 나서고.

그 뒤에는 하나의 음만이 아름답게 물결을 이루고 다시금 빠르게 이어지는 고뇌의 연속.

빨라질수록 가슴이 가빠진다.

비슷해 보이지만 조금씩 하강하는 이미지는 고뇌를 이겨내려는 사람과 그럼에도 반복되는 고통에 조금씩 지쳐가는 과정을 보여주는 것 같다.

역시 악성이고.

역시 니나 누나다.

빠르지만 결코 하나의 음조차 허투루 다루지 않는다.

음과 음 사이의 공백을 최대한 활용하면서 강조하고 싶은 부분을 명확히 짚고 나간다.

벼락같은 타건.

견고한 템포.

평론가들은 니나 누나를 정확히 파악하고 있다.

'대단해.'

정말 대단해.

도빈이가 왜 자기를 위해 만들어진 샛별 엔터테인먼트에 니나 누나를 붙였는지 알 것 같다.

이렇게나 멋진 연주를 하는 사람이라면 누구라도 함께하고 싶을 거다.

지금 나처럼.

'누나도 진지하게 생각하고 있었구나.'

다행이다.

♪

2024년 5월 17일 오후 7시.

전날 두 파트의 세미 파이널을 모두 치른 참가자들이 플레이스 플레지에(Place Flagey)를 찾았다.

회색 타일 바닥을 터로 둔 건물은 같은 색의 현관과 옅은 갈색의 외벽, 창문으로 이루어져 있었고.

밝게 비치는 현관과 달리 건물 왼쪽에 솟은 탑은 주홍빛 조명을 창밖으로 내고 있었다.

오래된 건물 뒤의 작은 호수가 운치를 더했다.

그곳에 모인 사람들은 저마다 다른 이유로 같은 꿈을 꾸고 있었다.

퀸 엘리자베스 국제 콩쿠르 우승.

가장 권위 있는 3개 콩쿠르는 상위 입상과 동시에 거대 매니지먼트와의 계약, 오케스트라와의 협연 그리고 세계 무대를 약속했다.

어렸을 적부터 수많은 경쟁 속에서 자신을 갈고닦은 이들에게는 메이저로 오르는 마지막 관문이었기에 간절함이 남다를 수밖에 없었다.

최지훈은 그들의 마음을 누구보다도 잘 알고 있었다.

지금 피아니스트의 꿈을 꾸는 사람은 얼마나 많을까.

그중에서 실제로 연습을 하는 사람은 몇이나 될까.

수만? 수십만?

정확한 숫자는 알 수 없지만 적어도 퀸 엘리자베스 국제 콩쿠르 세미 파이널에 진출할 정도라면.

삶의 대부분을 피아노와 함께했고.

동시에 그 과정에서 숱한 경쟁자를 만나왔을 터.

하지만 뼈를 깎는 노력과 뛰어난 재능을 지닌 사람 중에서도 막상 프로로 데뷔해 사랑받는 사람은?

최지훈은 고개를 저었다.

어렸을 적부터 콩쿠르에서 상위 입상을 해오던 사람도 대부분 잊혔다.

바늘구멍과도 같은 기회를 얻고 그중에서도 성공하는 사람은 만 명 중 한 사람.

현실이 그러했기에 최지훈은 어렸을 적부터 홍승일의 말을 귀담아들었다.

그에게는 당연하게 주어진 강력한 배경, 방송 출연 기회 그리고 무대가 수천, 수만 명이 아무리 노력해도 얻을 수 없는 것임을 알았기에.

최지훈은 자신을 더욱 갈고 닦았다.

더 진지할 수밖에 없었다.

동등한 입장에서 동등한 기준으로 평가받아 스스로 올라서고 싶었다.

피아노를 사랑하니까.

편법은 쓰고 싶지 않았다.

그 진실된 마음에 흠을 남기고 싶지 않았다.

그런 만큼 본인을 향한 질투의 목소리도 이해할 수 있었다.

간절한 만큼 예민해질 수밖에 없다고 생각했고 그럴수록 실력을 쌓아야 한다고 생각했다.

그러지 않으면 어머니의 얼굴을 보지 못할 것 같았다.

형제와 만날 수 없을 것 같았다.

아버지의 재력과 권력으로 유명해졌다면 최지훈은 부끄러워 배도빈과 말조차 나눌 수 없을 것 같았고 하늘에서 지켜보고 계실 어머니를 올려다볼 수 없을 것 같았다.

그 마음이 그를 강하게 했다.

어머니와 형제와 피아노를 사랑하는 마음이 지극해서 그는 강해질 수 있었다.

긴장되는 순간.

무대 위에 서 있는 심사 위원단 사이로 질 루앙이 걸어 나왔다.

"존경하는 폐하, 신사 숙녀 여러분. 오늘, 파이널 라운드에 진출할 12명의 피아니스트가 정해졌습니다."

객석에 자리한 참가자들은 저마다의 방식으로 발표를 기다렸다.

"세미 파이널에서의 연주 순서에 따라 호명하겠습니다. 엘리자베타 툭타미셰바."

의례적인 박수.

"김소망사랑."

비명.

"카 잔."

포효.

"……최지훈."

다시 의례적인 박수.

"니나 케베리히, 티에리 준, 로베르토 포르니, 엘자 세라피뇨, 웡 리. 마지막으로 타나카 유미."

진출자가 호명될 때마다 탄식도 이어졌다.

손바닥으로 눈을 가린 채 흐느끼는 이와 자리를 박차고 나서는 자.

지독한 상실감에 한숨만 내쉬는 사람까지.

최지훈은 콩쿠르의 필요성을 인지하면서도 차등을 둘 수밖에 없는 현실이 안타까웠다.

배도빈이 왜 콩쿠르를 부정하는지 알 것 같았다.

단지 훌륭한 음악가와 같은 무대에서 서로의 음악을 뽐내는 데 의의를 두는 건 아마 경쟁자를 존중하기 때문일 터.

최지훈이 생각하기에도 탈락한 이들의 피아노와 그 삶을 평가하기에는 퀸 엘리자베스 콩쿠르의 기준이 턱없이 부족해 보였다.

♪

퀸 엘리자베스 콩쿠르의 파이널리스트들이 앞으로의 대회 진행 방식을 안내받기 위해 한자리에 모였다.

12명의 피아니스트 모두 일단의 상황에 기뻐하고 있었다.

엘리자베타 툭타미셰바는 일본에서 활동할 때 안면을 튼 타나카 유미와 가끔 말을 주고받았고.

최지훈과 니나 케베리히는 옥신각신하고 있었다.

"이틀 만에 어떻게 낫는다고? 정말 앞으로 피아노 못 치고 싶어서 그래?"

"그럴 리가 없잖아. 아직 욱신대긴 해도 괜찮아."

"거짓말하지 마!"

"정말 괜찮다니까?"

"봐!"

니나 케베리히가 최지훈의 오른손을 낚아채 힘을 주자 그가 비명을 질렀다.

"아!"

"봐! 뭐가 괜찮다는 건데!"

"그렇게 세게 쥐는데 당연히 아프지!"

그들의 대화에 참가자들의 이목이 쏠렸다.

음악을 하는 사람에게 영어는 기본.

독일에서 공부한 이도 많기에 많은 이가 두 사람의 말을 이해할 수 있었다.

그중에서도 유심히 듣고 있던 김소망사랑이 슬쩍 입을 열었다.

"저……."

그러나 막상 최지훈과 니나가 고개를 돌리자 헛기침이 나왔는데.

그녀가 샛별 엔터테인먼트 소속이라는 걸 아는 최지훈이 친절하게 물었다.

"무슨 일이세요?"

"아, 그게. 음. ……엿들어 버렸는데 손 많이 안 좋아요?"

최지훈은 김소망사랑의 말에 눈을 몇 번 깜빡였다.

'보통 의도치 않게 들었다고 하지 않나?'

조금 별난 사람으로 여기며 답했다.

"아, 네. 세미 파이널까진 안 좋았는데 지금은 많이 좋아졌어요."

"……아."

김소망사랑이 입을 벌리고 상체를 뒤로 뺐다. 그 표정이 이상한 거라도 본 것 같았다.

"왜 그러세요?"

"아픈 상태로 그런 연주를 했다고 생각하니까 뭐랄까. 좀 괴물 같아서요. 아, 대단하단 뜻으로요."

"……."

그녀의 말에 최지훈이 멍하니 있다가 웃기 시작했다.

"아학핳학학."

뒤에서 수군대는 말은 많이 들었지만 이렇게 대놓고 말하는 사람은 처음이라 묘하게 신선했다.

"뭐야? 얘가 뭐랬는데?"

한편 니나 케베리히는 심각한 이야기를 나누던 최지훈이 갑자기 끼어든 옆 사람의 말을 듣곤 웃으니 일단 화를 죽였다.

"아픈 데도 그런 연주를 해서 괴물 같대."

그 말을 들은 니나가 고개를 빼 김소망사랑을 보고 인상을 썼다.

"너 29호기지?"

"29호기?"

"까불지 마."

"아냐. 누나. 나 기분 안 나빠."

"시비 거는 거 아니었어?"

"응. 그냥 좀 재밌는 분 같아."

겨우 진정한 최지훈이 니나와 김소망사랑 사이를 중재했다.

"그러지 마, 누나. 나쁜 의도가 있었으면 이렇게 앞에서 말하지 않았겠지."

"그럼 왜 그런 말을 해?"

니나가 취조하듯 물었다.

"아니, 뭐. 괴물 같으니까 괴물 같다 하죠. 당신도 마찬가지고. 여기 있는 사람한테 다 물어봐요. 당신이나 이쪽이나 저기 저 금발이랑 다 괴물이지."

"하?"

관심 없는 척하고 있던 엘리자베타 툭타미셰바가 어이없다는 듯 성을 냈다.

그러곤 최지훈과 눈이 마주치자 콧방귀를 뀌곤 고개를 돌렸다.

"너 왜 자꾸 시비야?"

"부러워서 그래요! 부러워서! 난 평생 그런 연주 못 할 것 같으니까!"

"그런 생각이면 연습은 왜 해!"

"……그러네?"

최지훈은 아무래도 친해질 수 없을 것 같은 두 사람을 억지로 떼놓았고 곧 심사 위원장 질 루앙이 파이널리스트 대기실로 들어왔다.

다소 어수선했던 분위기가 겨우 진정되었다.

"모두 진심으로 축하드립니다."

질 루앙은 가벼운 박수와 함께 축하와 인사를 건넸다.

"파이널 라운드는 8일 후 5월 25일부터 30일까지 6일간 이어집니다. 알고 계신 대로 여러분은 그동안 제약을 받게 되십니다."

차분하게 이어지는 설명 뒤에 '나중에 더 자세히 설명하겠습니다'라는 말이 덧붙었다.

"내일 18일부터 여러분은 연주 순서에 따라 하루 두 명씩 퀸 엘리자베스 뮤직 채플로 이동하게 됩니다. 순서는 투표로 정해질 예정입니다."

파이널리스트들은 질 루앙의 말에 고개를 끄덕였다.

그는 영어에 익숙하지 않은 사람도 이해할 수 있도록 충분히 정확하고 적당한 속도로 말을 이었다.

"이동 시간은 매일 오전 11시로 입장 1시간 전에 미팅을 가집니다. 자세한 사항은 그때 다시 설명 들으실 수 있습니다. 여기까지의 설명 중 의문 사항 있으십니까?"

카 잔이 손을 들었다.

"네."

"파이널 라운드에서 연주할 악보는 입장 후 바로 주어집니까?"

"그렇습니다."

질 루앙이 파이널리스트들을 둘러보았다. 그러나 손을 들거나 말하는 사람이 없어 안내를 이어나갔다.

"그러면 채플 안에서 만나게 될 분들을 소개하겠습니다."

질 루앙이 신호를 보내자 중년 남성이 미팅룸으로 들어섰다.

"우선 여러분의 생활을 도와드릴 마크 피레스 관리장입니다."

깔끔한 정장 차림의 중년은 부드러운 미소로 파이널리스트들과 눈인사를 나누었다.

"생활 중 필요하신 물건과 불편하신 점은 모두 마크 피레스 관리장께서 해결해 주실 예정입니다."

김소망사랑이 마크 피레스와 질 루앙을 번갈아 보았다.

"파이널 라운드의 모든 문제 사항은 마크 피레스 관리장께 문의하시길 바랍니다. 리허설 역시 이분을 통해 안내받으실 수 있고, 통역이 필요하다면 이 역시 요청해 주시기 바랍니다. 아울러 여러분께 가장 중요한 미발표 피아노 협주곡의 악보도 관리장께서 전달해 주실 겁니다."

"반갑습니다."

파이널리스트들이 손뼉을 쳐 진심으로 그를 환영했다.

관리장이 모든 참가자와 악수를 나누자 질 루앙이 다시 한 번 신호를 보냈다.

잠시 뒤 한 노인이 미팅룸으로 들어섰다.

그 순간 젊은 피아니스트들은 눈을 빛냈다.

"다음은 여러분과 함께하실 브뤼셀 필하모닉의 마에스트로 디디에 파예 지휘자를 소개해 드리겠습니다."

원형 탈모가 온 지긋한 노인.

결승전에서 협주곡을 지휘할 사람이었기에 질 루앙의 소개가 이어지는 가운데, 참가자들은 적극적으로 시선을 교환했다.

질 루앙의 멘트가 마무리되자 디디에 파예가 점잖게 인사했다.

"반갑습니다."

벨기에의 고상한 지휘자를 만나.

파이널리스트들은 그들이 진정 퀸 엘리자베스 국제 콩쿠르의 결승전에 진출했음을 새삼 실감할 수 있었다.

♪

"네, 아버지. 저는 마지막에 들어가요. 집사님도 지금 아버지랑 같이 듣고 계세요."

최지훈은 숙소로 돌아오자마자 아버지 최우철에게 전화를 걸었다.

"그러니까요. 2주 내내 꼼짝없이 잡혀 있으면 어쩌나 싶었는데 일주일 정도만 참으면 될 것 같아요. 호텔이요? 음……. 지낼 만해요."

작년 잘츠부르크에서의 방음이 전혀 안 되는 방보다는 훨씬 나았다.

그렇다고 흡족스러운 장소는 아니었는데, 하루 숙박비 167만 원에 해당하는 스위트룸이라는 사실을 모르는 최지훈으로서는 단순한 호텔일 뿐이었다.

"아버지도 참. 저 그런 말 신경 안 쓰는 거 아시잖아요. 괜찮아요. 이제 그런 말 안 들릴 거라고요? 그걸 어떻게 아세요?"

전화를 하고 있던 최지훈이 집사와 눈을 마주했고.

집사가 고개를 젓다 조금 화난 목소리로 추궁했다.

"막 협박하고 그러시면 안 돼요? 아니에요? 그럼 됐어요. 아, 시간이 남아서 병원에 좀 가보려 해요. 네. 아직 욱신거리긴 해도 통증은 많이 가라앉았어요. 걱정 마세요. 집사님 계시잖아요. 네. 네. 아버지도 안녕히 주무세요. 사랑해요."

통화를 마친 최지훈이 배도빈에게 전화를 걸었다.

-보도 자료 봤어.

"응! 축하해 줘!"

-결승전 오른 거로 축하받을 입장은 아니잖아. 손가락은 어때?

"아직 욱신대긴 해도 많이 좋아졌어."

-다행이네.

"뭐 하고 있었어?"

-……찰스랑 약속한 거 때문에 자료 정리 좀 하고 있었어.

"약속?"

-베를린 필하모닉 일을 못 줄일 거면 대학 강의라도 줄여달라 해서. 나 거기 휴학생인데 강사로 가도 되는지 모르겠다.

"헐! 대학생 가르치는 거야?"

-웃고 떠드는 밴드 자리 잡을 때까지만 맡기로 했어. 말도 안 되는 일이라고 했는데 베를린 대학에서 수락해 버리는 바람에 난감하게 됐지.

"와, 나 교수 친구 처음이야!"

-……좋아 보이네.

"그럼! 아, 나도 강의 들어보고 싶다. 교수님! 질문 있어요! 수업은 언제 시작해요?"

-웃기지 마. 오려고 했단 봐.

"싫은데~"

♪

"……브라움 악장 괜찮을까?"

"이미 죽은 거 같은데."

"누가 가서 건드려 봐."

정기 연주회, 웃고 떠드는 밴드와 해상 오케스트라 준비, 개인 리사이틀 그리고 베를린 대학 강의로 지난 5개월간 단 하루도 쉬지 못한 찰스 브라움은 점점 시들어갔다.

반면 베를린 필하모닉은 긍정적인 방향으로 개편되고 있었다.

배도빈 악단주의 적극적인 지원으로 10명의 경력직을 뽑은 사무국은 정상적인 업무 환경을 조성할 수 있었고.

주 3회 정기 연주회를 주 2회로 줄인 덕에 연주진이 느끼는 부담도 크게 줄었거늘.

베를린 필하모닉에서 유일하게 찰스 브라움만은 행복할 수 없었다.

"저번 달부터 좋아졌잖아. 왜 저러시지?"

"우리보다 하는 일이 많잖아. 밖에서 하시는 일도 있고."

"흐음."

베를린 필하모닉의 사무직원 기준 근무 시간은 주 40시간으로, 35시간을 기준으로 하는 다른 업계와 비교하면 충분히 길었지만.

권터 부르비츠와 빌헬름 푸르트벵글러 체제의 베를린 필하모닉과는 비교할 수 없을 정도로 쾌적했다.

"솔직히 밖에서 하시는 일 줄이는 게 맞지 않나?"

"그것도 그래."

다만 높은 보수와 강도 높은 업무라는 과도기를 거쳐 철저히 성과제가 되어버린 상황에서 탈락하는 이들도 발생했다.

카밀라 앤더슨 국장은 지난 1년간의 업무 성과를 기준으로 21명의 직원에게 6개월간의 데드 라인을 부여.

개선의 여지를 보이지 못할 경우 차등적으로 책임을 지도록 하였다.

가장 큰 징계로 해고까지 포함되어 있었기에 부담을 느끼는 것도 사실이었다.

“처음 들어오실 때부터 약속했던 일이라니까. 게다가 그런 거 생각 안 해도 브라움 악장이 가장 일 많이 했던 건 다들 알고 있잖아.”

“그것도 그렇네.”

“난 좀 다른 생각이야. 일단 살고 봐야지. 저렇게 얼마나 더 버티시겠어. 언젠가 한쪽 선택하실 날이 올 텐데 그때 베를린 필하모닉 떠나신다고 생각하면…… 좀 슬프긴 해.”

한편 단원들에게도 비슷한 기준이 적용되었다.

푸르트벵글러와 배도빈 그리고 악장단이 엄격한 기준으로 선발한 이들답게 단원들은 지난 1년간의 업무 평가에 전원 통과했고 찰스 브라움은 그중에서도 가장 압도적인 퍼포먼스를 보였다.

그가 베를린 필하모닉에서 차지하고 있는 위치를 생각하면 그의 건강 악화가 심히 우려되었다.

“브라움 악장.”

"……."

"브라움 악장."

연습실 한쪽에서 파이어버드를 꼭 껴안고 있는 찰스 브라움은 몇 번을 불러도 답이 없었다.

비단결 같은 머리카락은 갈라진 지 오래였고 백옥같던 피부는 푸석푸석해져 있었다.

자기애로 가득했던 눈빛은 썩은 동태처럼 초점을 잃어 누구든 그가 정상이 아님을 알 수 있었다.

그 이유는 바로 찰스 브라움의 삼중 생활.

악장 역할뿐만 아니라 솔로로서, 베를린 대학 음대 정교수로서도 활동하는 탓이었다.

때문에 배도빈으로서는 악단 내부에서의 일을 아무리 줄여줘도, 피곤에 절어 있는 찰스 브라움이 안타까웠고.

베를린 대학과 솔로 활동은 포기하지 않으면서 베를린 필하모닉에게만 휴가를 요구함이 서운했다.

반면 찰스 브라움의 경우에는 자신만을 바라보는 학생과 개인 연주회를 바라는 팬들을 포기할 수 없었으니.

두 사람이 합의점을 찾는 일이 수월할 리 없었다.

"악장!"

"……므어?"

"보스랑 국장이 찾아요."

"아……. 그래."

찰스 브라움이 비틀거리며 일어섰다. 연습실을 벗어나는 모습마저 위태로워, 단원들은 그를 안쓰럽게 쳐다보았다.

이내 배도빈의 집무실을 찾은 찰스 브라움은 배도빈과 카밀라 앤더슨을 만나자마자 소파에 무너지듯 앉았다.

배도빈이 그의 일정을 표시한 달력을 내놓으며 말했다.

"대체 언제까지 고집부릴 거예요?"

"고집?"

"요즘 바쁜 거 알잖아요. 개편 마무리될 때까지만 버텨달라고요."

"난 분명 4월에 휴가를 준다고 약속받았어."

찰스 브라움이 한숨을 쉬었다.

"상황이 그러지 못해서 미안하다 했잖아요. 그렇다고 제가 가만있었어요? 밴드 편곡은 스칼라랑 윤희 누나한테 넘겼고 A팀 정기 연주회에서도 제외해 줬잖아요. 안정화 될 때까지만 기다려달라고."

"이미 한계야."

"……."

"입단할 때 약속했던 일이야. 나는 베를린 필하모닉도 중요하지만 솔로도 교수로서의 입장도 포기 못 해. 그래, 네 말대로 바쁜 시기니까 서로 양보할 수도 있지. 그렇지만 내 할 일을 못 하면서까지 그러고 싶진 않아."

"그래서 기어이 2주나 쓰겠다고요?"

두 고집쟁이가 또다시 교착 상태에 빠졌다.

찰스 브라움은 지난 몇 달간 단 하루의 휴식도 없이 달려온 몸을 위해서라도 쉬어야만 했고.

배도빈은 그런 찰스 브라움이 안타까워 가능한 모든 것을 배려했음에도 악단 상황을 이해해 주지 않는 그에게 서운함을 느끼고 있었다.

배도빈은 다 죽어가는 찰스 브라움을 보다가 한숨을 내쉬었다.

'어쩔 수 없지.'

배도빈은 본인의 잠을 줄여서라도 찰스 브라움의 공백을 채워야겠다고 생각했다.

마음 같아서는 찰스 브라움이 교수 활동을 그만두길 바랐지만 그것은 그를 처음 데려올 때 서로 합의한 내용이었다.

'이럴 줄은 몰랐지만.'

배도빈 체제의 베를린 필하모닉은 2024년 4월부터 단원들에게 주 45시간의 근무를 요구했고 그 외 연습 시간은 개인의 자율에 맡기고 있었다.

화수금토일.

주 5회 근무를 하는데 다른 단원보다 훨씬 많은 일을 담당

하고 있는 찰스 브라움이라고 할지라도, 그 때문에 과로가 겹칠 리 없었다.

문제는 월화수목에 걸친 대학 강의와 주말 오전 타임의 개인 연주회.

업무량은 살인적이었던 작년과 비교해 절반이 줄었지만 허덕일 수밖에 없었다.

그리하여 배도빈은 충분히 배려했음에도 힘들어하는 찰스 브라움이 대학을 포기하길 바랐고.

찰스 브라움은 본인의 의지로 포기하지 않으니 서로의 입장이 좁혀지지 않았던 것.

배도빈이 관자놀이를 꾹꾹 누르곤 입을 열었다.

"카밀라."

배도빈의 말에 그때까지 상황을 지켜보고 있던 카밀라 앤더슨 국장이 테이블에 서류를 꺼내놓았다.

"보스께서 준비한 거예요."

그 말에 찰스 브라움이 의심스러운 눈빛으로 배도빈과 카밀라를 번갈아 보았다.

"이게 뭔데?"

"직접 확인해 보세요."

배도빈의 말에 찰스 브라움이 봉투를 뜯었다. 그 순간 그의 눈이 튀어나올 것처럼 커졌다.

"배도빈 악단주와 WH그룹의 자가용기와 별장을 이용할 수 있는 허가증이에요. 휴가비는 1시간 내로 입금될 거고요."

오늘도 항의하러 오긴 했지만 설마하니 이럴 줄은 몰랐기에 찰스 브라움이 머뭇거렸다.

"다만 2주간의 휴가는 받아들일 수 없어요. 이번 연도에 새로 작성한 근로계약서에 따르면 찰스 브라움 악장은 연간 30일의 휴가를 가지고 있습니다. 다만 연주회를 연속해서 3회 이상 비울 수 없다는 조항이 있다는 건 알고 계시죠?"

한 사람의 장기 휴가로 대체 인원에게 주어지는 과도한 부담을 줄이기 위한 합의 사항이었다.

"뭐……."

"그래서 최대 10일까지 가능합니다. 이후 남은 휴가를 사용하고 싶으시다면 연주회에 참여한 뒤 다시 신청하도록 하세요."

카밀라 앤더슨이 안내를 마치자 배도빈이 입을 열었다.

"언제 가든 상관없지만 되도록 크루즈 진수식엔 늦진 말아요."

"그래. 기말고사만 끝내면 돌아올게."

"……기말고사?"

"그래. 기말고사."

배도빈은 순간 머리가 지끈거렸다.

정말 힘들어 보여 그의 일까지 부담할 각오로 휴가를 챙겨줬건만, 휴가를 받아서도 대학 일을 하러 가겠다는 찰스 브라움을 걷어 차주고 싶었다.

"그 일 관련해서 말인데요."

그때 카밀라 앤더슨이 다시 나섰다.

"원칙적으로 따지면 찰스 브라움 악장에겐 베를린 필하모닉에 충실할 의무가 있어요. 당신이 존중받아야 하는 만큼요."

"세프에게서 허락받은 이야기입니다."

"지금은 악단주도 계약서도 달라져 있네요. 하물며 예전 악단주와의 구두계약이 효력이 있을 리 없고요."

"……."

"원칙대로 하자면 그렇다는 말입니다."

카밀라 앤더슨이 커피를 마시곤 말을 이었다.

"만약 계약서에 그런 걸 명시했더라도 외부 활동으로 베를린 필하모닉에서의 일에 소홀하진 않았으면 해요. 브라움 악장의 의무기도 하고 여기 보스도 단원들도 당신을 좋아하니까."

카밀라 앤더슨의 말에 찰스 브라움이 소파에 등을 기댔다.

그러고는 머리카락을 몇 번 쓸어넘기더니 숨을 길게 내쉬었다.

"단 한 번도 소홀한 적 없다는 건 배도빈이 잘 알 겁니다."

찰스 브라움의 말에 배도빈이 고개를 끄덕였다.

"다만 단원들이 어떻게 생각하고 있는지는 알고 있어요. 나라고 좋아서 이러는 게 아니에요."

그의 말에 카밀라 앤더슨이 귀를 기울였다.

"돈 없고 차별받는 애들 모아다가 만든 학교인데 어떻게 제가 빠지겠습니까?"

"……."

"아시아 애들은 교수마저 차별합니다. 점수는 개판으로 하고 개인 레슨은 대충 시간만 때우죠. 그 애들이 대체 뭘 배우겠습니까?"

찰스 브라움은 진심으로 화내고 있었다.

"이슬람 쪽 애들은 말 같지도 않은 쓰레기들 때문에 테러범 취급당해요."

조금씩 그의 목소리에 힘이 실렸다.

"영국 애들은요? 그 빌어먹을 브렉시트 때문에 영국 출신 애들은 독일에서 공부하려면 20배나 많은 학비를 감당해야 한다고요. 20배나. 난 왕가의 일원으로서 그런 걸 보고만 있을 순 없습니다. 악단 일에 소홀한 적은 없지만……. 외부 일을 겸하는 것 때문에 단원들이 서운해하는 건 알고 있습니다. 피곤한 건 사실이니까."

찰스 브라움이 고개를 들어 배도빈을 보았다.

"네가 얼마나 많이 신경 써주는지도 알고 있어. 나도 가능하다면 양쪽 일 모두 잘하고 싶은데."

찰스 브라움이 간격을 두고 입을 열었다.

"미안하다."

"찰스."

"또 교수 구하는 건 얼마나 힘든지. 성과를 보인 졸업생도 없으니 대학에서 지원받는 데도 한계가 있고. 논문은 써야 하고. ……개인적인 일인데 자꾸 말이 나오네."

"찰스."

"이런 말 해선 안 되었는데. 요즘 내가 지치긴 했나 봐. 정교수 한 명만 더 있었다면 얼마나 좋을까."

"찰스."

"신경 쓰지 않아도 돼. 휴가도 욕심이었어. 한 3일 푹 쉬면 돼. 그래. 좀 힘들다 보니 무리해서 많이 달라고 했던 거야. 정말…… 정교수, 아니, 조교수라도 있다면 얼마나 좋을까."

"수작 부리지 말아요. 암만 그렇게 말해도 안 해줄 거예요."

"해주면 휴가 안 갈게."

"웃기지 마요. 다 죽어가게 생겨놓곤. 헛소리 말고 쉬어요. 안 쓰고 있다가 밴드 데뷔나 진수식에 겹쳐서 쓴다고 하면 진짜 걷어찰 거니까."

"그럼 이번에 한 일주일 정도만 강의 맡아줄래?"

"수작 부리지 말라 했어요."

"그럼 쉴 수가 없잖아. 학생들이 너 언제 복학하냐고 계속 묻는데, 이렇게라도 가면 좋아하지 않을까 싶네."

"……하아."

배도빈이 땅이 꺼질 듯 한숨을 내쉬었다.

♪

한편.

파이널라운드 진출을 확정한 최지훈은 브리쉘의 병원을 찾았다.

MRI를 통해 문제를 확인한 의사가 의아해하며 되물었다.

"통증이 심하지 않다고요?"

"네. 욱신거리는 정도로만."

"흐음……."

사진을 여러 장 보며 고민한 의사가 최지훈의 손을 살피곤 고개를 저었다.

"피아니스트들에겐 많이 보이는 일입니다. 다만 염증이 심해요. 이대로 혹사했다간 정말 크게 고생할 수 있습니다. 짧게는 3개월 길게는 2년 정도 피아노를 못 칠 수도 있고요."

"……네?"

"심각하단 뜻입니다. 통증이 오는 주기가 앞으로 짧아질 거예요."

순간적으로 시야가 좁아져 아무것도 보이지 않았다.

"당분간은 괜찮겠지만 다시 통증기가 오면 그땐 진통제 없이는 버티기 힘들 겁니다. 바로 치료 받아야 해요."

"지금은."

당황해서 말이 안 나오는 최지훈을 대신해 집사가 입을 열었다.

"지금 도련님께선 중요한 콩쿠르를 진행하고 있습니다."

그 말에 의사가 한심하다는 듯 대꾸했다.

"지금 고작 콩쿠르가 중요한 게 아니에요. 손가락 망가지고 우승해서 뭐 하려고요."

의사가 고개를 숙인 최지훈을 보며 말했다.

"심정이야 이해 가지만 포기해야 합니다. 돌아가게 되지만 앞으로 계속 피아노를 연주할 수 있는 길이 있다는 걸 명심하세요."

♪

최지훈은 아무 생각도 할 수 없었다.

피아니스트로서 무대에 서는 것 이외에는 생각해 보지 않았던 그에게 너무도 가혹한 일이었다.

"꿈도 본인 몸이 건강해야 꾸는 거예요. 대체 이 지경이 될 때까지."

퉁명스럽게 말을 내뱉던 의사의 눈에 최지훈이 들어왔다.

그는 떨고 있었다.

그 순간 겨우 20살인 남자의 손이 이 지경이 되려면 그간 무엇을 어떻게 했을지 짐작해 볼 수 있었다.

말 그대로 뼈를 깎는 노력.

자신을 혹독하게 밀어붙일 만큼 연습했을 것이 뻔했다.

의사의 목소리가 다소 부드러워졌다.

"……치료 기간은 1년입니다."

최지훈이 놀라 고개를 들었다.

큰 눈이 그렁대고 있어 의사는 차마 그 눈을 마주할 수 없었다.

"피아니스트에게 수술을 권하긴 조심스럽습니다. 3년 전에 특효약이 개발되었으니 간단한 시술과 병행하면 돼요."

"……."

"그래도 안 쓰는 게 최선입니다. 완치 기간은 6개월이 될 수도 1년이 될 수도 2년이 될 수도 있어요. 환자 분의 노력에 달린 거예요."

의사는 최지훈의 손 상태를 확인하며 고개를 저었다.

"대체 이 상태로 어떻게 연주를 했던 건지. 본인의 바른 자세에 고마워하세요. 그마저도 없었으면 정말 큰일 날 뻔했으니까."

'역시 포기해야겠지?'

몇 번을 생각해도 의사 선생님 말씀이 맞다.

1년 정도 치료에 힘쓰면 무리하지 않는 선에서 다시 시작할 수 있다고 하니까.

재활을 충분히 하면 예전으로 돌아갈 수 있다고 하니까.

괜찮을 거야.

1년 정도 안 친다고 해도 또 노력하면 금방 회복할 수 있을 거야.

조금 돌아가는 것뿐이야.

어차피 피아노 말고 다른 길은 생각해 본 적 없잖아.

조급하게 생각하지 않아도 돼.

조금 무뎌지는 건.

"……."

어쩔 수 없지.

다시 감을 찾기까진 얼마나 걸릴까?

이제 겨우 다른 옷도 입혀줄 수 있을 것 같았는데.

'좋아했지.'

그동안 단정한 옷만 입혀서 그런지 이브닝 드레스를 입은 피아노는 너무도 기뻐했다.

이제 다른 옷도 주고 싶은데.

그래.

직접 연주는 못 해도 쉬는 동안 어떤 옷을 입힐지 생각해 보면 되겠다.

조금 과감해도 괜찮겠지?

가우왕 씨처럼 원색과 가죽 소재를 써도 멋질 것 같고 도빈이처럼 트위드를 써도 될 것 같다.

니나 누나가 자주 쓰는 올리브색 쉬폰도 과감하지만 한 번쯤은 입혀보고 싶고 툭타미셰바 씨처럼 이른 새벽의 하늘 같은 쉬폰도 좋을 것 같다.

"……."

그러고 보니 블레하츠 씨의 포근한 캐시미어도 좋았지.

'왜.'

맞아.

따뜻한 건 사카모토 선생님이 최고였어. 울이 많이 섞인 것 같았어.

혼합해서 쓰는 것도 재밌겠다.

'왜.'

또 누가 있었지?

빨리.

맞아. 크리스틴 지메르만 선생님은 좀 특이했던 것 같아. 순면에 색이 없는데도 너무 깨끗해서 더 예뻐 보였어.

그런 연주를 할 수도 있구나 싶어서 자꾸만 듣게 되고.

따라 할 순 없을 것 같지만 그래서 동경했어.

그렇게 서로 아끼면서 가우왕 씨랑 안 맞는 것도 이해할 수 있을 것 같아.

'왜.'

또 무슨 옷이 있었지?

아, 성신 선배.

탄성이 강한 레이온 같아서 정말 좋았는데.

"왜 이렇게 힘들게 하는 거야?"

생각하지 않으려 해도.

좋은 생각만 하려 해도 치미는 감정을 억누를 수 없었다.

이제 겨우 피아노랑 친해진 것 같은데, 볼 수조차 없었던 곳에 닿았는데.

정말 노력했는데.

왜 나한테 이런 일이 생기는 건지 알 수 없었다.

억울해.

지금까지 잘 참아왔는데.

노력하면 될 거라 생각해서, 그냥 좋아해서 열심히 했는데.

이제 정말 도빈이랑 함께할 수 있을 것 같았는데.

나한테는 노력하는 방법밖엔 없었는데.

그랬을 뿐인데 대체 왜.

"왜!"

나한테 왜 이러는 거야.

♪

5월 22일 오후.

차채은이 벨기에 브뤼셀에 도착했다.

작년에 발표한 〈배도빈 음악의 철학: 베토벤을 계승한 자〉를 통해 베를린 대학에 특례 입학을 확정한 차채은은 보다 본격적으로 칼럼리스트로서 활동하기 시작했는데.

이필호 편집장은 오케스트라 대전을 통해 그녀의 가능성을 재확인.

월간 〈관중석〉에 차채은의 전담 코너를 기획하여 10페이지의 지면을 할애해 주었다.

기회를 잡은 차채은에게 2024년 최고의 화제의 퀸 엘리자베스 콩쿠르보다 좋은 활동처는 없었고.

그렇게 취재차 브리쉘을 방문한 차채은은 최지훈이 머무는 호텔에 체크인했다.

짐을 풀자마자 모레 퀸 엘리자베스 뮤직 채플에 입장할 최지훈을 응원하려 그의 방을 찾았을 때.

그녀는 희망과 총기를 잃은 친구를 만날 수 있었다.

"오빠?"

"어서 와."

최지훈이 애써 웃으며 차채은을 안으로 들였다.

심상치 않은 기색에 걱정하지 않을 수 없었다.

"뭐야? 무슨 일 있어?"

차채은이 최지훈의 손을 잡아끌어 앉혔다.

그는 차채은을 보다가 웃었다.

"아무 일 없어. 놀라게 해주려고. 나 연기 잘하지?"

"뭐?"

"영화 주연으로 출연도 했다구. 망했지만."

"응. 재미없긴 했지……."

"아하하하. 너무하네!"

최지훈이 크게 웃으며 마실 것을 가지고 왔다. 적당한 온도의 사과 주스를 두곤 룸서비스 안내 책자를 찾았다.

"저녁 아직이지? 뭐 먹을래? 여기 연어 스테이크 괜찮던데."

"무슨 일인데."

"……연기를 못 해서 그랬나."

최지훈이 한숨을 내쉬었다.

"손. 치료받아야 한대. 1년 정도."

깜짝 놀란 차채은이 눈을 동그랗게 떴다.

손이 안 좋다는 건 알고 있었지만 1년이나 치료받아야 할 정도라고는 생각지 못했다.

최지훈은 너무 놀란 탓에 선뜻 위로조차 건네지 못하는 차채은을 앞에 두고 자조적으로 웃었다.

"더 무리하면 못 쓰게 될 수도 있대. 어젠 신경 주사 맞았는데 통증이 사라져서 정말 아픈 건가 싶기도 하고."

말을 이어나가던 낭랑한 목소리는 조금씩 떨리기 시작했다.

"그래서 이번 대회까지는 괜찮지 않을까 싶어서 남아 있는데, 그러다 정말. 정말 못 치게 되면 어쩌나 무서워서…… 이러고 있어."

"아니야. 괜찮을 거야. 치료받으면 꼭 나을 거야."

차채은이 고개를 저었다.

그러면서도 아차 싶었다.

치료를 받는다고 해서 전부가 아니었다.

음악가에게 감은 그 무엇보다 중요한 요소였고 1년이란 공백은 쉽게 메울 수 없었다.

기껏 걸어온 길을 다시, 더욱 힘든 방법으로 반복해야 한단 사실이 얼마나 큰 절망일지.

최지훈이 그 누구보다 노력했음을 아는 그녀로서는 선불리 위로할 수 없었다.

차채은은 최지훈의 손을 보다가 이내 눈물을 흘렸다.

그가 얼마나 무서웠을지 생각하면 참을 수 없이 슬펐다.

얼마나 좌절하고 분하고 억울했을지.

지금도 다르지 않을 텐데, 내색하지 않으려고 웃으며 문을 열어준 것부터.

도와줄 수 없는 자신의 무력함까지.

차채은은 어쩔 수 없이 눈물을 떨어뜨리고 말았다.

"무서웠지……."

최지훈은 답하지 않았다.

자신을 위해 울어주는 것만으로도 작은 위로가 되었다.

"왜 말 안 했어. 왜 바보같이 혼자 힘들어 했어어."

"그러게."

"끄읍. 도빈 오빠는? 알아?"

최지훈이 고개를 젓자 차채은이 칭얼댔다.

"친구라곤 나랑 도빈 오빠밖에 없으면서 왜 자꾸 강한 척 하는데. 끄읍. 기대도 된다고."

갑작스레 가슴을 후벼 파인 최지훈이 차채은의 말을 부정했다.

"나 친구 있어."

"거짓말 마. 친구 없잖아. 왜 자꾸 센 척 하는데. 하나도 안 멋있어. 끄읍. 많이 아프지? 아프지 않은 것도 거짓말이지?"

"……."

니나 케베리히도 친구라고 말하려던 최지훈은 그럴수록 구차해지는 것 같아 입을 닫았다.

그의 머리에 친구라고 할 사람이 정말 배도빈, 차채은, 니나 케베리히 이외에 떠오르지 않았기 때문이었다.

그러자 차채은이 통곡하기 시작했다.

"우리 오빠 불쌍해서 어떡해애애!"

며칠간 절망에 빠져 있던 최지훈은 괴롭히는 건지 슬퍼해 주는 건지 모를 차채은의 곡소리를 들으며.

3일 만에 진심으로 웃었다.

"너 지금 일부러 그러는 거지."

♪

잠시 후 차채은이 간신히 진정했다.

이런저런 이야기를 나누던 두 사람은 곧 저녁 식사를 받았다.

한참을 운 탓에 입맛이 없었던 차채은은 무감각하게 연어 스테이크를 입에 넣었고, 폭신한 식감에 눈을 크게 떴다.

그러곤 맞은편에 앉은 최지훈과 시선을 마주한 채 고개를 끄덕였다.

"대박. 미쳤다."

"맛있지."

"개맛있어."

혹시 몰라 주문한 클래식 버거까지 해치운 차채은이 포만

감에 만족하며 입 주변을 닦았다.

"근데 여긴 왜 온 거야?"

"아, 칼럼 때문에."

최지훈은 차채은이 전담 페이지를 할애받았단 소식에 진심으로 기뻐했다.

"진짜 잘 됐다."

"그치? 이번엔 오빠 이야기로 쓰려고 했는데."

즐거웠던 대화가 잠시 우울해졌다.

최지훈이 웃으며 부탁했다.

"복귀할 때 멋있게 써주라."

그 말에 차채은이 가슴을 탕탕 두드려 보였다.

"맡겨만 줘."

그 모습이 믿음직스러워 웃었다.

"특집 기사 쓸 거면 궁금한 거 많겠다."

"응. 오빠는 누가 우승할 것 같아? 세미 파이널은 연주 다 들어봤잖아."

"으음. 역시 니나 누나가 아닐까."

"역시?"

"응. 연주가 엄청 세련되어졌어. 쉬폰 같은 느낌."

"쉬폰? 쉬폰이 뭔데?"

"원단. 왜 살짝 비치는 거 있잖아. 드레스나 블라우스에 들어가는. 세미 파이널에선 하늘색 블라우스였어."

"어…… 연주가 원단 같다고?"

차채은이 눈썹을 좁히며 고개를 갸웃했다.

"표현이 좀 어렵나?"

"어려운 게 아니라 이상해."

"아하하. 그런가. 난 그렇게 보이는데."

"다른 사람 연주도 그래?"

"응. 도빈이는 트위드."

"그건 또 뭔데?"

"두텁고 까끌까끌한데 되게 멋지다고 해야 하나?"

트위드를 검색해 본 차채은이 뭔가 알 것 같으면서도 확실치 않은 느낌을 받아 고개를 끄덕였다.

"신기하다. 이런 걸 시너스시저라고 하나?"

"시너스시저?"

"응. 공감각이라고. 예술 하는 사람은 왜 동시감각을 가졌대잖아. 오빤 소리를 시각적으로 볼 수 있나 보다. 옷이나 원단 같은 걸로."

최지훈은 어떤 감각에 주어졌을 때 다른 영역의 감각이 동시에 일어나는 감각 전이 현상을 떠올렸다.

"도빈 오빠는 이야기가 떠오른다 했는데. 천재들은 다 그런가 보네."

"이야기?"

"응."

차채은의 말에 최지훈은 가슴이 몹시 뛰었다.

지금껏 막연하게만 생각했던 경지가 바로 이것임을 확신한 탓이었다.

거장의 반열에 이른 음악가들은 저마다의 확고한 세계가 있었다.

말 그대로 '세계'.

그것이 무엇을 뜻하는지 좀처럼 알 수 없었고 자신만의 세계를 찾고자 망망대해를 헤엄쳤거늘.

오케스트라 대전을 시작으로.

피아노에 옷을 입히기 시작했던 최지훈은 그것이 자신만의 세계라는 것을 인지했고.

그것이 배도빈과 같은 거장들의 '무대'임을 직감할 수 있었다.

'내가.'

터질 듯한 기쁨.

그렇기에 당장 피아노를 칠 수 없는 상황이 더욱 괴로웠다.

♪

-그래. 잘 생각했다. 푹 쉬고 오렴. 무리하지 말고.

"네, 아버지."

퀸 엘리자베스 콩쿠르를 통해 한계를 넘어서고.

형제와 당당히 함께하고 싶었던 최지훈은 현실을 받아들이기로 했다.

다만 합리적인 그의 이성과 달리, 잊으려 해도 이따금 치미는 슬픔이 자꾸만 그를 괴롭혔다.

최지훈은 그저 삭일 뿐이었다.

배도빈에게 어떻게 전해야 할지도 걱정이었다.

함께하자고 했는데.

조금 더 미뤄질 것 같다는 말을 꺼낼 수 없었다.

두 사람 모두 같은 무대에서 같은 곳을 바라보며 하나의 곡을 연주할 거라 믿어 의심치 않았던 탓에 더욱 그러했다.

"유감입니다."

"네."

최지훈의 진출 포기 소명에 퀸 엘리자베스 콩쿠르 운영위원회 역시 애석함을 내비쳤다.

최지훈이 포기 확인서를 작성하고 1시간도 채 지나지 않아 심사 위원장이자 기악부장, 운영회장인 질 루앙이 최지훈에게 미팅 요청을 해올 정도로.

그는 퀸 엘리자베스 콩쿠르에서 중요한 인물이었다.

"독대는 처음이네요."

"그럴 수 없었으니까요."

당장 오늘 오전까지만 해도 서로 참가자와 심사 위원이란 입장이었기에 당연한 일이었다.

"이야기는 들었습니다. 많이 안 좋으시다고."

"네."

질 루앙은 혹시나 최지훈의 마음을 돌릴 방법은 없을까 싶었으나 그의 표정을 확인하곤 말을 삼켜야만 했다.

틀림없이 지금도 괴로워하고 있을 본인에게, 불가능한 일을 권유할 순 없었다.

'안타깝군.'

질 루앙은 진심으로 애석해하며 이른 시일 내에 완쾌할 것을 빌어주었다.

♪

2024년 5월 25일 오후 2시.

퀸 엘리자베스 콩쿠르 파이널 라운드가 시작되었다.

현재 가장 두각을 드러내는 피아니스트가 모인 만큼 언론의 관심은 지대했고, 들뜬 마음으로 브뤼셀을 찾은 팬만큼이나 각국 주요 언론에서도 취재를 나와 있었다.

그러나 퀸 엘리자베스 콩쿠르의 첫 번째 화제는 그들 모두 예상치 못한 데에서 터지고 말았다.

"뭐야."

"최지훈 아니야?"

"왜 객석에 있어?"

파이널리스트이자 이번 대회 최고의 우승 후보, 최지훈이 객석에 모습을 드러낸 것.

결승전이 시작되면 결승곡 과제와 관련된 모든 정보가 차단되고, 순서에 맞게 퀸 엘리자베스 뮤직 채플로 입장해야 하는데.

예배당에 있어야 할 최지훈이 멀쩡히 나타나니 놀라지 않을 수 없었다.

강력한 우승 후보를 포착한 기자들은 그 즉시 달려들어 인터뷰를 시도했다.

"미스터 최! 결승전은 어떻게 된 겁니까?"

"현재 많은 사람이 당신의 세 번째 메이저 콩쿠르 우승을 기대하고 있습니다. 퀸 엘리자베스 콩쿠르를 포기하신 겁니까?"

"자세한 설명 부탁드립니다!"

그중에서도 가장 놀란 사람은 리스텀지의 사라 기자였다.

최지훈의 전담 기자나 다름없었던 그녀는 최지훈이 이번 달 안에 전대미문의 대기록을 세울 거라 믿어 의심치 않았다.

그렇게 되면 그간 모아두었던 자료들과 함께 최지훈에 관한 기사를 대대적으로 낼 예정이었다.

지금까지 다소 과소평가 받고 있었던 여론을 단숨에 뒤집어 놓을 요량이었다.

그런데 이렇게 갑자기.

'무슨 일이야?'

그녀는 기자들 사이를 억지로 비집고 나와 최지훈과 눈을 마주쳤다.

이내 누군가의 억센 어깨 때문에 얼굴이 찌그러졌지만 개의치 않았다.

"무슨 일입니까! 이제 한 걸음만 남았는데 콩쿠르를 포기한 이유가 무엇입니까!"

사라의 외침에 최지훈이 평소와 같이 웃으며 답했다.

"관심 가져주신 분께 진심으로 사과드립니다. 자세한 사항은 소속사로 문의해 주세요."

그 힘 없는 미소에.

사라는 털썩 주저앉고 말았다.

아무리 힘들었어도 항상 밝고 투명하게 웃었던 최지훈이었기에, 그 힘 없는 미소와 사과 그리고 슬픈 눈망울에 좌절할 수밖에 없었다.

'무슨 일인데.'

한편.

다른 기자들은 최지훈이 더 이상 인터뷰에 응하지 않자, JH엔터테인먼트와 콩쿠르 운영위원회에 이와 같은 사실을 문의했다.

두 단체 모두 불필요한 이야기 없이 간결하게 상황을 전달했고 그 내용은 즉시 기사화되었다.

[최지훈, 퀸 엘리자베스 콩쿠르 포기 선언!]

[유망한 피아니스트에게 무슨 일이?]

[최지훈, 지난 4년간 염증으로 고통받아]

[통증 부위만 7곳. 천재의 뒷모습]

[퀸 엘리자베스 콩쿠르 운영위원회 공식 입장, "탁월한 참가자에게 닥친 불행에 유감. 이른 시일 내에 쾌차하길 바랄 뿐."]

해당 보도에 팬들은 충격에 빠졌다.

ㄴ세상에.

ㄴ피아노 친다고 손이 저렇게 망가져?

ㄴ키보드만 오래 써도 망가짐. 사무직 종사자들은 다 가지고 있잖아.

ㄴ내 이럴 줄 알았어ㅠㅠ 어렸을 적부터 그렇게 무리하더니. 몇 번 쓰러졌었잖아.

ㄴ도빈이도 지훈이도 진짜 자기 관리 좀 잘했으면 좋겠음 ㅠㅠ

ㄴ맞아. 열심히 해주는 것도 좋지만 오래 듣고 싶다구.

ㄴ대체 얼마나 혹사시켰기에 고작 20살 먹은 애 손가락이 저 지경이 된 거야?

ㄴ그렇게 노력해서 저 위치에 간 듯.

ㄴ부상은 뭔ㅋㅋㅋ 딱 봐도 우승각 안 나오니까 빤스런한 거잖앜ㅋㅋㅋ 지가 뭔 배도빈인 줄 알아. 3대 콩쿠르 제패는 무슨ㅋㅋㅋㅋ

ㄴ지는 서른 넘도록 방구석에서 엄마 등골이나 빼먹는 주제에 1년에 몇억씩 버는 애한테 훈장질이네.

ㄴ딜력 무엇ㅋㅋㅋㅋㅋ

ㄴ아 진짜 얼마나 힘들까? 웃고 있으니까 더 슬프다ㅠ 천사라고 해도 믿을 거야ㅠㅠ

ㄴ천사 맞음.

ㄴ그게 뭔 소리야?

ㄴ뭐야, 안 믿네.

ㄴ정말 큰 기록 세우기 직전이라 너무 아쉽다. 나도 이렇게 아쉬운데 본인은 얼마나 힘들까 싶네. 힘냈으면.

클래식 음악계가 떠들썩할 때 베를린에 있던 배도빈에게도 소식이 전해졌다.

쉬는 시간에 핸드폰을 하던 진달래가 기사를 보고 입을 가렸다.

몇 번을 봐도 달라지지 않는 내용에 깜짝 놀란 그녀는 최지훈에게 곧장 전화를 걸었다.

그러나 파이널 라운드를 관람하기 위해 핸드폰을 꺼둔 최지훈이 받을 리 없었다.

안절부절못하는 진달래를 본 배도빈이 의아해하며 다가갔다.

"뭐야?"

배도빈을 보자 울상이 된 그녀가 조심스레 핸드폰을 보였다.

그것을 확인한 배도빈은 가슴이 무너지는 듯했지만 이내 평정을 되찾았다.

"잘 생각한 거야. 무리하다 돌이킬 수 없게 되는 것보다는 훨씬 낫지."

"……많이 안 좋아?"

"그렇진 않을 거야. 통증은 그리 심하지 않다고 했으니까."

"그럼 다행이고."

"남 걱정하지 말고 네 걱정부터 해. 2주밖에 안 남았잖아."

"응."

최지훈을 걱정하던 진달래가 힘없이 대답했다. 그러고도 기운을 못 차리다가 편곡 작업을 맡게 된 나윤희가 코멘트할 것이 있다며 부르자 빰을 쳐 기합을 넣고 달려갔다.

그 모습을 본 배도빈이 조용히 복도로 나왔다. 그리고 문에 등을 기댔는데, 다리에 힘이 빠져 주르륵 미끄러지고 말았다.

그대로 주저앉은 배도빈은 눈을 감고 고개를 숙였다.

예상했던 일이고.

합리적인 판단을 해서 다행이지만 그러한 상황을 강요받은 최지훈이 어떤 심정이었을지.

당장 어제까지만 해도 눈치채지 못하고 위로해 주지 못했던 자신이 싫었다.

'괜히 했나.'

배도빈은 최지훈에게 괜한 부담이 지워졌을까, 걱정했다.

그리고 또다시 테메스의 힘에 기대게 되었다.

'어쩌면.'

가능할지도 모른다고 생각했다.

테메스 부족의 힘은 기적이 아니라고 들었지만 기적을 경험했던 배도빈은 그 말을 믿을 수 없었다.

덜컹-

그때 마침 연습실 문이 열리고 스칼라가 나섰다.

"뭐 하고 있어?"

"……잠깐 따라와 봐."

배도빈은 본인의 집무실로 스칼라를 끌고 가 문을 걸어 잠갔다.

그리고 당황한 스칼라를 심각하고 진지하게 대했다.

"방음실이야. 여기서 나는 소리 아무도 못 들어."

"갑자기 무슨 일이야?"

"……테메스인들의 힘. 쓰는 법 좀 알려줘."

"뭐?"

"알려줄 수 없으면 한 사람 좀 봐줬으면 해."

스칼라는 평소 배도빈답지 않은 모습에 당황하다 강경한 태도 뒤에 숨겨진 간절함을 엿보곤 한숨을 내쉬었다.

소파에 앉은 스칼라가 배도빈도 앉을 것을 권했다.

"일단 진정해."

배도빈이 순순히 앉자 그가 입을 열었다.

"전에도 말했지만 그 힘은 기적이 아니야. 단순히 심신을 안정시킬 뿐이지. 몸 상태가 좋아지면 스스로 회복하는 힘도 생길 테니까. 건강해질 순 있어도 무슨 병을 고치거나 상처를 낫게 하는 힘은 없어. 그런 게 있었다면 초능력이지."

"……."

"우릴 이용하려 했던 이들도 결국엔 그걸 깨닫고 포기했어. ……억지로 끌어내려고 끔찍한 실험을 당했다고 들었는데 처음부터 있지도 않은 걸 찾을 수 있을 리 없지."

"……."

"무슨 일인지는 몰라도 도와주지 못해서 미안하다. 하지만 사실이야."

"내 눈은."

배도빈의 목소리가 다소 격앙되었다.

"그럼 내 눈은 뭔데."

"그래서 나도 할아버지도 놀랐잖아. 기적이라고. 어쩌면 일시적인 충격으로 인한 일이었는지도 모르지. 적어도 우리가 아는 한 그런 일은 있을 수 없어."

스칼라의 눈은 조금도 흔들리지 않았다.

어쩌면 최지훈의 손을 낳게 해줄 수 있다고 생각했던 배도빈은 한 번 더 좌절했다.

'……안 될 일이지.'

최지훈의 병환으로 잠시 이성을 잃었다가 조금씩 혈기가 가라앉으면서 이내 자신이 하려던 일이.

테메스를 이용하려던 '그들'과 다르지 않음을 깨달았다.

단지 기적이었을까.

하는 의문과 최지훈이 느낄 죄책감이 심하지 않길 바랄 뿐이었다.

♪

첫 번째 주자로 나선 엘리자베타 툭타미셰바는 무대에 오르기 직전, 마크 피레스 관리장으로부터 한 명의 참가자가 기권했다는 소식을 전달받았다.

'말도 안 돼.'

최지훈을 목표로 자신의 한계를 넘어서길 반복했던 엘리자베타 툭타미셰바는 최지훈의 상태를 믿을 수 없었다.

보통 그러한 일은 잘못된 자세가 장기간 누적되었을 때 생기는데, 최지훈의 경우 그녀가 아는 누구보다도 바른 자세를 보였다.

본래부터 몸이 약해 보이지도 않았다.

엘리자베타 툭타미셰바가 보기에 최지훈은 건장했다.

마른 편이긴 하지만 넓게 벌어진 어깨와 큰 키는 건강하게 잘 가꿔진 모습이라 부드러워 보일 뿐, 유약한 이미지는 없었다.

넘어설 수 없었던 최지훈이란 존재가 어쩌면 본인처럼 노력파일지도 모른다는 생각이 문득 들었다.

고개를 저은 그녀는 이를 악물고 무대에 올라섰다.

그리고.

브뤼셀 필하모닉과 함께 'A108'이라는 부제가 달린 미발표곡, 피아노 협주곡 C장조를 연주하기 시작했다.

특이하게도 전주가 달린 곡이었다.

독일 민요 '소년 한스'.

한국에서는 '나비야'의 멜로디가 처연하게 울렸다.

퀸 엘리자베스 콩쿠르를 관람하던 팬들의 즐거움 중 하나는 지금까지 발표되지 않았던 새로운 곡을 듣는 것이었다.

그만큼 교양 있는 이들이었는데.

갑작스레 들린 익숙한 멜로디에 슬며시 웃었다.

재밌는 시도라고 생각하며 작곡가의 귀여운 장난 정도라고 생각했지만 단 한 사람.

최지훈만은 웃을 수 없었다.

전주만 들었을 때는 확신할 수 없었지만 본 연주에 들어서면서 느껴지는 심상.

그리고 부제까지.

이 곡을 만든 사람이 누군지.

무엇을 생각하며 만들었는지 알았기에.

눈앞의 무대에 서지 못하는 자신을 탓하고 또 탓했다.

♪

팬덤이 크진 않았지만 최지훈은 어렸을 적부터 여러 매체를 통해 알려져 있었다.

덕분에 그의 팬들은 길게는 10년간 그를 응원해 왔었다.

모든 사람을 웃는 얼굴로 대했고 그 태도는 공손했다.

행동에는 기품이 흘렀던 소년을 향한 클래식 음악계의 관심은 결코 적지 않았다.

그렇기에 최지훈의 하차 소식은 음악계 전체를 아울러 큰 슬픔으로 남았다.

그러나 퀸 엘리자베스 콩쿠르는 한 사람의 파이널리스트 없이도 순조롭게 진행되었다.

첫날, 사카모토 료이치의 제자이자 강력한 우승 후보 엘리자베타 툭타미셰바는 브뤼셀 필하모닉과 훌륭한 호흡을 보이며 깊은 인상을 남겼고.

두 번째 날 무대에 오른 김소망사랑은 파이널 라운드에 남은 유일한 한국인으로서 자랑스러운 모습을 보였다.

세 번째 날 피아노 앞에 앉은 카 잔은 독기를 잔뜩 품은 채 전력을 다했고 브라질 출신으로서는 드물게 이목을 끌었다.

그러나 서정적이면서도 희망에 찬 배도빈의 신곡, 'A108'에 대해서는 모든 참가자가 어려움을 보였는데.

1주일 정도 준비해서 연주하기에는 곡이 담고 있는 심상이 너무나 짙고 깊은 탓이었다.

기술적으로 어려운 곡은 아니었지만 노트 사이에 단절된 부분이 많아 피아니스트들은 이를 어떻게 표현해야 하는지 감을 못 잡았고.

그 결과 전체적으로 뚝뚝 끊기는 느낌으로 진행되었다.

자연스레 팬들도 'A108'에 의문을 가졌다.

"신선하긴 한데 뭐랄까. 와닿진 않네."

"이번 신곡?"

"응. 누가 만든 걸까? 미카엘 블레하츠가 만든 게 준결승에

쓰일 정도면 분명 이름 있는 작곡가가 만들었을 텐데."

"그러게. 감이 안 잡히네."

"악보를 못 봐서 잘은 모르겠지만 다들 끊어서 연주하니까 그런 의도로 만든 것 같긴 해. 그래서 몰입이 안 되는 것 같고."

"난 좋던데. 귀엽잖아."

"나는 형이랑 같은 생각. 뭘 바라고 시도한 건지는 모르겠지만 솔직히 퀸 엘리자베스 콩쿠르 결승전에서 나올 만한 곡은 아닌 것 같아. 누나 말대로 귀엽다 정도?"

그러한 반응은 커뮤니티뿐만 아니라 평단에서도 이어지고 있었다.

아직 작곡가가 밝혀지지 않은 상태였기에 서로 말을 조심하는 분위기였지만 'A108'에 대한 전체적인 반응은 그리 호의적이지 못했다.

평론가들은 인터뷰, SNS, 지면을 통해 각자의 생각을 표출했다.

"고전적인 느낌이 강하죠. 제시부와 발전부, 재현부가 명확하니까요. 소나타 양식을 철저하게 지켰는데, 글쎄요. 감동은 없었습니다."

"아직 어린 피아니스트들이 단기간에 연주할 곡은 아닌 것 같습니다. 그렇다고 곡 자체가 화려하지도 않고요."

"확실히 심심한 감이 좀 있죠. 최근 인기를 끌고 있는 배도빈이나 아리엘 같은 젊은 작곡가들의 곡과는 느낌이 다릅니다."

♪

“봐봐. 저기.”

“뭐?”

“저기 있잖아. 안 보여?”

“아, 최지훈이네.”

“오늘도 왔어.”

“역시 아쉬운가 보지.”

“불쌍해서 어떡해.”

한편 파이널리스트 자격을 스스로 포기한 최지훈은 치료를 받는 도중에도 매일, 결승전을 참관했다.

자연스레 동정이 생겨났고.

그 과한 관심이 최지훈을 더욱 힘들게 했다.

집사는 결승전을 관람하고 싶다면 엘리자베스 라이브나 JH프로덕션의 ‘로열로드’를 통할 수도 있다고 소개했지만 최지훈은 고집을 부렸다.

하루도 빠짐없이.

혼신을 다하는 피아니스트들을 두 눈과 귀, 피부로 느꼈고 돌아와서는 무엇에 홀린 것처럼 피아노 앞에 앉아 있을 뿐이었다.

차채은은 그런 최지훈이 걱정되었지만 적어도 식사를 거르

거나 자책하는 모습을 보이진 않았기에 그저 지켜볼 뿐이었다.

처음에는 무척 걱정하던 집사도 최지훈이 항상 하던 아침 산책을 계속하고 통원 치료도 충실히 받았기에 일단은 두고 보았다.

'혼자만의 시간이 필요하실 테지.'

그러한 상황에서.

퀸 엘리자베스 콩쿠르 결승전 마지막 날이 다가왔다.

파인 아츠 센터.

최지훈이 중도 하차하면서 오늘 홀로 결승전을 치르게 된 니나 케베리히는 대기실에서 정신을 가다듬고 있었다.

방 한쪽 모서리에 달린 작은 모니터에서는 엘리자베스 라이브가 진행 중이었다.

-폐하, 신사 숙녀 여러분, 안녕하십니까?

단정하게 머리를 묶어 올린 진행자가 입을 열었다.

-퀸 엘리자베스 국제 콩쿠르의 마지막 무대만을 남겨두고 있습니다.

진행자는 6월 1일 수상자 콘서트와 6월 7일 폐막식에 대해 안내한 뒤 브리쉘 필하모닉을 소개하였다.

그 모습을 보고 있던 니나 케베리히는 시선을 떼 조용히 주변을 둘러보았다.

분명 재밌을 거라 기대했던 콩쿠르가 더는 즐겁지 않았다.

"외로운가?"

그때 대기실에 함께 있던 브뤼셀 필하모닉의 지휘자, 디디에 파예가 입을 뗐다.

니나 케베리히가 그를 바라보다 이내 고개를 끄덕였다.

"자네만큼은 아니지만 나도 아쉽네. 그는 보기 드문 연주자였거든."

디디에 파예는 진심으로 그리 생각했다.

"만약 오케스트라에 피아노를 들인다면 난 주저 없이 그를 선택할걸세. 그만큼 오케스트라를 빛나게 해주는 피아니스트는 없으니."

디디에 파예는 작년 오케스트라 대전을 통해 최지훈이라는 피아니스트를 알게 되었다.

그리고 왜 베를린 필하모닉이 여러 훌륭한 피아니스트 중에서도 최지훈을 선택했는지 알 수 있었다.

"보통 협연을 하는 피아니스트들은 알게 모르게 본인이 두드러지길 바라거든. 하지만 그는 달랐지."

오케스트라 대전 2라운드.

피아노 협주곡을 연주할 때만큼은 오케스트라 대전이 아니라 피아노 대전이란 생각이 들 정도였으나.

베를린 필하모닉만큼은 달랐다.

최지훈이란 피아니스트가 함께하면서 베를린 필하모닉 B가 더욱 빛을 발했기에.

디디에 파예를 비롯한 뭇 지휘자는 피아노 협주곡을 준비할 때면 최지훈을 염두에 두게 되었다.

"그의 피아노는 마치 훌륭한 옷과 같네. 오케스트라를 꾸며 주는, 선을 강조하고 아쉬운 부분을 가려 더욱 빛나게 해주지."

"맞아요."

"그는 분명 재기할걸세."

디디에 파예의 말에 니나 케베리히가 다시 한번, 이번에는 힘차게 고개를 끄덕였다.

-지휘자 디디에 파예와 마지막 파이널리스트를 따뜻하게 맞이해 주시길 바랍니다. 오늘 연주할 참가자는 독일의 니나 케베리히입니다.

진행자의 말에 따라.

보조 요원이 대기실 문을 열었다.

디디에 파예와 니나 케베리히는 그 문을 통해 무대로 걸어 나갔고 객석을 가득 채운 2천여 명의 관객이 보내는 환호에 화답했다.

피아노 앞에 앉은 니나 케베리히는 'A108'의 멜로디를 떠올리며 악보를 주시했다.

'닮았어.'

첫인상은 베토벤이었다.

의도적으로 끊어놓은 듯한 느낌은 연주를 어떻게 하는지에 따라 전혀 다른 모습을 보여주었다.

어떻게 연주해야 좋을지.

니나 케베리히로서도 쉽게 알 수 없었다.

아무리 고민해도 끝끝내 명쾌한 답을 낼 수 없었기에 그녀는 어차피 해석의 여지가 많은 이 곡에 본인의 향을 덧입혔다.

평소대로.

배도빈에게 도움을 받기 전.

한 학기 정도 수강한 것이 배움의 전부였던 케베리히에게 전문적인 지식이 있을 리 없었다.

생활고에 시달린 탓에 악보도 충분히 구할 수 없었고 구하더라도 스스로의 힘으로 익혀나가야만 했다.

그녀의 스승은 누구의 연주인지도 모를 녹음본이거나 그마저도 제대로 들을 수 없던 탓에 순전히 본인의 상상으로 이루어져 있었다.

정규 과정을 밟아나가면서 그러한 경향은 조금씩 줄었지만, 근간이 사라질 리 없었고.

그것이 니나 케베리히라는 피아니스트가 가진 독특함의 비밀이었다.

천부적인 재능을 지닌 그녀의 향을 입은 곡들은 무척이나 신선했고 다소 경직되었던 연주와 감상에 새로운 바람이 되었다.

그리고.

그러한 경험 덕에 니나 케베리히는 모르는 곡을 만나도 자신의 취향에 따라 연주하는 데 익숙했다.

향수를 뿌리듯.

건반을 눌렀다.

단 두 번의 터치만으로도 심사 위원들은 지금까지 들었던 'A108'과는 전혀 다른 느낌을 받을 수 있었다.

코끝을 간지럽히며 들어온 달콤한 냄새에 관객들은 숨을 크게 들이마셨다.

벅차오르는 감동.

나비처럼 발랄하게 나풀거리는 음계가 각자의 생활에 지쳐 있던 관객들을 위로했다.

이어져 들어오는 바이올린.

그녀의 연주로 'A108'에 대한 평가는 단숨에 역전되었다.

♪

5월 30일 오후 4시.

결승곡을 만든 자격으로 축사를 맡게 된 배도빈이 브뤼셀에 도착했다.

빡빡한 일정 때문에 곧장 파인 아츠 센터로 향한 배도빈은 왕을 비롯한 주요 인사들과 가벼운 미팅을 나누고 귀빈석에 앉았다.

거의 동시에 니나 케베리히가 무대에 올라섰다.

최지훈이 하차한 이상 배도빈이 기대할 사람은 그녀뿐이었다.

준비 기간이 짧기도 하고 참가자 모두 나름대로 최선을 다 했겠지만, 스트리밍을 통해 앞선 연주를 들었던 배도빈은 몹시 언짢아 있었다.

단 한 사람이었지만 배도빈이 버러지 같다고 말할 정도로 형편없는 연주도 있었다.

다행히 니나 케베리히의 연주는 최지훈을 위해 만든 곡을 망쳐버린 이들에 대한 그의 분노를 달랠 수 있었다.

'좋아.'

그녀의 연주는 배도빈이 의도했던 방향과는 달랐지만 나름의 구성을 유지하면서도 독특하게 풀이되었다.

니나 케베리히는 몇 번의 미스를 냈지만 훌륭히 완주했고 2천여 명의 관객들에게 뜨거운 갈채를 받았다.

모든 일정이 마무리된 뒤.

이제 결과 발표만이 남은 상황.

이틀 뒤, 시상식 무대에 오를 여섯 명의 피아니스트가 누군지.

영광의 우승을 누가 거둘지 발표되기에 앞서 진행자가 축사해 줄 사람이 있음을 알렸다.

"발표에 앞서 특별 인사의 축사가 있겠습니다. 퀸 엘리자베스 콩쿠르를 위해 힘써주신 분이신데요, 피아노 협주곡 C장조를 작곡해 주시기도 하셨습니다."

니나 케베리히의 연주 전까지만 해도 'A108'의 진가를 몰랐던 팬들은 과연 이 감동적이고 달콤한 피아노 협주곡을 만든 사람이 누군지 가슴 졸이며 기다렸다.

"베를린에서 찾아와 주신 배도빈 지휘자이십니다."

진행자의 멘트에 객석이 발칵 뒤집혔다.

여러 감탄사가 한데 섞여 혼란스러운 와중 배도빈이 무대에 오르자 관객들이 함성을 내질렀다.

"어떡해. 진짜야."

그중 'A108'이 현재 배도빈과 아리엘 같은 뛰어난 작곡가의 곡들에 비해 시대에 뒤처졌다고 평했던 평론가는 쥐구멍에라도 숨고 싶은 심정이었다.

"듣던 거보다 작진 않은데?"

"그러게?"

여러 말이 나오는 중.

배도빈이 마이크에 대고 입을 열었다.

"친애하는 벨기에 국민 여러분. 그리고 클래식 음악 팬 여러분께 인사드립니다. 베를린 필하모닉의 배도빈입니다."

보다 많은 사람을 위해 영어를 사용했지만 벨기에인들을 위해 동시통역되었다.

"엘리자베스 라이브와 로열로드를 통해 콩쿠르를 지켜보았습니다."

배도빈이 객석을 한 번 둘러보곤 다시 입을 열었다.

"아시다시피 전 콩쿠르를 싫어합니다."

잠시 웃음이 흘렀다.

"수년, 수십 년을 노력한 이를 평가할 수 있는 기준은 없다고 생각하기 때문입니다."

그러나 이내 배도빈의 진지한 표정과 단호한 어투에 분위기가 사뭇 경건해졌다.

"그러나 퀸 엘리자베스 국제 콩쿠르는 음악가를 보다 다양한 관점에서 보려고 노력하고 있었습니다. 그 점은 인상 깊게 보았습니다."

배도빈의 말에 관객과 심사 위원단 그리고 참가자들이 박수를 보냈다.

"결승전에 사용된 피아노 협주곡 C장조는 가능성의 곡이었습니다. 제가 만든 만큼 제 안에서의 정답은 있었지만, 해석의 여지를 많이 남겨두었습니다. 스스로 자랑스레 여길 피아니스트들이 자신의 가능성을 확인하고 증명하길 바랐습니다."

배도빈의 작곡 의도를 들으며.

많은 이가 고개를 끄덕였다.

그 진실된 마음을 느낀 탓이었는데 정작 피아노 협주곡 C장조를 헌정 받을 예정이었던 최지훈만은 그러지 못했다.

모든 참가자에게 적용되는 말이었지만 그것이 마치 자신을 응원하기 위한 것처럼 들렸다.

"기교를 중심으로 연습하게 되는 흐름에도 변화를 주고 싶었습니다. 이미 충분히 훈련된 파이널리스트들에게 남은 건 본인의 음악을 찾는 일이니까요. 저는 이 자리에 있는 모듭."

순조롭게 이야기를 하던 배도빈은 순간 목이 메어 마이크에서 잠시 떨어졌다.

관객들은 그가 무엇인가를 참아내려는 것처럼 느꼈고.

그 예상대로 다시 말하기 시작한 배도빈의 목소리는 다소 떨렸다.

"모든 피아니스트가 오늘의 결과에 흔들리지 않고 자신만의 길을 개척해 나가길 바랍니다. 감사합니다."

♪

[니나 케베리히! 첫 메이저 콩쿠르 우승!]

[퀸 엘리자베스 콩쿠르 성황리에 종료!]

[니나 케베리히, "함께하고 싶었던 사람이 없어 쓸쓸했다."]

[엘리자베타 툭타미셰바 파란의 수상 거부!]

[엘리자베타 툭타미셰바, "그가 없는 무대에서 순위는 중요치 않다."]

[질 루앙, "마에스트로 배도빈의 말처럼 우리는 앞선 세대로서 어린 음악가들에게서 다양한 가능성을 열어 줄 의무가 있다. 퀸 엘리자베스

콩쿠르는 앞으로 다양한 가치를 존중할 것이다."]

우승했음에도 웃지 않는 우승자와 수상을 거부한 2위.

퀸 엘리자베스 국제 콩쿠르는 끝까지 여러 기삿거리를 만들며 마무리되어 갔다.

당연히 음악계는 떠들썩했고 흥분에 찬 거리와 동떨어진, 배도빈과 차채은은 최지훈이 머무는 호텔 방에서 만나기로 했다.

배도빈이 벨을 누르자.

최지훈이 문을 열고 나와 그를 안았다.

"……미안해."

최지훈은 어렴풋이 알고 있었다.

배도빈과 여러 사람이 티를 내진 않았지만 자신의 우승을 축하해 주기 위해 여러 일을 했음을 알게 되었다.

다큐멘터리 드라마 로열로드와 피아노 협주곡 C장조 그리고 폐막식 때의 특별 경합까지.

최지훈이 아니라도 괜찮은 일이었지만 최지훈을 위해 생긴 일이었다.

위대한 음악가의 비상을 축복하기 위했던 주변인들의 사랑이었다.

그래서.

미안하단 말밖에는 할 수 없었다.

"괜찮아."

배도빈이 최지훈의 등을 쓸었다.

"둘이 뭐 해?"

마침 도착한 차채은이 어깨를 으쓱이며 놀렸고 세 사람이 방으로 들어섰다.

최지훈은 피아노 앞으로 가 앉아 배도빈과 차채은을 불안하게 했다.

"나 해보고 싶은 거 있는데."

"하지 마."

"괜찮아. 계속 치료받았으니까. 잠깐이면 돼. 들어줘."

최지훈이 건반을 눌렀다.

나비야. 나비야.

노란 원피스를 입은 피아노가 불안하게 주변을 둘러보았다.

최지훈은 부드럽게 건반을 어루만졌고 그에 이끌린 피아노가 하늘하늘 걷기 시작했다.

오케스트라 부분은 제외되었지만.

최지훈답지 않게 미스가 잦았지만.

분명 피아노 협주곡 C장조였다.

배도빈이 생각했던 모습 그대로의 'A108'이었다.

건반에서 손을 뗀 최지훈이 배도빈을 보며 웃었다.

"악보가 없어서 제대로 쳤는지 모르겠다. 무서워서 연습도 못 하고 상상만 했거든. 역시 생각처럼 잘은 안 된다."

배도빈은 최지훈이 그간 이곳에 남아 있었던 이유를 알 수 있었다.

처음에는 그저 미련 때문으로 여겼건만.

중도 포기한 탓에 A108의 악보를 볼 수 없었던 최지훈은 그것이 자신의 곡이라는 것을 이해하고, 다른 연주자들의 연주를 반복해 들으면서 그것을 마음속으로 연습하고 있었다.

"도빈아?"

최지훈은 배도빈이 이마를 짚자 하던 말을 멈췄다.

"화났어? 나 진짜 치료 잘 받고 있어. 방금 처음 친 거야."

최지훈의 말에 배도빈이 고개를 저었다.

여전히 고개를 숙이고 있는 그의 무릎에 눈물이 떨어지자, 차채은이 최지훈을 보며 작게 웃은 채 고개를 저었다.

세 사람은 서로를 보듬으며.

그렇게 또 한 번 나아갔다.

♪

이른 아침.

"도련님, 손님 오셨습니다."

집사의 말에 최지훈은 눈을 깜빡거릴 뿐이었다.

배도빈은 일정이 있어 곧장 베를린으로 돌아갔고 차채은 역시 기사 준비를 하느라 당분간 바쁠 테니 찾아올 사람이 딱히 없었다.

"니나 누나예요?"

혹시나 하여 묻긴 했지만 그녀는 연락도 없이 올 사람도 아니었다.

마땅히 떠오르는 사람이 없어 의아해하던 최지훈에게 집사가 의외의 이름을 언급했다.

"엘리자베타 툭타미셰바 양입니다."

"아."

최지훈이 눈을 깜빡이며 잠시 머뭇거리다가 입을 열었다.

"안내해 주세요."

잠시 후, 엘리자베타가 최지훈이 머무는 방에 이르렀다. 들어서진 않고 문 앞에 서서 잔뜩 화가 난 얼굴로 내부를 살폈다.

이내 최지훈이 나서서 그녀를 맞이했다.

"잘 왔어요."

빙그레 웃으며 차를 권하자 엘리자베타는 얼굴을 굳힌 채 안으로 들어섰다.

본인이 당황한 것을 감추기 위한 행동이었지만 그녀는 최지훈이 머무는 호텔 내부가 믿기지 않았다.

'대체 얼마나 부자면 이런 곳에서 지내는 거야? 한 달째 아냐?'

두 사람이 마주 보고 앉았다.

집사는 그들 사이에 다과와 차를 두고 자리를 피해주었다.

'어떻게 먹지.'

생전 처음 보는 디저트에 엘리자베타가 망설이자, 최지훈은 그녀가 당황하지 않도록 음식을 먼저 들었다.

"브뤼셀 아침은 산책하기 좋은 거 같아요. 조용하고."

다과를 보고 있던 엘리자베타가 최지훈의 말을 듣곤 고개를 들었다. 자연스레 생전 처음 보는 음식을 어떻게 먹는지 확인할 수 있었다.

"뭐. 그렇지."

엘리자베타는 최지훈을 피해 고개를 돌렸다.

'왜 자꾸 웃어?'

이해할 수 없었다.

피아노를 당분간 못 치게 되었고 그 불행으로 초래된, 또는 다가올 일을 생각하면 저렇게 웃을 수 있는 게 믿어지지 않았다.

그런 생각을 하며 고개를 돌리니 테이블 위에 어지럽게 놓인 악보들을 볼 수 있었다.

"저건?"

엘리자베타의 시선을 따라 고개를 돌린 최지훈이 조금 당황했다.

"아쉬워서 보고 있었어요. 당분간 연주는 못 하니까 악보라도 보려고."

엘리자베타는 침을 삼켰다. 그에게 전할 말을 꺼내기 적당한 때라 여겼다.

"난."

그는 해맑고 부드럽게 웃고 있었다.

"네가 정말 싫어."

엘리자베타는 방실방실 웃고 있던 최지훈의 얼굴에 금이 간 듯한 느낌을 받았다.

그러나 계속했다.

"좋은 환경도 싫고 배경이 있는 것도 싫어. 그러면서도 착해 빠져서 웃기만 하는 것도 멍청해 보여."

갑작스레 다가온 말에 최지훈이 어색하게 웃었다.

"항상 내 앞에 있는 것도 싫어. 너처럼 태평해 보이는 사람한테 지고 싶지 않아."

비록 친구라 할 순 없었지만.

여러 콩쿠르에서 만나오며 선의의 경쟁을 했던 엘리자베타가 자신을 미워한다고 생각하니 기분이 그리 좋지 못했다.

"그래도……."

비난을 이어가던 그녀의 목소리가 흔들렸다.

"네 피아노는 좋아했어."

엘리자베타는 여전히 화난 듯한 표정을 짓고 있었다.

"그러니까. ……그러니까 이대로 포기하면 정말 용서하지 않을 거야. 치료받고 다시 무대에 섰을 때 적어도 지금보다 못해지면 정말 용서하지 않을 거야."

억지였다.

그러나 솔직하지 못한 응원이기도 했다.

"앞서놓고 마음대로 그만두지 마."

최지훈은 작게 웃었다. 이내 소리내기 시작하더니 고개를 저었다.

"웃겨?"

"기분 좋잖아요."

"뭐가?"

"이런 식의 응원은 처음이에요. 고마워요."

최지훈이 간신히 웃음을 참으며 답했다.

"누가!"

"지금까지."

최지훈의 말에 엘리자베타가 말을 삼켰다.

"여러 콩쿠르에 다녔지만 싫다는 말 직접 들은 적은 처음이에요. 조금 충격이지만 그래도 제 연주 좋다고 해준 참가자도 툭타미셰바 씨뿐이었어요."

뒤에서 숙덕거리는 인간은 널리고 널렸지만, 이렇게 면전에 대고 한 사람은 처음이었다.

엘리자베타는 다시 시선을 피했다.

"귀찮은 사람으로 생각하겠지."

"네. 조금."

"뭐?"

"볼 때마다 싫은 티 내니까 저라도 상처받는다고요."

"……멍청인 줄 알았는데 할 말은 하네."

"툭타미셰바 씨가 솔직하게 말해줬으니까."

가장 힘들 때조차 웃는 그를 보며.

엘리자베타 툭타미셰바는 자신보다 어린 그가 그 어떤 피아니스트보다 강하다고.

이런 사람이니까 이기지 못했던 거라고 생각했다.

그러나 그렇다고 뒤처진 채 남겨지고 싶진 않았다.

최지훈이 얼마나 대단한 피아니스트인지 알지만, 이제 정말 인정할 수밖에 없지만.

그렇다고 철이 들기도 전부터 함께했던 피아노와 자신의 노력이 사라지는 것은 아니었다.

"갈래."

엘리자베타 툭타미셰바는 일어나 방을 둘러보았다.

피아노 폴보드(Fallboard: 건반 뚜껑)는 열려 있고 보면대 위에는 빼곡하게 메모 된 악보가 놓여 있었다.

방금까지 앉아 있던 것처럼 살짝 빠져나와 있는 피아노 의자와 테이블 위의 어지럽게 펼쳐진 악보, 노트.

한 달 남짓 머물렀던 방마저 그의 노력과 아쉬움이 깃들어 있었다.

숨을 크게 내쉰 엘리자베타 툭타미셰바는 그간 자신이 보지 못했던, 아니, 인정하지 않으려던 것을 받아들였다.

좋은 환경을 가져서.

뛰어난 재능을 가져서 이길 수 없는 거라고 여겼던 그녀는 그 길로 최지훈의 방을 나서, 모스크바로 향했다.

최지훈이 회복할 때까지 자신을 보다 갈고닦기 위함이었다.

♪

"순둥이 어딨어!"

며칠 뒤.

퀸 엘리자베스 콩쿠르 폐막식 전날, 가우왕은 씩씩대며 최지훈을 찾았다.

"가우왕 씨!"

근처 카페에서 커피를 마시고 있던 최지훈은 가우왕을 발견하곤 손을 흔들었다.

"이 빌어먹을 꼬맹이들이 돌아가며 속을 썩여?"

"아하하."

최지훈은 자신을 올려다보며 화내는 가우왕을 보며 난감하게 웃었다.

"웃지 마! 손은!"

"치료받고 있어요."

"낫는대? 얼마나? 완쾌는!"

"1년 정도 걸릴 것 같대요. 잘 관리하면 다 나을 거고요."

"제길. 제길!"

'세계'를 향해 태동을 보였던 최지훈과의 멋진 경합을 기대했던 가우왕은 그의 손을 확인하곤 속으로는 안도하면서도 성질을 부렸다.

거칠게 의자를 빼내곤 최지훈의 커피를 단숨에 들이켰다.

"컥! 드럽게 맛없네!"

중국어를 모르는 최지훈이 고개를 갸웃거렸고 가우왕은 입맛을 다시며 점원에게 차가운 초콜릿 라떼 두 잔을 주문했다.

"아, 저는 괜찮아요."

최지훈이 한 잔을 취소하고 작은 가방에서 텀블러를 꺼내 마셨다.

"그건 뭐야?"

"파인애플 주스요. 툭타미셰바 씨가 줬어요."

"파인애플?"

"염증에 좋대요. 안 줄 거예요."

"너나 많이 마셔."

가우왕은 관심 없다는 듯 무시하곤 계속해서 혼자 구시렁댔다.

"빌어먹을. 이러면 대체 여긴 왜 왔냐고."

"그래도 니나 누나랑 하게 되었잖아요. 그거 들으려고 계속 남아 있었어요."

"흥. 그런 괴상한 연주하는 애한테 관심 없어."

가우왕이 니나 케베리히의 월광과 비창을 좋아하는 걸 아는 최지훈은 그저 웃을 뿐이었다.

"뭐 좋다고 자꾸 실실거려? 내가 여기 오려고 얼마나 많은 오퍼를 캔슬했는지 알아?"

"알죠. 다음에도 해주실 거죠?"

기죽어 있을 줄 알았던 최지훈이 도리어 뻔뻔하게 나오자 가우왕은 내심 안도했다.

"너 배도빈이랑 놀지 마. 뻔뻔한 거 닮는다."

"히히힛."

'그래도 이겨냈나 보네.'

그 화려함에 가려질 뿐이었지 어려서부터 몸을 혹사했던 배도빈과 최지훈 모두 위태로워 보였다.

두 사람 모두 유망한 음악가였기에 가우왕은 고집불통의 '두 꼬맹이'가 조금은 본인 몸 관리를 했으면 싶었다.

"빌어먹을 할망구 코 납작하게 해줄 생각이었는데."

"……크리스틴 지메르만 선생님 말씀하시는 거예요?"

"그래."

"그렇게 말씀하시면 안 돼요!"

"그래. 이제 품위를 갖춰야 할 나이가 아니니?"

"컥!"

초콜릿 라떼를 마시던 가우왕이 스승의 목소리에 놀라 사레에 들렸다.

캑캑대는 그 모습을 안쓰럽게 보던 지메르만이 최지훈과 눈인사를 나누었다.

간신히 진정한 가우왕이 퉁명스럽게 물었다.

"여긴 왜 왔어?"

"지훈 군 연주를 들으려고 왔단다. 애석하게 되었지만 파이널 라운드도 즐겁더구나. 겸사겸사 소중한 제자가 젊은 피아니스트에게 지는 모습도 보고 싶고."

"하!"

가우왕이 기가 찬다는 듯 비웃었다. 그러고는 크리스틴 지메르만을 등진 채 입 주변을 닦았다.

크리스틴 지메르만은 짧게 한숨을 내쉬었다. 그러고는 상냥한 목소리로 최지훈에게 손을 뻗었다.

"저도 고생한 적이 있어요. 할 수 있는 일이 있는데, 쉬는 동안 어때요?"

크리스틴 지메르만의 말에.

최지훈의 눈이 떨렸다.

"할 수 있는 일이요?"

"건반을 못 친다고 해서 피아노와 떨어져 있을 필요는 없죠."

부드러운 표정에 최지훈은 고민하지 않았다.

"부탁드려요."

"야! 내가 이 할망구 말 듣지 말라 했지!"

가우왕은 크리스틴의 시선을 받고 다시 고개를 돌렸다.

"그럼 바로 시작해 볼까요?"

"아……. 오늘은 어머님이랑 약속이 있어요. 도진이도 함께 와서. 내일은 안 될까요?"

"어머님?"

크리스틴 지메르만이 잠시 생각하다 배도빈과의 대화를 떠올렸다.

"아, 도빈이 어머니신데 그게."

크리스틴 지메르만이 눈을 크게 떴다.

"괜찮아요. 설명하지 않아도 돼요. 사정은 알고 있고 저는 입이 무거우니까."

"네?"

♪

퀸 엘리자베스 콩쿠르 폐막식.

엘리자베스 왕의 축사와 함께 시작된 가우왕과 니나 케베리히의 번외 경합은 전 세계 600만 명이 지켜보는 가운데 진행되었다.

색이 분명하기로 둘째가라면 서러운 피아니스트답게 두 사람의 연주는 화려하기 짝이 없었다.

니나 케베리히가 정한 세 곡의 소나타를 번갈아 연주하는 룰.

비창, 월광, 템페스트.

베토벤의 3대 피아노 소나타가 연주되었고 니나 케베리히는 자신의 향을 덧입힌 연주를 벨기에 전역에 각인시켰다.

그러나 '세계'를 지배한 가우왕의 아성을 넘어설 순 없었고.

그렇게 2024년 퀸 엘리자베스 콩쿠르는 여러 이야기를 만들며 아름답게 막을 내렸다.

[본선만큼이나 화려한 무대!]

[가우왕, "니나 케베리히는 훌륭한 피아니스트. 이미 완성되어 있다."]

호의적인 기사가 이어지는 가운데.

대한민국의 대표 잡지 관중석은 차채은의 특집 기사를 영어와 병기하여 온라인에 선등재해 많은 호평을 받았고.

프랑스에 연고를 둔 삼류 잡지 '레 자미(Les amis)'가 등재한 기사는 가우왕의 심기를 거스름과 동시에 많은 팬에게 작은 웃음을 주었다.

[우승의 영광을 얻은 피아니스트를 질투한 거장]

지난 토요일, 벨기에 브뤼셀 파인 아츠 센터에서 황제 가우왕이 퀸 엘리자베스 콩쿠르의 우승자 니나 케베리히와 경합을 벌였다.

관계자 질 루앙은 이번 특별 경합은 가우왕의 요청으로 성사되었다고 밝혔다.

첫 메이저 콩쿠르 우승을 거머쥔 유망한 피아니스트는 분전했지만 거장을 넘어서진 못했다.

굳이 벨기에까지 찾아가 우승의 기쁨도 다 누리지 못한 그녀를 혼내줄 필요가 있었을까?

가우왕은 그날 빨간 셔츠에 빨간 바지, 빨간 구두를 신는 하이 패션을 보여주었다.

(후략)

삼류 잡지 '레 자미'는 해당 기사로 그들의 최고 판매 기록을 경신하였고 그만큼 많은 사람이 관심을 보였다.

ㄴ가우왕 진짜 미치겠닼ㅋㅋㅋㅋ

ㄴ진짜 저러려고 나간 거임?

ㄴ그냥 어그로 끄는 거잖앜ㅋㅋㅋ 근데 진짜 가우왕이면 그럴 수도

있을 것 같음ㅋㅋ

ㄴ가우왕 좀 그만 까랔ㅋㅋㅋㅋ

ㄴ아, 거장님. 꼭 후배를 그리 패셔야 했습니까?

ㄴ니나 불쌍해 ㅠㅠ

ㄴ누가 가우왕한테 옷 입는 법 좀 가르쳐 줘ㅋㅋㅋ

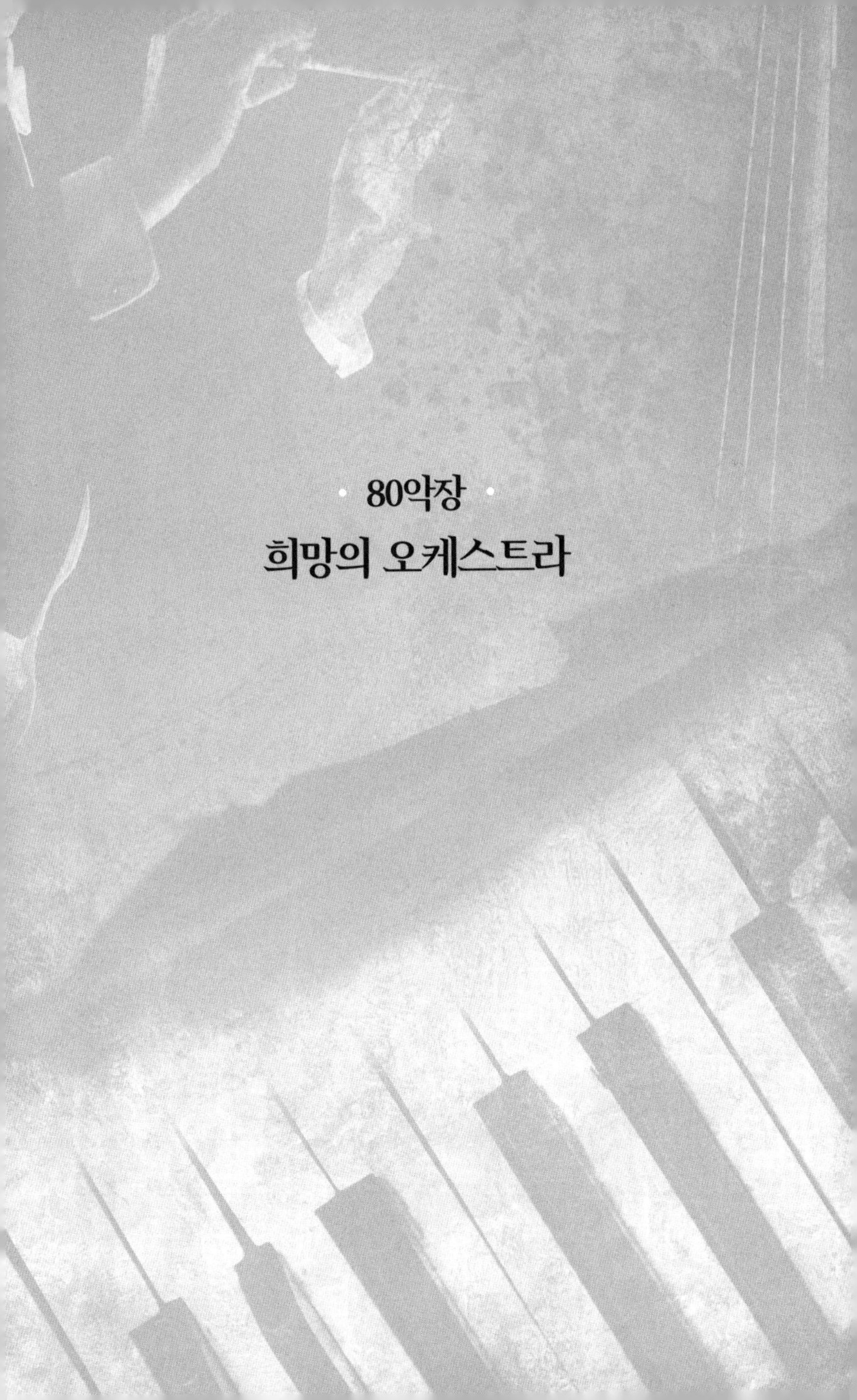

· 80악장 ·

희망의 오케스트라

레 자미는 본래 시시한 가십거리나 다루는 영세한 언론사였다.

언론사라고는 해도 자체 발행이 불가능해, 각종 사이트와 타사의 잡지에 기사를 돈 받고 파는 일이 주 업무였다.

대표이자 편집장이자 경리인 에드가 린센은 유일한 직원 알롱 앙리와 함께 굶어 죽지 않기 위해 최선을 다했다.

그러나 3년 차에 접어들어도 나아지지 않는 상황에 지쳐가고 있었다.

"린센! 전 더 이상 바게트를 먹지 않겠어요!"

"후우. 수익은 공평하게 6 대 4로 나누고 있는데 뭘 더 바라는 거야."

"한 달에 300유로로 사는 것도 지쳤다고요. 전 야채와 고기가 필요해요!"

"……어쩔 수 없지. 냉장고에 꿀 있으니까 가져와."

마음먹고 대들었던 알롱 앙리의 태도가 금세 변했다.

"정말 그래도 돼요?"

"가끔은 사치를 부리는 것도 필요하겠지."

린센과 앙리의 식사는 하루 바게트 하나와 종합비타민 한 알이었다.

사무실 임대료와 최소한의 경비를 제외하면 남는 돈은 한 달에 고작 900유로에서 1,000유로 사이.

한화 130만 원 정도의 금액은 두 사람이 살아가기엔 너무도 적은 액수였다.

유럽 최고의 언론인이 되자던 꿈도 극빈한 삶을 이기지는 못했고 그들의 정신은 몸과 함께 무너져 가고 있었다.

에드가 린센은 바게트에 꿀을 발라 먹으며 행복해하는 알롱 앙리를 보며 생각했다.

이대로 가다간 저 착하고 순박한 남자와 함께 굶어 죽을 것이 틀림없다고.

이대로는 꿈도 사랑도 이룰 수 없을 거라고 생각했다.

'어쩌지.'

그런 도중 알롱 앙리가 중고로 산 11인치 TV를 보며 입을 열었다.

"다다음 달에 베를린 필하모닉이 진수식을 하나 봐요."

에드가 린센은 고개를 돌려 베를린 필하모닉에 관한 뉴스 보도를 확인했다.

"나도 타보고 싶다아. 저기, 린센. 해상 오케스트라라니 멋지지 않아요? 기사로 써야 할 것 같지 않아요?"

"꿈 깨."

린센의 말에 앙리가 입을 삐죽 내밀었다.

"애초에 잘 사는 사람들을 위해 만든 게 뻔하잖아. 유지비용만으로도 수십, 수백만 유로가 들 텐데 우리 같은 사람들이 어디 타볼 수나 있겠어?"

"그래도 혹시 모르잖아요."

린센이 고개를 저으며 물을 마셨다.

"쓸데없는 생각 할 시간에 꺼리 좀 물어봐."

"으음. 실은 잠깐 생각해 봤는데요."

앙리가 바게트를 꼭 쥔 채 말했다.

"우린 너무 착한 기사만 내는 거 같아요. 노인 배우가 강아지를 입양했다는 소식이나 아역 배우가 주니어 축구 대회에서 골을 넣은 이야기를 대중이 궁금해할까요?"

"그럼?"

"관심 가질 건 많잖아요. 예를 들어 크리스틴 노만 감독은 정말 독신인가? 같은."

"하나도 안 궁금한데."

"그러니까 린센이 가난한 거예요."

"너도 마찬가지잖아."

"그건 린센이. 아니야. 말 끊지 말아 봐요. 대중은 유명한 사람의 사생활을 궁금해한다고요. 우리도 그렇게 해야 한다는 말이죠."

"안 돼. 그러다 고소당하면 어쩌게. 난 돈 없어."

"적당히 쓰면 되죠."

린센은 자신이 조금씩 앙리의 말에 이끌리고 있음을 인정해야 했다.

"예를 들어 이거. 가우왕은 대체 왜 항상 빨간 옷을 입는가. 궁금하지 않아요?"

"중국인이라서 그런 거 아니야? 중국에선 왜 빨간색의 부의 상징이라며."

"인종차별적 발언이지만 뭐 그런 식으로 관심을 끄는 것도 방법이겠죠."

"그런 건 안 된다니까?"

"고소당해 전 재산을 넘기고도 매달 돈을 뜯기든, 이대로 굶어 죽든 똑같다고요."

린센은 자신만을 믿고 따라와 준 대학 후배의 말에 마음을 굳혔다.

"그래. 좋아. 어디 한번 써봐."

"맡겨만 주세요."

♪

[찰스 브라움의 엉덩이는 건강한가!]

올해 초 해상 오케스트라 사업을 발표한 베를린 필하모닉의 진수식이 다음 달로 다가왔다.

해상 오케스트라란 주요 도시를 거점으로 호화 크루즈 여행과 베를린 필하모닉의 아름다운 선율을 즐길 수 있는 패키지여행 상품으로서 예약이 시작된 저번 달 11일, 10분 만에 마감되었다.

1달간 해상에서 베를린 필하모닉의 정수를 느낄 수 있는 해상 오케스트라는 베를린 필하모닉의 팬이라면 놓칠 수 없는 이벤트이기도 하다.

그러나 1달 이상 바다에 체류하게 되는 특성상 베를린 필하모닉의 악장 찰스 브라움의 엉덩이가 무척이나 우려된다.

그는 오케스트라 대전 이후 공식 석상에 나오는 일이 부쩍 줄었고 그나마도 무척이나 핼쑥한 모습을 보였는데, 믿을 만한 소식통에 따르면 그의 수술 부위가 다시금 문제를 일으킨 듯.

그가 1달 이상 배에서 정상적으로 활동할 수 있을지는 미지수다.

베를린 필하모닉의 간판이자 수많은 팬을 거느린 찰스 브라움 악장의 엉덩이가 무사하길 바란다.

-레 자미(알롱 앙리)

가우왕의 하이패션을 지적하면서 레 자미 역사상 최고의 수익을 올렸던 알롱 앙리 기자가 또 하나의 기사를 써냈다.

그것을 검토하던 에드가 린센 대표는 자신의 눈을 믿을 수 없었다.

"너 제정신이니?"

"그럼요. 혹시나 고소당할까 봐 걱정하는 투로 썼잖아요."

태연하게 말하는 앙리를 보고도 믿을 수 없었던 린센은 기사를 다시금 들여다보았다.

'이런 건 기사가 아니야.'

아무리 생각해도 존재 의미를 알 수 없는 글이었다.

"너 혹시 약 해?"

"그럴 돈이 어딨어요."

"그렇기야 하지……."

"린센, 날 믿어요. 당신과 내가 굶어 죽게 내버려 두진 않을 거예요. 우린 조만간 비타민이 아니라 진짜 야채를 먹을 수 있고 냄새만이 아니라 진짜 스테이크를 먹을 수 있을 거예요."

"그래도."

"린센!"

앙리의 눈은 진지했다.

무엇에 꽂힌 남자의 눈은 이렇게나 이글대는 건가 싶었던 린센은 어쩔 수 없이 고개를 끄덕였다.

♪

레 자미의 기사는 가우왕을 저격했던 글 이상으로 인기를 끌었다.

확실한 정보도 없이 작성된 헛소리에 불과했지만 적어도 언론사란 이름을 내걸고 커뮤니티 사이트에나 올라올 법한 글이 등재됨에 반응은 폭발적이었다.

ㄴ맙소삭ㅋㅋㅋㅋㅋㅋ

ㄴ아님ㅋㅋ 기자가 미쳤나?

ㄴ진짜 제정신이 아닌 듯ㅋㅋㅋㅋ

ㄴ근데 요즘 정말 찰스 브라움 얼굴이 안 좋아 보이긴 했음. 좀 걱정된다.

ㄴ마약 신고 어디로 해야 하냐?

ㄴ이거 쓴 사람 전에 가우왕 저격하지 않았음? 진짜 정신줄 놓고 쓰넼ㅋㅋㅋㅋ

ㄴ오늘만 사는 기자.jpg

클래식 음악 팬들은 알롱 앙리의 기사를 각종 사이트에 퍼 나르기 시작했다.

자연스레 알롱 앙리의 기사는 수십만 명이 읽게 되었고, 팬들은 자연스레 찰스 브라움의 엉덩이를 장난 반, 진심 반으로 걱정했다.

그리고.

그 기사를 접한 고귀한 혈통의 바이올리니스트는 두 눈이 튀어나올 정도로 분노했다.

"학학항학학!"

베를린 필하모닉에서 가장 먼저 소식을 접한 마누엘 노이어가 굳이 웃고 떠드는 밴드의 연습실까지 찾아왔다.

호흡조차 못 할 정도로 웃는 마누엘 노이어가 알롱 앙리의 기사를 보였고.

그것을 확인한 찰스 브라움은 치욕에 몸을 떨었다.

"누구야!"

"꺽학학헉항학우웩. 항학학학."

그 반응이 마누엘 노이어를 한 번 더 자지러지게 했다.

찰스 브라움은 분을 못 이겨 연습실 문을 박차고 뛰쳐나갔다.

"무슨 일이에요?"

배도빈이 의아해하며 다가가니 마누엘 노이어가 핸드폰을 넘겼고.

갑작스러운 상황에 궁금했던 다른 이들도 그 주변에 모였다.

"헐."

"크항학하하."

"하핫."

진달래와 다니엘 홀랜드, 왕소소가 각자 반응했다.

"검사 한 번 더 받게 해야 하나?"

배도빈이 기사를 진지하게 대하자 웃음을 참고 있던 나윤희도 결국 터져 버렸다.

한참을 웃고 난 뒤에야 진정한 다니엘 홀랜드가 양 손바닥을 보이며 항복했다.

"정말 대단한 기자군. 찰스가 제대로 한 방 먹었어."

"이거 봐. 댓글만 2만 개가 넘어. 미쳤어. 쩔어. 다 찰스 아저씨 엉덩이 이야기야."

진달래가 자신의 핸드폰으로 기사를 확인하곤 '부럽다'고 덧붙였다.

"난 이해할 수 없군. 왜 그의 엉덩이에 관심을 가지지?"

홀로 웃지 않은 스칼라가 팔짱을 낀 채 물었다.

그 질문에 나윤희와 다니엘 홀랜드가 설명해 주려 하다가 정확히 어떤 식으로 풀어내야 좋을지 몰라 포기했다.

"인기 있으니까 그렇지."

"인기?"

스칼라가 되물었다.

진달래가 주먹을 쥔 채 검지를 들어 올리며 아는 체했다.

"유명해지면 똥을 싸도 박수받는다고."

"더러운 이야기군."

"말이 그렇단 거지. 아, 나도 유명해지고 싶다."

진달래가 한숨을 내쉬었는데.

그때 함께 기사를 살펴보고 있던 나윤희와 왕소소가 입을 떡 하니 벌렸다.

그러곤 천천히 고개를 들어 진달래를 보았는데, 그 모습이 심상치 않았다.

"뭐야? 왜?"

나윤희가 간신히 입을 열었다.

"달래야 너……. 저번 주에 얀스 씨 만났어?"

생각지도 못한 질문에 진달래가 말을 더듬었다.

"아, 아니?"

분명 부정하는 말이었지만 나윤희와 왕소소는 그녀의 말을 믿지 않는 눈치였다.

"무, 무슨 소리야. 왜."

왕소소가 핸드폰을 앞으로 내밀었다.

[로스앤젤레스 필하모닉의 아리엘 얀스 감독과 베를린 필하모닉의 소프라노의 밀회]

"아. 어. 어? 엥?"

기사를 확인한 진달래가 핸드폰과 왕소소, 나윤희 그리고 배도빈을 번갈아 보며 당황을 감추지 못했다.

그 모습을 본 왕소소가 드물게 흥분해 진달래를 노려보았다.

"바른대로 불어."

"아니. 그게."

"무슨 짓 했어!"

"아니 진짜 별일 없었어. 그냥 공연 보고 밥 먹고 얘기하고. 아니, 이거 근데 사생활 침해 아니야? 이 사진 뭔데?"

진달래가 믿기지 않는지 카페 안에 마주 보고 앉아 있는 자신과 아리엘 얀스를 살폈다.

그러고는 사진을 내려받으니 그것이 소소의 심기를 한 번 더 자극해 버렸다.

왕소소가 진달래를 꼬집었다.

"아! 언니!"

"아직 무대도 안 올랐으면서 이런 거로 이름 알려지면 어쩌려고 그래! 그러고 싶어?"

멍청하지만 착하다며.

배도빈에게 직접 진달래를 돌봐달라 부탁했던 왕소소는 진심으로 동생을 걱정하고 있었다.

그렇게나 열심히 노력했으면서.

노래가 아닌 다른 방식으로 유명해져, 그 이미지가 고정되는 걸 원치 않았다.

그러기엔 진달래의 노래가 너무 아까웠다.

"……."

그런 생각까지는 하지 못했던 진달래는 순간 가슴이 내려앉는 것 같았다.

좀 더 조심하지 않았던 자신을 탓하게 되었다.

"누나."

배도빈이 나윤희에게 다가가 나지막이 그녀를 불렀다. 나윤희가 어쩔 줄 몰라 하며 고개를 돌렸다.

"소소 말 사실이에요?"

"지나친 걱정이면 좋겠는데. 솔직히 안 좋은 생각밖에 안 들어서."

배도빈은 울먹이기 시작한 진달래를 보았다.

"이거 일이 이상하게 돌아가는데."

마누엘 노이어가 뒷머리를 긁적이며 중얼거렸고 동시에 연습실 밖에서 찰스 브라움의 노성이 터졌다.

"다 나왔어! 나왔다고!"

엉망진창인 상황 속에서 배도빈이 핸드폰을 들었다.

-네, 보스. 그러지 않아도 연락드리려고 했어요.

"같은 이야기겠네요. 제 방에서 봐요."

to be continued